JN195364

「鏡」としての透谷

表象の体系／浪漫的思考の系譜

黒田俊太郎

翰林書房

「鏡」としての透谷　表象の体系／浪漫的思考の系譜◎目次

第Ⅰ部　表象の体系としてのアンソロジー

凡例

一、年代の表記は、主として元号を使用し、必要に応じて西暦を補った。

一、単行本・新聞・雑誌の表題は『　』で示し、単行本・新聞・雑誌に掲載された記事・評論・随筆・論文・作品の表題、及び創作ノートの表題は「　」で示した。また、特集の表題は《　》で示した。

一、引用に際し、固有名などの場合を除き旧字は適宜新字に改めた。仮名遣いについては、旧仮名のものはそのままにした。圏点・ルビ等は一部省略した。

一、誤記と思われるものや、一般の表記になじまない表記については、原文通りに引用し、適宜ママを付した。

一、本文中の数字表記は、例えば「明治三五（一九〇二）」などと表記した。引用文中の数字表記は、原文通りとした。

序章　「鏡」という技術

一、〈想像的蘇生／想像的同一化〉

他者について語る、とはどういう行為だろうか。作家という他者への言及に他ならない批評的言説や文学研究は、そうした問いをアプリオリなものとして内包しており、またそうした問いは、何のために語るのか、という作家に言及する側の内的動機とも連絡しているはずである。

本書が検討の中心に据えようとしている明治期の浪漫詩人・評論家である北村透谷（明治元［一八六八］－明治二七［一八九四］）は、日本の初期浪漫派を牽引した雑誌『文学界』（明治二六－三一）を舞台として、多くの文芸評論を発表し、近代的な人間精神の自律と、そうした自律に至る唯一の方法としての「文学」という方法論的位置付けとを主張した。

こうした主張は、島崎藤村ら同時代の文学者のみならず、透谷の死後に亘って実に多くの人々に影響を与え、それにより数多の作家像（以下、〈透谷〉）が創出＝成型されてきた。透谷に関わるそうした様態を観察していて、私は透谷が「鏡」のように機能していると思い、論文などにおいてもしばしばそのように言及してきた。いうまでもなく、こうした発想自体は、現象学的身体論で知られるフランスの哲学者メルロ＝ポンティ晩年の絵画論である「眼と精神」（一九六一）[1]に由来していた。

平成二五（二〇一三）年六月一日に関西学院大学で開催された日本近代文学会関西支部大会のシンポジウム《文

学研究における〈作家／作者〉とは何か》において、日比嘉高が「認知主体としての作家をどのように論じうるか」という問題提起を行なった際にも、この「眼と精神」における「鏡」の議論が参照されているが[2]、作家をめぐる存在論を検討する時、メルロ＝ポンティの思考は多くの示唆を与えてくれるようである。そこで本書もまた、「眼と精神」における「鏡」にまつわる省察を概観するところから議論をスタートしてみたい。そのことは、〈他者について語る、とはどういう行為だろうか〉という冒頭の問いにも直接的に関係していると思われるからだ。

「鏡」という技術は、〈見る身体／見られる身体〉という「感覚的なものの再帰性」を増幅させるとメルロ＝ポンティはいう。主体としての「私」の身体に対し、客体としての「私」の身体＝他者を視覚的な形で現前させることで、「私の外面が完成される」というのである。「私がもっているどんなに秘かなもの」、すなわち、顔といった「私」が一度も見たことがない「私」の姿ですら、「すべてこの〈面影〉（＝鏡像）（中略）のうちへ入りこんでしまう」ことで「完成」へと導かれる。そのことは「私の身体というまったく〈見えないもの〉（l'invisible）が、私の見ているもう一つの身体を身にまとうのだ」と言い換えられることからもわかるように、「私」の身体像を「鏡像」から想像的に構築していくことであり、むしろ「私」の身体像はそのような想像的な同一化の産物でしかありえない。そして画家達の「描きつつある自分自身を描きたが」るという〈自画像への意志〉も、〈見る身体／見られる身体〉の「転換」が双方にもたらす変化が、画家達を「幻惑[3]」へと誘うことに起因している。

もっとも、そのような画家達の〈自画像への意志〉は、画家達の専有物ではなく、主体としての「私」に駆動している意志でもある。そして、「人間は人間にとっての鏡なのである。鏡というものは、物を光景《スペクタクル》に、光景を物に変え、私を他人に、他人を私に変える万能魔術の道具なのだ」とされるに至って、肉体を持った実際の他者もまた、我々が自己のイメージを形作ろうという〈自画像への意志〉を発動する過程で、「鏡」（「鏡像」という方がより正確だろう）と等価の働きをするとされるのである。

こうした発想を〈透谷〉の問題に引き付けて考えてみるとどうだろう。後述するように、透谷について語る人々の多くが、自身の理想を過去において先駆的に実践しようとした人として〈透谷〉を成型していくが、そのプロセスはおよそ次のようなものだったのではないか。

第一に、「私」の姿を投影する（「うちに入りこんでしまう」）ようにして〈透谷〉という身体が形作られていく、第二に、そのように「私」とそっくりな〈透谷〉という他者を起ち上げることを通して、〈透谷〉によって見られる「私」を構築していく、すなわち、「私」の姿を〈透谷〉へと想像的に同一化させていく。この二つのプロセスはしかし、〈見る身体／見られる身体〉の「転換」が繰り返されるように、どちらが先ということはなく、透谷について語る言説内部で遍在的に生起するものである。

だが、メルロ＝ポンティが「人間は人間にとっての鏡なのである」という時の「人間」が、肉体を持った実際の他者を意味していたのに対し、〈透谷〉はあくまでも言語を媒介として起ち上げられた他者であり、その意味で、透谷を「鏡」として自己イメージを構築しようとするということは、二重に想像的な行為である。

とはいえ、フランスのマルクス主義哲学者ルイ・アルチュセールが『マルクスのために』（一九六五）において、「ある一つのイデオロギーとは、ある所与の社会内において歴史上の実在と役割とを与えられた、表象（それは場合によって、イメージ、神話、観念、あるいは概念）の一つの体系（ある固有の論理と厳密さとを保持している）である」[4]とし、今村仁司がアルチュセールのいう「表象の体系」＝「イデオロギー」の役割を「現実的世界関係を想像的関係に転換し、そうすることで人間が現実の世界を生きうるようにする」[5]と説明したように、「表象の体系」というフィルターを介さない「現実」など存在しない、というよりもむしろ、我々が「現実の世界を生きうるようにする」のが「表象の体系」だとすれば、肉体を持った実際の他者もまた、もとより〈透谷〉と同じく記号論的性格を持った想像的存在であり、他者をモデルに自己イメージを構築するという行為自体、常に二つの意味で想像的なものなのだろう。

いずれにせよ透谷について語ろうとした人々は、自身が生きる時代の「表象の体系」を介して、〝現在〟では失われてしまった〝崇高な精神〟を保持していた〈透谷〉という身体を想像的に蘇生し、そこに自己（の理想）像を同一化しようとしたのではないか。そして、そうした〈想像的蘇生／想像的同一化〉とは、〈見る身体／見られる身体〉の「転換」を増幅させることに他ならなかったが、人々はそうした手続きを通して、「現実の世界を生きうる」、すなわち同時代の社会や自分自身を言語によって了解可能なものにしようとしていたのではないだろうか。

二、「統一性の原理」としての〈作家〉

ここで本書の主題を整理しておこう。本書は、〈透谷〉という記号を生成したメカニズム＝「表象の体系」について、透谷没後から昭和一二（一九三七）年頃まで追跡調査するが、その目的は以下の二つに要約できる。

第一に、人々が〈透谷〉という記号に意味を充填するために必要となる物理的構成要素、すなわち、個人全集・文学全集という出版形態の出現や、作家の名を冠した文学賞の設立などに代表される、個人作家をめぐる近代的制度形成の問題を検討すること。

第二に、透谷を語り直す言説が、多くの場合、語り直す人間に内在する浪漫主義的思考の表明を含むものであったとすれば、〈透谷〉の変質を観察することを通して、近代日本における浪漫主義の一つの系譜を辿っていくこと。

これら二つの問題意識は相互に連関するものであるが、本書第Ⅰ部では一つ目の問題に、本書第Ⅱ部では二つ目の問題に重心が置かれている。そこで本節では第一の問題に、次節では第二の問題に関わることについて、もう少し述べておきたい。

ロラン・バルトのエッセイ「作者の死」が「あるテクストの統一性は、テクストの起源ではなく、テクストの宛先にある」[6]として以来、テクスト読解の際に「起源」＝「作者」を参照する意味は原理的に失効した。「テクスト」に「統一性」を与えているのは「作者」であるとする思想の幻想性をバルトは指摘したわけだが、ミシェル・フーコーも『作者とは何か？』[7]において似通った指摘を行っている。フーコーは「作者」に担わされてきた機能の一つとして「統一性の原理」を挙げ、およそ次のように説明している。

作者とは、作品のなかでも、草稿のなかでも、書簡のなかでも、断片のなかでも……、それぞれに完成度の差はあっても、同一の価値を担って、はっきりと顕現するところの、ある表現の中心だという考え方です。（四六頁）

かつて主流であった〈作家論〉〈作品論〉と呼ばれる研究方法は、〈作家〉（以下では、「作者」「文学者」等を議論する際、引用の場合を除き〈作家〉という表記に統一する）を起点として、その「作品」「草稿」「書簡」「断片」や遺品、身内・知人の証言などを総動員し、いわば〈作家〉の実人生を忠実に復元するようにして、〈作家〉本人だけが正解を知っている単一の解釈に辿り着こうとした。フーコーは、こうした方法論を支えているのが「統一性の原理」、すなわち〈作家〉が諸々の文章を統括している「中心」だとする思考だとし、そうした思考は、バルトも「作者というのは、おそらくわれわれの社会によって生み出された近代の登場人物である」[8]としたように、「近代」になって現れてきたものだと考えた。フーコーはさらに、そうした〈作家〉という近代的主体が出現する経路について、

「帰属《アトリビュション》」「所有《アプロプリアション》」という観念の登場の問題として考察を進めている。

中世までのヨーロッパにおいては、文学的言説に対しては匿名性が許容されていたが、科学的言説に固有名が付されていなければ、「真実としての価値」はないのも同然だった。ところが、文学的言説と科学的言説とにおける「帰属」をめぐる「入れ換え《キアスム》」が一七・一八世紀に起こり、文学的言説は〈作家〉という「帰属」なしには成立しえなくなっていったという。さらに、そうした「帰属」の観念に下支えされて醸成されてきた「統一性の原理」が深く人々に根をおろしていったあと、出現したのが「所有」の観念だとする。

> テクストに対する所有制度が制定され、著作権や、作者と出版社との関係や、復刻・転載権などについて厳密な規則が規定されたとき――つまり一八世紀および一九世紀初頭のことですが――まさにそのときからなのです、書くという行為に属していた侵犯の可能性が文学に固有の至上命令といった風貌をますます帯びるようになったのは。（三八－三九頁）

あらゆる「言説」は、たとえそれが書物などの形態をとっていたとしても、「産物、物、財産」ではなく「一つの行為」だったが、一八・一九世紀初頭に、「所有」の対象になるというもう一つの「入れ換え」が起こったという。それは、出版資本主義という交通体系に書き手が不可欠の因子として組み込まれていったことを意味するが、このとき近代性に裏打ちされた〈作家〉主体というものがはっきりとした輪郭をもって登場してくることになる。

そのような〈作家〉としての自律性を規定する「帰属」「統一性」「所有」という観念を土台として成立したと考えられる、個人全集・文学全集・文学賞などの制度について本書は検討するが、ここでは個人全集の場合を例に、問題をさらに鮮明にしてみたい。

個人全集という制度についての先駆的研究に、宗像和重の論文「『一葉全集』という書物」がある。宗像は、「近代作家の最初の個人全集」として『一葉全集』（博文館、明治三〇・一）に注目し、当時の出版法制や出版広告の分析を通して、個人全集の「出版社による帝国主義的な版図拡大政策の所産」としての位置付けを確認するとともに、再版時に窓辺で読書する娘を描いた口絵が一葉の肖像（銅板）に差し替えられ、一葉の略伝が載録されたなどの編集方針の転換から、「諸作品を統括する主体としての「作者」一葉を、より強く意識させるもの」となったと指摘している。(9)

〈作家〉という近代的主体の成立は、それ以前に流入してきた資本主義という新たな経済原理に基づき、新規なビジネスモデルを提供することになった。〈作家〉を資本として発見した出版社という新たな存在は、その時代に流通している「統一性の原理」の形に依拠して〈作家〉の言説をパッケージングし、商品として流通させるのである。

この様な〈作家〉の商品化は、日本においては明治三〇年代に急速に進行する。『一葉全集』刊行の五年後に出版された『透谷全集』（文武堂、明治三五・一〇）は、本書第一章・第二章で述べるように、現在の個人全集がパッケージングすべき内容（作品・草稿・日記・手紙…）を決定した。このことの重要性は、〈作家〉が統括する言説の圏域をこの時点で画定したことにあるのみならず、それが複製技術によって広範に流通していくことで、〈作家〉という近代的主体を実体として自明視するような社会的思考を強力に伝播させていったことにあるだろう。

すなわち、個人全集という制度は、〈作家〉という概念の近代性に依拠しつつ、逆にそうした〈作家〉の近代性を再生産するとともに、〈作家〉の身体を想像的に蘇生させる「表象の体系」の一翼を担っていくこととなる。本書が透谷を検討の中心に据えるのは、何よりもそうした「表象の体系」が形成される起点に、透谷が密接に関与していたからである。

三、戦後の文学史記述における空白

透谷を語り直す言説がしばしば浪漫主義的だったとした理由は、それが浪漫主義の〈作家〉であった透谷の言説への何らかの解釈を伴うものだったからというだけではない。人々が透谷を「鏡」として召喚する仕方のうちには、山田広昭が浪漫主義という思考・行動様式が共通して保有すると指摘した二つの基本的な所作が畳み込まれてもいた。山田は、浪漫主義を定義することの困難さに言及しつつ、その二つの基本的な所作について次のように要約している。(一)「一度として存在したためしがないもの（全体性、単一性、純粋性など）を、「失われたもの」として表象すること」、(二)「この「失われたもの」、この根源、この源泉を、想像的に「回復」すること」[10]。先に提出した〈想像的蘇生〉という概念は、山田が指摘したこの浪漫主義の基本的な所作を意識したものだったが、透谷が「鏡」として召喚されるのは、およそ誰かが、作家としての自己、日本人としての自己が脅かされるという主観性分裂の危機に瀕したときだった。危機を脱するために人々が行なった、〈透谷〉の〈想像的蘇生〉と〈透谷〉への〈想像的同一化〉とは、まさにそうした浪漫主義的な所作を体現するものだったといえるだろう。

本書がこれから取りあげていく人々の多くが、こうした所作を体現していくが、本書の後半においては、その典型として雑誌『日本浪曼派』同人の動きに注目していく。『日本浪曼派』の同人達は、昭和一〇年前後から透谷を卓越化するような発言を繰り返すようになるが、昭和一二年には、透谷を顕彰する組織である透谷会を結成し、透谷文学賞を設立するに至っている。会員には、当時日本ペンクラブ会長でもあった島崎藤村を始めとする同人外の顔ぶれも目立ったが、本書第八章で詳述するように、透谷会は新日本文化の会という別の組織と強い紐帯を持っていた。新日本文化の会は、戦時体制を推し進めた革新官僚（いわゆる「新官僚」）の一人であった松本学が設立した日本文化聯盟傘下の組織であり、すなわち、この時期の透谷顕彰の動きは戦時下の時局のうねりと密接な繋がりを持った言説運動として捉え直す必要があると考えられる。

しかし、日本浪曼派を中心とした透谷卓越化の言説運動については、戦後の文学史記述において不問に付されてきた。例えば、透谷関連の膨大な文献調査に基づき、透谷没後から第二次世界大戦終了時点までの〈透谷〉の綿密な追跡調査を行なった片桐禎子の「透谷評価のあと㊌」(『藤女子大学文学部紀要』昭和四一・七)を見てみよう。同論は、戦後美術評論家として活躍する土方定一が、昭和九年に発表した論文「明治の文芸評論」の「一部の進歩的青年の代表者として、近代市民的人間の内面的把握によって文学論の上に逍鷗を止揚し、真実の意味で近代文学を確立したのは透谷であった[11]」との一節を引きながら、「透谷の位置は既にもう固い。その確実な基準のようなものが、戦争をはさんで十年も前の土方の中に集約的に示されている点を、私は重く見たく思うのである[12]」と長大な論文を締めくくっている。すなわち、駆け出しの美術評論家であった土方が提出した〈透谷〉を、「昭和十年頃までの透谷論の一つの決算」として評価し、それが戦後の〈透谷〉の「基準」として機能し続けているとするのである。

片桐が土方論文を高く評価している一つの理由は、おそらく、透谷が「逍鷗を止揚」したとする図式を提出したことにある。というのも、戦後の民主主義文学運動を牽引した小田切秀雄は、自らの戦後は「北村透谷論での出発[13]」だったと述懐しているように、膨大な透谷論に自らの政治的主張を代弁させ、それにより戦後の〈透谷〉の方向性を決定付けたが、そこで小田切の提出した〈透谷〉は、坪内逍遙と森鷗外に二葉亭四迷を加えた三者がそれぞれ抱えていた文学上の挫折や曖昧さを止揚しようとするなかで、透谷は新たな文学の存在理由を発見したとする図式を基盤としていたからである。

さらに、土方が先の論文執筆当時、明治文学談話会を主導する立場にあったことも、戦前の土方の〈透谷〉を、戦後の民主主義文学運動の文脈で小田切が浮上させるような〈透谷〉のルーツとする認識の根拠となっていたのかもしれない。[14]明治文学談話会は、早稲田大学系の柳田泉・木村毅・宮島新三郎、東京帝国大学系の神崎清・篠田太郎・土方定一を中心メンバーとして昭和八年に成立している。前年には、東大色の強い明治文学会も発足しており、明治文学研究専門の二つの研究団体がほぼ同時に発足したことになる。酒井森之介によれば、明治文学談話会は実質的に吉野作造の明治文化研究会を母体とする「かなり明確な民主的精神・自由主義・反軍国主義が背骨」にある団体であり、民主的・反ファシズム的「文化運動の擬態」という性格が強かったというのである。[15]

もちろんここで、土方の提出した図式は戦後のそれとは何の関係もないと主張したいわけでも、民主的な文化運動の中で透谷に近代精神を看取するような戦前から戦後にかけての系譜などなかったと主張したいわけでもない。問題は、戦後の文学史記述が戦中の透谷顕彰に関わる大きな言説運動に一切言及せず、戦前・戦後が地続きに繋がっていると主張することそれ自体が、戦後の近代主義的な歴史叙述のあり方を準えているということである。

竹内好の「近代主義と民族の問題」（『文学』昭和二六・九）は、「近代主義」を「ヨーロッパの近代文学（あるいは現代文学）をモデルにして日本の近代文学の歪みを照らすという方法」と定義し、それは「民族を思考の通路に含まぬ、あるいは排除する、ということ」でもあるとした。[16]その上で、戦後の言論界が、「日本ロマン派」を問責する代わりに、あたかも存在しなかったかのように「黙殺」した事態を、竹内は「民族主義との対決」を回避する「近代主義」であるとして批判し、これがいわゆる国民文学論争へと発展していったことは周知の事実であろう。

橋川文三の『日本浪曼派批判序説』（未来社、昭和三五・二）が、第一章「問題の提起」の冒頭で竹内の同論に言及しているのは、橋川が「日本ファシズムの必然的崩壊・頽廃の精密な縮図」である日本浪曼派への内在批判の内に、「日本ファシズム」の論理の解明を放棄した戦後の近代主義的言論界への批判を潜在させていたことを意味する。一方、同じ第一章「問題の提起」の結論部分で、加藤周一の「一八六八年以来（明治以来）の日本文学」は「総じて、浪曼的」[17]だとする文章を引きながら、その上で「私が、日本ロマン派に対する接近をいかなる点から試みるかは、ほぼつくされているといってよい」[18]としているのも興味深い。ここには、日本近代文学史とは日本浪曼派という形で爛熟する「浪曼的」な文学の軌跡であり、日本浪曼派の精神構造を解明するためには、歴史を遡及し浪漫主義の系譜を辿っていくことが必要であるとする橋川の認識が示されているといえる。

本書もそうした問題意識を共有しながら、日本の浪漫主義の〈作家〉としてその黎明期に活動した透谷がどう読まれてきたかを問うこと、何よりも問うことが回避されてきた文学史の空白地帯としての戦中の〈透谷〉を観察することを通して、最終的に日本浪曼派の精神構造の一端を明らかにしてみたい。

透谷という「鏡」に映じた自分の姿を見つめる人々を見つめ直すこと、それが本書の目的である。

注

1　*L'Œil et l'esprit 1961.* モーリス・メルロ＝ポンティ「眼と精神」『眼と精神』滝浦静雄・木田元訳、みすず書房、昭和四一・一。同論の引用は、全て同書二五三―三〇一頁より行なった。

2　報告内容は、「登場人物の類型を通して作者は何を語るのか――私小説を起点に」（『作家／作者とは何か――テクスト・教室・サブカルチャー』日本近代文学会関西支部編、和泉書院、平成二七・一二）として参照できる。

3　この画家達の自画像への意志について、加賀野井秀一は「自画像とは、描いている者がそのまま描かれる者になり、見るものが見られるものになるという不思議な転換装置である。この転換が当の描く者にどのような変化をもたらし、それが再び、描かれた者をどう変えていくのか。画家はこの循環にこそ幻惑されるのだとメルロ＝ポンティは考えた」（『メルロ＝ポンティ 触発する思想』白水社、平成二一・四、二五五頁）としている。

4　*Pour Marx 1965.* ルイ・アルチュセール『マルクスのために』河野健二・田村俶・西川長夫訳、平凡社、平成六・六、四一一頁

5　今村仁司『アルチュセール　認識論的切断』講談社、平成九・一二、一七三頁

6　*La mort de l'auteur,Manteria,V,fin 1968.* ロラン・バルト「作者の死」『物語の構造分析』花輪光訳、みすず書房、昭和五四・一一、八九頁

7　ミシェル・フーコーの一九六九年二月の講演。*Qu'est-ce qu'un auteur? 1969.*『作者とは何か?』清水徹・豊崎光一訳、哲学書房、平成二・九

8　前掲、バルト「作者の死」八〇頁

9　宗像和重「『一葉全集』という書物」『投書家時代の森鷗外　草創期活字メディアを舞台に』岩波書店、平成一六・七、一六九頁。初出は、『文学』平成一一・一。

10　山田広昭『三点確保　ロマン主義とナショナリズム』新曜社、平成一三・一二、一七八－一七九頁

11　山本三生他編『日本文学講座一二巻〈明治大正篇〉』改造社、昭和九・四、一九三頁。後に『近代日本文学評論史』(西東書林、昭和一一・六)に所収される。

12　片桐禎子「透谷評価のあと㊦」『藤女子大学文学部紀要』昭和四一・七、九五頁。片桐には「透谷評価の跡をめぐって」(『藤女子大学文学部紀要』昭和三七・三)があり、「透谷評価のあと㊦」はその続編である。

13　小田切秀雄『私の見た昭和の思想と文学の五十年　上』集英社、昭和六三・六、二九八頁

14　小田切秀雄が戦後浮上させる〈透谷〉が、国民文学論争を契機として変質する様相については拙稿「変容する〈透谷〉――小田切秀雄の文学史把握とポジショナリティ」(『「私」から考える文学史　私小説という視座』井原あや・梅澤亜由美・大木志門・大原祐治・尾形大・小澤純・河野龍也・小林洋介編、勉誠出版、平成三〇・一〇)を参照されたい。

15　酒井森之介「明治文学談話会の頃」『国文学　解釈と教材の研究』昭和四〇・四、一二四頁

16　竹内好「近代主義と民族の問題」『文学』昭和二六・九、四〇－四一頁

17　加藤の文章の引用は橋川文三『日本浪曼派批判序説』（未来社、昭和三五・二、二一頁）より行なった。表題は「浪曼主義の文学運動」だとされているが、出典が不明なため未見である。

18　前掲、橋川『日本浪曼派批判序説』二一頁

第Ⅰ部　表象の体系としてのアンソロジー

第一章では、明治三五（一九〇二）年版『透谷全集』が、明治三〇年代後半以降における透谷テクストの受容、及び〈透谷〉形成の過程において、決定的な意味を持つこととなったその理由を、単にその内容や、内容と同時代思潮との相関に求めるのではなく、読者獲得のための出版社の動向に着目することで明らかにしていく。

『透谷全集』は、装丁や値段に明らかな差異化が図られた「上製」「並製」という二種類の形態が準備され（上製はさらに少なくとも三種類の表紙が準備された）、いくつもの全国規模のメディアで大々的な広告キャンペーンを行うといった購買層の拡大を企図した戦略の下、明治期最大の出版社である博文館の、東京を基点として全国に広がる特約店ネットワークにのって広く流通していく。このことは、本書第二章でみていくような、「統一性の原理」及び〈作家〉という主体の近代性を自明視するような通念が流通していく過程でもあっただろう。

日本で著作権法が制定されたのは明治三二年三月四日のことだったが、まさにそのような「所有制度」が整備されていく時代を背景として、〈作家〉が出版物流の世界で「機能」していく様態を、出版社同士が取り交わした「契約書」なども参照しながら実証的に解明する。

第二章ではまず、この『透谷全集』が、透谷名義で発表された詩や評論を網羅的に収集しただけでなく、「透谷子漫録摘集」として透谷の未定稿や手紙、日記といった私的な文章を載録したことに注目する。

こうした事態は『透谷全集』が嚆矢であり、個人全集という制度のいちおうの完成を意味するものだった。すなわち、書物というメディア装置に収納可能な、〈作家〉に「帰属」する言説の範囲＝「統一性」の圏域が確定したということになるだろう。一方、このことはまた、本来一般読者を受け手として意図していない言説が公にされ得るという事態の出現を告げる出来事だった。

本章では、同時代における『手紙雑誌』『ハガキ文学』（いずれも明治三七年創刊）といった、〈作家〉の「実際」の手紙や書簡体小説を掲載した雑誌や、『文章世界』その他の雑誌において増大する、手紙に関する言説を分析する。明治三〇年代後半のこうした手紙をめぐる状況の変化は、〈文学〉にいかなる変容を迫ったのであろうか。

第三章で分析の中心に据えるのは、〈ヱルテリズム〉という、ゲーテ『若きウェルテルの悩み』にちなんだ、厭世思想をめぐる言説運動であるが、これもまた明治二〇－四〇年代における浪漫主義の一つのヴァリエーションと捉えることができる。

ゲーテ『若きウェルテルの悩み』は、『文学界』同人ら明治二〇年代の浪漫派に愛読されていたが、明治二〇－四〇年代の〈透谷〉は、この〈ヱルテリズム〉の言説編成に巻き込まれ、変質していく。透谷縊死の翌年、やはり〈作家〉であった藤野古白という青年がピストル自殺しているが、二人の自殺は同時代的な厭世思想流行の文脈で語られると同時に、古白がウェルテルと同じピストル自殺をはかったことによって、彼らの思想は〈ヱルテリズム〉と呼称されることになる。このように明治二〇年代の浪漫主義は、厭世思想と癒着して認識されていく。その後〈ヱルテリズム〉という記号は、明治三六年の藤村操の自殺事件の際に再起動し、〈透谷〉はこの時またしても召喚されることとなる。

本章では、青年の死に関係する言説が、双方向的に吸引し合うような別の言説運動の中で、〈透谷〉が新たな記号体系の範疇に編成されていく動向を分析しながら、明治二〇年代後半から明治四〇年代初頭にかけて存在した浪漫主義の一水脈を追いかけていく。

第四章の発想の起点にもやはり、文学全集というアンソロジーをめぐる制度の問題がある。『樋口一葉集・北村透谷集』が、『現代日本文学全集』の第二回配本として刊行されたのは、昭和二（一九二七）年一月であったが、このいわゆる「円本」刊行を契機として、透谷を語る言説は量的に拡大していく。ただしその理由は、明治三五年版『透谷全集』が刊行されて以来、これほどまでに大規模に流通した透谷関係の出版物がなかったからというだけではなく、むしろ、「円本」という媒体で透谷テクストが流通してしまったことに起因していたといえるだろう。

「円本」発刊という事件が出版資本主義の確立を決定付けたことについては、同時代において既に認識されるところだったが、この様な出版革命とそれがもたらす〈文学〉の大衆化は、多くの論者に、文壇文学における〈文明批評〉の欠如を自覚させることとなる。本書第六章以降で論じるように、透谷会会員や『日本浪曼派』同人として積極的に活動し、新日本文化の会の結成を主導することになる佐藤春夫は、そうした文壇文学における〈文明批評〉の欠如をいち早く指摘した一人であった。佐藤は、自然主義文学に連なる私小説・心境小説に欠落した〈文明批評〉的要素＝〈社会的自我〉を有した〈作家〉として透谷を論じ、それまで高踏的・反社会的という枠組でしか語られてこなかった透谷の浪漫主義に、社会性という新しい観点を導入していく。

だがしかし、「円本」発刊を契機とする〈透谷〉の変容は、単なる既成文壇内部の出来事にとどまらなかった。この時期の〈透谷〉をめぐる動向として注目しなければならないのは、プロレタリア文学者による透谷の偶像化という事態である。透谷は、大ブルジョワジーによる国家主義への抵抗者として渇仰されたが、そこで重要な役割を演じたのは、中野重治・蔵原惟人だった。蔵原などは「プロレタリア・レアリズムへの道」（『戦旗』昭和三・五）で「ロマン主義」的観念を徹底的に否認していくわけだが、日本のプロレタリア文学に内在する浪漫主義的性格をプロレタリア文学者の〈透谷〉は如実に物語るであろう。そしてそのような系譜への目配りは、林房雄や亀井勝一郎などのプロレタリア作家が、官憲によるマルクス主義への弾圧後、日本浪曼派へと〈転向〉したとする従来の文学史的見取図の見直しを、というよりも〈転向〉という問題の再考を迫るだろう。本章では、「円本」刊行が惹起した〈透谷〉の争奪戦の様相をみることで、昭和二年当時、相拮抗する二つの文学的立場で分有されていた二つの浪漫主義的潮流を分析する。

第一章　明治三五年版『透谷全集』——その「商品」性と流通ネットワーク

一、出版社の戦略的意図という問題機制

明治三五（一九〇二）年一〇月一日に発行された『透谷全集』（全一冊、星野天知編輯、文武堂発兌、博文館発売）という書物が、明治三〇年代後半以降における北村透谷テクストの受容、及び透谷の〈作家像〉形成の過程において、決定的な役割を果たしたことについては、既に多くの論者が言及しているところである。また、本書第二章で詳述するように、この『透谷全集』は、「透谷子漫録摘集」として透谷の「漫録」を載録しているが、この「漫録」として一括して表象された諸テクストは、透谷の「日記」や「手紙」などであったのであり、ここに見られる、「日記」や「手紙」といった私的テクストの「個人全集」への載録という出来事は『透谷全集』を嚆矢とする。すなわち、近代における〈作家〉の個人全集が、その必須条件として抱え込むこととなる性格・体裁としての〈作家〉の私的テクストの載録という事態を問題化する上でも、『透谷全集』は重要な位置を占めているといえるだろう。

だが、『透谷全集』が多くの読者を獲得していくことについて、その理由は、常に透谷テクストの内容や、その内容と全集発刊以後の時代思潮との相関関係ということに求められてきたのであり、全集発刊という出来事以前に繰り広げられた、読者獲得のための出版社らの動向については、水面下の出来事として扱われ、殆んど省みられることがなかったのではないか。

そこで本章は、読者獲得のための実践を開陳せず、水面下の出来事として自ら装うこと、それ自体の出版社側の

戦略的意図を解読する。すなわち、書物としての『透谷全集』に、「商品」としていかなる付加価値が与えられていったか、そのことを、出版経緯・書物の形態・宣伝広告・同時代の出版界の状況などを検証することで読み取ることを目的とする。

二、契約書と奥付が語る『透谷全集』出版の経緯

『透谷全集』出版に至る経緯について、星野天知は『透谷全集』「序文」に語っているが、それによると、『透谷集』（星野慎之輔編纂、文学界雑誌社、明治二七・一〇）[4]を刊行して以来、「全集」を出版して欲しいとの要望が星野に多く寄せられるようになっていた。そんな折、たまたま透谷の「家人」が透谷の一人娘を伴って星野の元を訪れたのだが、その晩、「枕頭荐に君の遊魂と談りて、之より復他事を排して君が遺稿を完からしめんと発意」したという。

事の真偽はこの記述のみからでは確かめようもないが、星野が「透谷全集の出版事状」（『黙歩七十年』）や「詩文山すげと透谷全集の出版」（『星野天知自叙伝』）において語った『透谷全集』編輯の経緯と、「序文」における、このような〝美談〟ともいえるエピソードとの間には、気の抜けるほど大きな落差がある。[5]

「透谷全集の出版事状」では、まず星野自らの詩文集『山菅』の出版に至る経緯から語り始められている。明治三四年か、遅くとも明治三五年も一月中旬位までに（理由は後述する）、この『山菅』の出版依頼に文友館主人・伊藤時が訪れ、明治三五年五月にこれが出版されたという。

星野は『山菅』の装丁についても熱心に語っているが、「竪六寸横三寸三分で全編六号活字を用ひ、題字は自筆で表紙は「文学界」末期の表紙に倣ひ、挿画は藤島武二筆の洒落た物だ」と、その意匠を誇示している。「詩文山すげと透谷全集の出版」の方では、星野の詩文集『破蓮集』（矢島誠進堂、明治三三・一二）の「売行き」が非常に「良

かつたと聴いた出版業の文友館主人が訪ねて来て頻りに出版の相談が起つた、そこで当方の注文通りの体裁に従ふべしといふ、注文の許に出版された」と、「透谷全集の出版事状」より詳しく『山菅』出版の事情が述べられている。

この文友館の星野に対する『山菅』出版依頼が熱烈なものであったことは、文友館主人が直接星野を訪れていることや、出版を承諾することとの引き換えに星野が装丁に関する権限を完全に掌握していることなどから判断できるだろう。

そして、「透谷全集の出版事状」、「詩文山すげと透谷全集の出版」によれば、この『山菅』出版依頼と同時に文友館が星野に行なったのが、『透谷全集』出版の依頼であったという。この依頼の時期についてだが、星野らが編輯を開始し、その「風聞」を聞きつけた透谷の実弟丸山古香が星野を訪れ、兄（透谷）の「肖像画」を描かせてくれと申し出たことに返答する形で、それを星野が古香に依頼したのが明治三五年一月二八日であったというから、先にも述べたごとく、明治三四年か、遅くとも明治三五年一月中旬位までということができる。余談だが、丸山古香のこの「肖像画」について、保田與重郎は「有羞の詩」（『コギト』昭和一〇［一九三五］・八）において、「この頃僕は、透谷全集の古版本の扉にある銅版写真を見、ハートの形の中に収められた彼の肖像に、この上ない喜びを感じた」とし、「「文学界」の未熟ながらにも一代の青春をおもはせる運動」のありようが凝縮されたものとして、この「肖像画」を象徴的に意味付けている。(6)

さて、「売行き」の良い書物の出版を希求する文友館が、なぜ『透谷全集』の出版を依頼したのかは不明である。そもそも透谷が縊死した年に刊行された『透谷集』は、「僅三百部」という小部数しか印刷されなかったにもかかわらず「売尽すのに二年間を要した」(7)というが、そのような前例がありながら、いわば〈売れない作家〉北村透谷の全集を出版することは、投機的で危険な賭けであったように思えるのだ。あるいは、『透谷集』刊行より少なくとも「売尽すのに」要した「二年」という時間を経過してから、全集を出版して欲しいとの要望が多く寄せられるようになったという星野の「序文」の発言に見られるような状況が事実として市場にあり、そうした状況を受けて文友館は販売する価値のある「商品」であると判断したのだろうか。

ところが文友館は、明治三五年五月一二日に、『透谷全集』の発行権・発売権を文武堂という出版社に移譲し、『透谷全集』出版から身を引いている。文友館が発行権・発売権を移譲した理由として想定できるのは、『透谷全集』は危険を冒すのに充分に「商品」的価値の高いものではないと判断され、投機するよりは発行権・発売権を譲渡し、利益を確実に得たほうが得策だと考えられたか、あるいは、確実に売れるとの市場での前評判があり、発行権・発売権料を自らつり上げて転売の時期を窺っていたかの、いずれかであったといえるかもしれない。

むろん、これらの発行権・発売権移譲の経緯に関する「透谷全集の出版事状」、「詩文山すげと透谷全集の出版」における星野の発言だけでは、憶測の域を出るものではない。しかし、明治三五年五月一二日に『透谷全集』の発行権・発売権が文友館から文武堂に移譲された際に、両者の間に交わされた「契約書」(8)を参照すると、その契約内容を知ることができると同時に、そこには『透谷集』が発売された明治二〇年代後半とは比較にならないほどに整備された出版界の事情が浮かび上がってくるのだ。以下は、その「契約書」の全文である。

契約書

故透谷北村門太郎氏ノ遺稿「透谷全集」発行ニ就キ契約ヲナス左之如シ

壱条　透谷全集ノ発行並ニ発売権ハ文武堂ノ占有トシ文友館ニ於テハ本書ヲ発行シ又ハ抜萃スル事ヲ得ザルモノトス

弐条　文武堂ハ透谷全集ヲ発行スル毎ニ本書壱千部ニ付金参拾円ノ割合ヲ以テ文友館ニ支払スルモノトス
参条　文武堂ハ透谷全集ヲ発行製本出来ノ上ハ初版ニ限リ上製壱百部ヲ無代価ニテ文友館へ交付スルモノトス
但シ再版以後ハ増訂ノ際ニ限リ弐拾部無代価ニテ交付スルモノトス
四条　文武堂ハ透谷全集ノ奥付ニ「文友館蔵版」ト挿入シ文友館ノ検印ヲ受クルモノトス
五条　透谷全集ノ広告ヲ諸新聞雑誌ニ掲載スル時ハ「文友館蔵版」ト挿入スルモノトス
六条　透谷全集ノ著作権ニ就テハ万一他ヨリ故障ヲ生ジタル時ハ文友館之ヲ処理シ文武堂ニ対シ毫モ迷惑ヲ及サザルモノトス
七条　以上ノ契約条項中相方何レニ於テモ不履行ノ事アルトキハ同時ニ本契約ヲ解除スルモノトス
八条　文武堂ニ於テハ以上ノ契約ヲ成スニ当リ文友館ニ対シ従前ノ運動諸費支払ノ為金壱百円ヲ贈与シ文友館ハ之レヲ受領シタリ
本契約ノ履行ヲ証スル為メ本契約証書弐通ヲ作リ各自其壱通ヲ保有ス

明治三十五年五月十二日

東京市日本橋区大伝馬町二丁目二十一番地

文友館　伊藤　時　㊞

同市麻布区本村町二百十三番地

立会人　星野　慎之輔　㊞

同市神田区表神保町三番地

文武堂　大橋　省吾　㊞

この「契約書」の内容から、文武堂が文友館から全ての権利を譲渡されたのではないことがわかる。すなわち、そのことは「奥付」や「広告」に「文友館蔵版」の文字を「挿入」し、「奥付」にはさらに「検印」を受けることが約束されていることに端的に現れているといえるが、このことから、『透谷全集』の著作権の所在が文友館にあることが推測できるだろう(9)。

また、文友館は文武堂から事実上の発行権・発売権料に代替されるものとして、「従前ノ運動諸費」＝「金壱百円」を受領しているが、それだけではなく、「本書壱千部ニ付金参拾円」を文武堂は文友館に支払うことを約束しているから、文武堂は『透谷全集』が「壱千部」単位で売れてゆくことを予期していたのだということが窺える。そして、「初版」発行の際には「上製壱百部」を、さらに「再版」する度に「弐拾部」を、文武堂は「無代価」で文友館に「交付」するとしており、「僅三百部」を「売尽すのに二年間を要した」という『透谷集』の時代の市場規模とは、歴然とした懸隔があることに気づかされざるを得ない。

この出版市場の拡大の背景として、清水文吉は「雑誌出版界」の場合を例にとり、日清・日露という二つの戦争の勝利があったとしているが、これら二つの戦争以後、「一誌の発行部数が十万、二十万というマス・マガジンがいくつも現出」し、「出版史上初めての量産、量販時代を迎えた」という(10)。

むろん、こうした現象は「雑誌出版界」や「書籍出版界」に限ったことではなく、資本主義経済の展開過程において産業界全体に生じた現象であったが、『透谷集』が発行された明治二七年一〇月八日は、たとえそれが同年八月に開戦した日清戦争の戦中期にあたるとしても、いまだ出版界における「量産、量販時代」を迎えてはいなかったのであり、一方、日清・日露両戦争の戦間期にあたる明治三五年一〇月一日に発行された『透谷全集』は、まさにそうした出版界が「量産、量販時代」を迎え、急成長を遂げて行く最中にあったといえる。

こうした『透谷全集』を取り巻く具体的な出版界の状況については後述するが、先の「契約書」の第五条「透谷全集ノ広告ヲ諸新聞雑誌ニ掲載スル時ハ「文友館蔵版」ト挿入スルモノトス」の一文からはまた、「広告」についても出版社が発売前から意識的であったことが窺える。

この宣伝広告への意識についても、『透谷集』におけるそれとはやはり比べ物にならない。すなわち、明治三六年一月発行の『文庫』誌上に掲載された小島烏水「透谷全集と子規随筆」などを見ると、烏水は『透谷集』が発行されてから数年を経て「氏の遺稿を集めたる『透谷集』といへる書ありしと聞」いたというが、このことは、小部数しか印刷されなかったにもかかわらず、売れなかったという事実とは矛盾するようではないか。つまり、『透谷集』を手に入れたいと欲する購買者予備軍がいたとしても、その書物の存在を知ることすらできなかったのであり、そこには「広告」によって広く宣伝し「売る」という実践の価値が、『透谷集』の時代において殆んど出版社側に意識されることはなかったという明治二〇年代後半の歴史的背景が見え隠れしている。

いずれにしても、「透谷全集の出版事状」、「詩文山すげと透谷全集の出版」における星野の『透谷全集』出版の経緯については、いずれも『山菅』に比較して淡々とした記述が数行あるのみであり、挙句の果てに星野は、文友館からは『透谷全集』に関する「版権料」も「校正料」も「少しの謝金」も貰っていないと、金銭の話題で文章を締めくくっているのだ。

『透谷全集』は、そもそも文友館主人が、その出版を星野に持ち掛けたことに端を発していたにもかかわらず、その「序文」に見られるような、「枕頭荐に君の遊魂と談りて、之より復他事を排して君が遺稿を完からしめんと発意」したという〝美談〟が創出されることで、そうした事実は隠蔽されてしまっている。むろん、こうした編者星野天知による事実隠蔽の所作が、直ちに書物の売行き上昇のための実践であったと断言することはできないだろうが、こうした出版の経緯を叙述した「序文」に見られる〝美談〟に類する、売れるための高度な戦略性が、その書物それ自体の形態や宣伝広告などに盛り込まれていたのではないかと見ることは妥当だろう。では具体的には、どのような戦略があったのだろうか。

三、『透谷全集』の形態とその意味

『透谷全集』の形態そのものについて平岡敏夫は、「本文だけで七九八頁にも及ぶ大冊で、「折れたま、咲いて見せたる百合の花」の自筆影印、「粋を論じて伽羅枕に及ぶ」の原稿写真を掲げ、序文として天知・秋骨・禿木・藤村（「亡友反古帖」）、跋として戸川残花の詩文が付されている。今日なお資料的価値を失わぬ美本である」[11]と述べている。この平岡の『透谷全集』を「美本」とする認識が、『透谷全集』のどの部分に向けられたものであるか述べられていないが、そもそもこの『透谷全集』には、外観の異なる、二種類の形態が存在している。

つまり、このことはこれまで注目されてこなかったことだが、『透谷全集』「上製」本には、発行年月日・発行者・印刷者・発売元など全て同じであるが、装丁の上で明らかな差異がある類本としての「並製」本が存在するのだ。

書形は、「上製」が横一四・三センチメートル（四・七寸）、縦一九・六センチメートル（六・四寸）で、菊版より小型のいわゆる四六版（横四・二寸×縦六・二寸）よりもやや大きめ、いわば菊版と四六版の中間の大きさだといえるだろう。「並製」は横一三・二センチメートル（四寸）、縦一八・九センチメートル（六寸）で、「上製」より若干小ぶりだが典型的な四六版である。厚さはいずれも四・三センチメートル（一・四寸）で、頁数や本文の三〇字×一二行という構成に両者の差異はない。

表紙は、「上製」がクロース装で、クロースの色は、青紫・緑・黄の三種類のものが存在していることを確認している。

表表紙には小野小町伝説を想起させる髑髏やススキのような植物などの図柄が金箔押しされ、裏表紙は表表紙と同じ図柄が型押しされているが金箔は押されておらず、その代わりに中心部には、刀の鍔と二つの桜花、そして甲

『透谷全集』上製（黒田蔵）

裏表紙　背　表表紙

『透谷全集』並製（黒田蔵）

裏表紙　背　表表紙

骨文字のような図柄を意匠とし、文武両道の基本精神を形象化したとされる文武堂の社標が、中央に金箔押しされている。背には表表紙と同じ図柄と縦書きの「透谷全集」の表題がやはり金箔押しされている。

一方「並製」は、クロース装ではなく紙装であり、表表紙は中央に縦書きで「透谷全集」とあり、表題の背景となる地は、上から三分の一は濃い茶褐色、下三分の二は薄い茶褐色で、上部分には「上製」と同様の髑髏の図柄が描かれているが、型押しはされていない。裏表紙は表題が無いことを除いて表表紙と同じである。背には、上製同様「透谷全集」の表題と、それに加えて「文武堂発兌」の背文字がある。その他の装丁上の差異については、「上製」の方だけに、「折れたまゝ咲いて見せたる百合の花」の自筆影印・「枠を論じて伽羅枕に及ぶ」の原稿写真のそれぞれの前に、薄手の和紙の遊び紙が挿入されていることくらいである。内容は、「上製」「並製」に差異はなく、印刷も本文は黒のインクだが、それ以外の「序文」「跋」「凡例」「目次」「挿画」などが多数の色で印刷し分けられた套印本（多

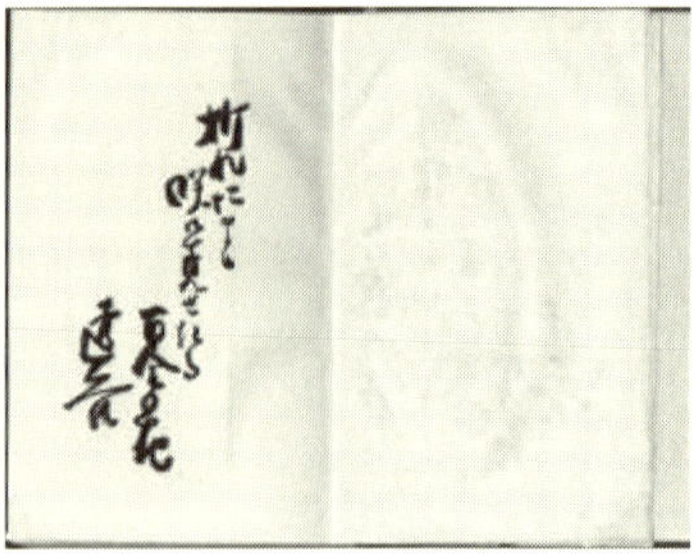

「折れたまゝ咲いて見せたる百合の花」自筆影印

肖像画

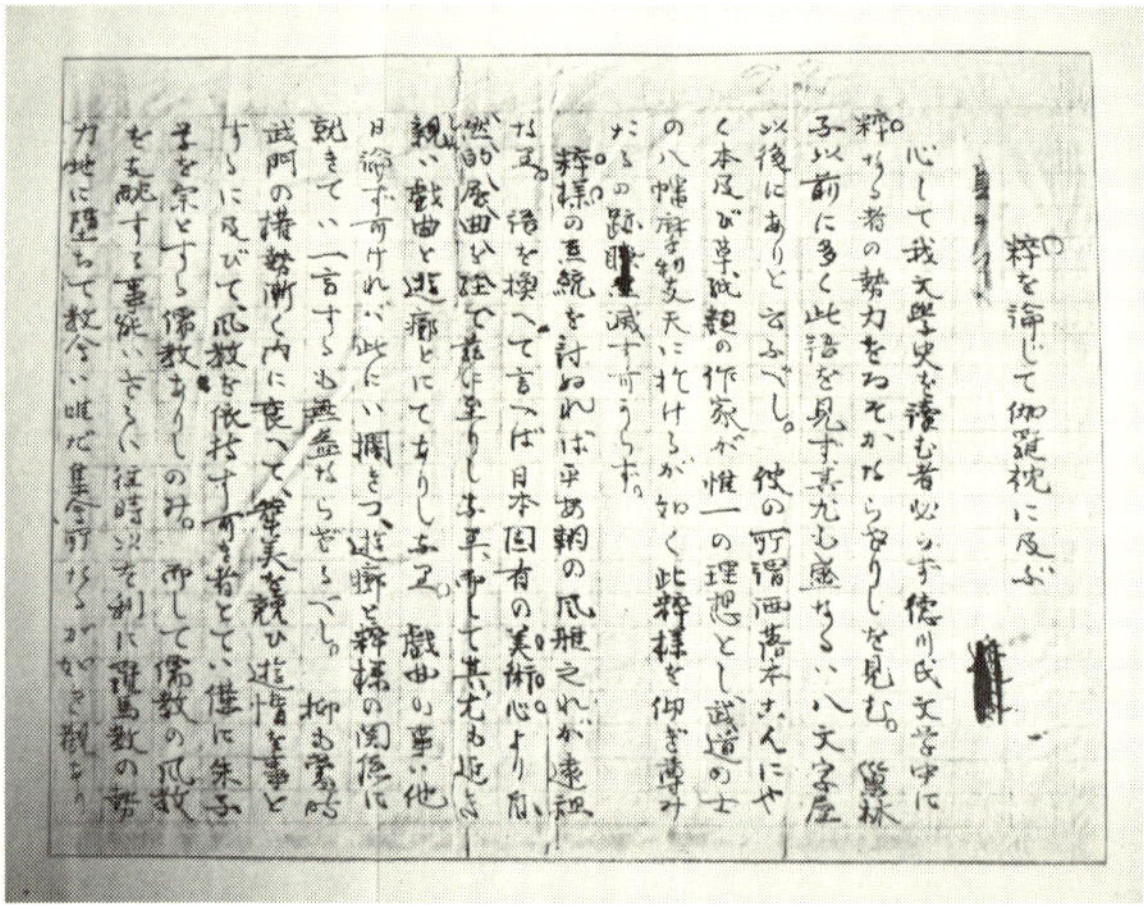
粋を論じて伽羅枕に及ぶ

「粋を論じて伽羅枕に及ぶ」原稿影印

色刷）であることも変わりがない。函は、「上製」「並製」ともにおそらく、元より無し。値段に関しては、「上製」が「正価金一円卅五銭」であるのに対し、「並製」が「正価金一円」と、「上製」の方が三五パーセント高くなっている。

これらのことから、内容的に全く異なるところのない「上製」三種類、「並製」一種類、計四種類の『透谷全集』が、おそらくは同時に、そして同じ店頭に並んで陳列されたという光景の出現を想像することは難しくない。

四、「文壇」を表象する装丁──高山樗牛「明治三十四年の文芸界」

明治三五年一月、雑誌『太陽』（博文館）に高山樗牛が「明治三十四年の文芸界」と題する文章を掲載している。むろん、「明治三十四年」とは『透谷全集』出版が企画決定された年だが、樗牛は「明治三十四年の文芸界」の第二節を「表紙挿画は格好の代表者」と題し、明治三四年の「文壇」を「表紙挿画」が表象する、と興味深いことを述べているので、やや長くなるが以下に引用したい。

三十四年の文壇を最も好く代表するものは、書籍の表装と雑誌の挿画となるべし。街上の書店陳列する所の幾十百の新刊書は、装釘の美なること、たしかに一種の観物也。著書出版社が表紙の図案賦彩に苦心して、互いに新奇を競へるの状、歴然として見るべし。然れども仔細に観察すれば、唯々是れ新のみ、唯々是れ奇のみ。一見俗目を喜ばしむるのみ、毫も重厚高雅の趣なく、其の趣味の軽佻浮靡、寧ろ太だ厭ふべしと為す。而して著者は清新を誇り、読者は其の奇抜を喜び、相伝へて靡然として一時の風を為す。吾人より見れば殆ど児戯のみ。雑誌の挿画の如きも亦然り。妄りに洋風の皮相を摸して、頻りに新様を衒ひ、形似なく、骨法なく、明清なく、漫然東西を混じて帰適する所を知らず、たゞ怪畸を求めて嶄新を誇らむとす。其の風格の浮薄なる、装釘の意匠と正に好一対たり。

表紙挿画の美を以て其の書を売らむとす、既に卑むべし。其の意匠画風の、爾かく軽浮を極めて、而かも尚ほ其の清新を誇らむとするに至りては、著述出版社流の趣味好尚の、太だ俗悪なるを想ふべし。宣なる哉、其の内容の亦爾かく軽佻浮薄を極めたるや。

三十四年の文壇を知らむと欲するものは、先づ其の表紙と挿画とを一見すべき也。

明治三五年当時、書物の装丁に「意匠」を凝らし、それらが「新奇」なものであればあるほど、書物それ自体に高い「商品」性を付与することができるという認識が、「著者」「出版社」の間に形成され、共有されていたといえるだろう。完成度の高い装丁で知られる尾崎紅葉の『金色夜叉』（春陽堂、明治三一－明治三六）が出版されてくるのも、またこの時期である。

同時に、「内容」が「軽佻浮薄」であるにもかかわらず、その「内容」を盛る器とでも言うべき装丁を華美にすることで書物を「売らむ」とする「著者」「出版社」側の動向を批判する、樗牛の「表紙挿画の美を以てその書を売らむとす、既に卑むべし」というような眼差しの創出を見ることもできる。さらに樗牛のこの言説の場合、「文壇」という総体、さらには「出版社」やそれら「商品」としての「書物」を〈顕示的〉に消費する「読者」までをもその批判の対象として包含するような、文学場全体を相対化しようとするものであったといえるだろう。

しかし、この樗牛の発言は、図らずも書物が「内容」とは関係なく読者に需要されるモノ＝「商品」であるという一側面を、自らが証明するという皮肉な事態を招来してしまっているともいえるのだ。

五、『透谷全集』宣伝広告の戦略

『透谷全集』もまた、そのような磁場の圏域にあって例外ではなかったのであり、『透谷全集』発刊時の宣伝広告もそのことを物語っている。『透谷全集』の宣伝広告は、同時代の他の書籍の宣伝広告と同様に、雑誌や新聞がその主な媒体であった。

以下では、出来得る限り広範に同時代の雑誌・新聞を調査し、『透谷全集』の宣伝広告が掲載された、雑誌・新聞名・発行年月（日）・発行所を列挙した（広告掲載頻度の高い雑誌順に列挙。同一掲載頻度の雑誌は順不同。新聞に関しては、掲載日順に列挙）。

雑誌	発行年月（日）	発行所
①『太陽』	明治三五・一〇	博文館
②『太陽』（世界国勢要覧）	明治三五・一〇	博文館
③『少年世界』	明治三五・一〇・一	博文館
④『少年世界』	明治三五・一〇・一〇	博文館
⑤『明星』	明治三五・一〇	東京新詩社
⑥『明星』	明治三五・一二	東京新詩社
⑦『文芸倶楽部』	明治三五・一〇	博文館
⑧『中学世界』	明治三五・一〇	博文館
⑨『文庫』	明治三五・一一	内外出版協会
⑩『新声』	明治三五・一〇	新声社

新聞	発行年月日
⑪『読売新聞』	明治三五・一〇・一

⑫『日本新聞』　明治三五・一〇・一
⑬『時事新報』　明治三五・一〇・二
⑭『東京朝日新聞』　明治三五・一〇・二
⑮『二六新報』　明治三五・一〇・二
⑯『万朝報』　明治三五・一〇・三

『透谷全集』の発売元が博文館ということもあってであろう、博文館が発行する雑誌に広告が掲載される頻度が高い。博文館発行の雑誌以外では、『明星』が掲載二回と最も頻度が高くなっており、これは『明星』の発売元が文友館であることとやはり深く関わりがありそうだが、注目すべきは、⑤と⑥とで広告文の内容が異なっているということであり、平岡敏夫は後者の方が「アピールの姿勢」において「前者より強い」としているが、[12] この平岡が「アピールの姿勢」が弱いとする広告文を採用している雑誌は、他に一例も存在しない。

博文館発行の雑誌で、『文芸倶楽部』と『中学世界』とが掲載回数が一回である理由はいずれも月一回の発行であったからということだろう。『太陽』も月一回の発行だが、この月は「世界国勢要覧」が臨時に発行されているので、二回の掲載になったということころのようだ。

広告文の異同について確認しておこう。⑤以外はほぼ同じで次の通りだが、文末が博文館発行の雑誌では「当今文界に投ずる一大炬火たらん」であるのに対し、それ以外では「当今文界に投ずる一大炬火たらん也」となっている。[13]

透谷北村門太郎は明治の異材なりき、清高の想、激切の文、以て当年の文壇を照せしも、霊光俄然として消え、世人其遺香を追慕する切なるものあり、爰に友人諸氏相謀りて遺編を集録して公版す、文学論あり、随筆あり、戯曲あり、皆以て此の不幸短命なる詩人の高志清想を後世に伝ふるものたり、又た此書一たび出で丶、当今文界に投ずる一大炬火たらん。

広告の構成は、⑥⑨⑩が同じで、博文館発行の雑誌には①②と③④⑦⑧の二系統がある。新聞における広告は、⑪から⑯の全紙において雑誌⑥⑨⑩と同じ系統のものが使用されている。

これらのことから、広告文からして全く異なる⑤を例外として、博文館とそれ以外の他社という二系統の広告文がまず準備され、さらに博文館発行の雑誌でも、『太陽』とそれ以外の雑誌という、構成上二系統の広告が準備されていたことが分かる。博文館に二系統の広告が準備されたのは、『太陽』以外が一面広告であることから、紙面の割り振り上の単純な理由であったのではないか。

③④⑦⑧系統広告

広告の構成の意図・レトリックを読解するために、③④⑦⑧系統の広告について見てみたい。中央には、大きく「透谷全集」と縦書きされ、その下に「洋装美製本」と横書きになっている。また、その「洋装美製本」のすぐ右手には、「上製」「並製」の記述とともにそれらの値段も記されてはいるが、それらの活字は「洋装美製本」のそれに比して余りにも小さい。「上製」「並製」の書物としての形態上の顕著な差異は、「洋装美製本」の名辞の下に一括して表象されることで、無化されている。

　むろん、「洋風」「美」という樗牛によっては批判の対象となるべきイメージを内蔵した同一の言語で両者を表象することで、「上製」「並製」の物質的な差異に向けられるはずの読者の想像力は機能不全に陥らされるが、実際に読者が店頭に行けば、両者の違いはすぐに判るはずである。そのとき初めて、『透谷全集』の買い手となるであろう読者は、「並製」か、あるいは割高だが「並製」よりは明らかに「美」しく作られた「上製」か、「上製」ならば何色か、という選択を強いられるのだ。

　この選択に対する決定は、各購買者の資本力と趣味嗜好とに基づいて繰り広げられる各々の内的な葛藤の末に行われるであろうが、いずれにしても値段設定に幅を持たせたことは、購買層の拡大を促したであろうし、一部の愛書家や収集家によって、全種類同時に購入されたという事態を想像することも難しくない。しかし、発売者側による「上製」「並製」の物質的差異化、そしてそれに伴う金額的差異の設定ということは、その購買者である読者の階層化ということに連続してゆかねばならない。むろんそのことは読者の資本力とは無関係ではありえないが、「上製」を手に取ることはできても、購入することは金銭的に不可能な読者を創出したはずだ。そのことは、良くも悪くも階級や世代の違いといった位相における階層化を、『透谷全集』発売という出来事の背後に潜在させていたといえるだろう。

　この雑誌広告に見られる発売者側の戦略は、「上製」「並製」という書物の形態に差異化を図った上で、それらの差異を無化して両者を「美」のイメージで表象し、いわば「美を以てその書を売らむとす」（樗牛）ることであり、また同時に、今度は「上製」「並製」の差異を店頭における購買時に読者の前に顕在化させることで購買層を広げるという、二重性を帯びたものであったといえる。

六、『透谷全集』を取り巻く出版界の状況

さて、ここで『透谷全集』の広告主を改めて明確化しておきたいと思う。文友館と文武堂との間に交わされた「契約書」の「広告」に関する条項である第五条では、「広告」には「文友館蔵版」と明記することが約束されていたが、「契約書」が交わされた時点から、むしろ文友館が「広告」に限らず一切の出版業務から手を引くことが同時に約束されており、広告主は文武堂であることが理解される。

しかし次の瞬間には、文武堂という今日では耳慣れない出版社が、既に見たような、全国規模の宣伝広告を実施するほどの資本力をなぜ持っていたのかという素朴な疑問に突き当たらざるを得ない。

ちなみに、明治三一年一月発行の『太陽』「社告」によると、「広告料の如きは実に菊版一頁にして、最上等と雖も僅かに三拾円余」とあり、また博文館発行の各雑誌への広告掲載料が明治三六年一月から改正されるに際し、博文館発行の各雑誌に掲載された「博文館雑誌広告料」を参照すると、『太陽』の広告料は最上等の「特等」で、一頁「割引金八十円」とある。すなわち明治三一年の頃と比較して明治三六年時点での『太陽』の広告料は倍以上に跳ね上がったことになるが、それでも広告料改正前の明治三五年よりは「割引」かれているというのだ。

『透谷全集』も『少年世界』などで、数回に亘り一面広告を掲載し[14]、半面広告も複数ある。少なくとも一六もの雑誌や新聞に、同時に広告を出すとなると、その金額の合計は数百円には上っただろう。また文武堂の資本金は「三百円」であったというから[15]、この広告料の大きさも容易に推量できる。

結論から言うと、文武堂の資本力は、博文館という明治の出版界を支配していたといっても過言ではなかった、強大な出版社の資本力と全国特約店ネットワークを背景にしていたのである。すなわち、博文館と兄弟会社である

東京堂の店主は、同時に文武堂の主人でもあり、『透谷全集』の発行者として名を連ねていた大橋省吾その人に他ならなかったということが全ての事態を物語っているといえるだろう。

『透谷全集』が発刊された明治三五年当時、大橋省吾は東京堂二代目店主であったが、同時期に博文館二代目館主であった大橋新太郎の実弟にあたり、二人はともに博文館創業者大橋佐平の実子である。省吾が二代目を務めたこの東京堂の創業者である高橋新一郎は、佐平夫人松子の実弟にあたり、既に明治二〇年に博文館を創業していた佐平の勧めで、明治二三年に東京堂を創業したというが、この高橋家が佐平の息子省吾を養子として迎え入れたことで、博文館と東京堂との結びつきは強いものになっていく。

省吾が明治二四年に東京堂の二代目を継いだとき、省吾はいまだ高橋姓を名乗っていたが、明治二六年に大橋姓に復し、博文館と東京堂とは名実ともに兄弟会社としての密接な関係を確立するのである。

ここで注意しなければならないのは、博文館と東京堂の業務内容の根本的な差異である。

博文館が出版を主な生業にしていたことは言うまでもないが、東京堂は書籍の小売店として出発しつつも、創業の翌年から卸部を開設し取次の業務を開始している。この取次は、出版界が量産・量販時代を迎えたことで、出版社が独自に小売店に出版物を納品し、集金するという近世以来の仕方が限界に達したため、それらの業務を専門的に取扱う業者として、必然的に発生した。

村上信明によれば、博文館が急成長した背景には、この東京堂という取次を頂点とした全国特約店ネットワークをいち早く築き上げたことが大きかったといい、博文館の明治三〇年代における特約店は、特別大販売所一店（東京堂、大阪盛文館）、特約大売捌所六五店（東海堂、北隆館、川瀬書店など）、特約売捌所一一二七店、売捌所九九五店、計一一八九店に上り、当時としては日本最大かつ独自の販売ルートを全国に張りめぐらしていたというのだ。(16) すなわち、博文館が出版した出版物を、東京堂に一手に卸し、東京堂はそれらの出版物を博文館が構築した全国特約店ネットワークを駆使して販売したのである。

これらのことを踏まえると、博文館・東京堂双方のメリットは、このように要約できるだろう。博文館は、例え結果的に売れない出版物であっても、東京堂に一旦卸してしまえば損失をこうむることはないのであり、また流通コストを最大限に削減できることとなる。一方東京堂は、基本的にはよく売れる博文館の出版物を一手に買い上げることが可能となり、例え小売店段階で売れ残りが生じるようなことがあっても、この当時、返品制度はなかったため、出版物が販売網を逆流して、皺寄せを被るというようなこともなかった。

ところが、東京堂は明治二四年、省吾が店主となると同時に、出版の方面にも事業を展開しているが、「博文館が手広く出版業を営んでいる関係上、世間から対立しているように思われてはいけない」と考えた省吾は、「出版開業後間もなく、別に文武堂を起こし」たのだという。[17]すなわち、東京堂の出版部門とでもいうべきものが文武堂であったのであり、それは同じ出版業種内で博文館と「対立」していると世間に見られることへの警戒心から設立された出版社だったとすることができる。

といっても、文武堂の出版活動は博文館のそれと比較して、それ程盛んなものではなかった。明治三五年、博文館は単行本を四七冊、叢書を四種（六七冊）、『太陽』などの雑誌七誌を発行しているが、[18]文武堂は『少年史譚』（全四冊）の他、単行本六冊を出版したに過ぎない。[19]しかも、それらの書物の多くは、「文武堂発兌　発売元博文館」、あるいは「文武堂蔵版　発兌元博文館、東京堂」と表記されていたのであり、そこには博文館への強い配慮が感じられる。

実際、『透谷全集』奥付の表記は、前者の場合に属しているといえるが、先に列挙した宣伝広告のうち、③④⑦⑧系統の広告にしか文武堂の文字は見当たらず、その殆んどが「発兌元博文館、東京堂」と表記されていたのだ。そこには、『東京堂の八十五年』が、「発売元を博文館にしたのは、同館との義理関係だけでなく、博文館の名前を利用する方が、万事有利な時代だったからだろう」と推測しているように、文武堂主人大橋省吾の、文武堂という文字を極力抹消することで、自社の出版物に博文館の印象を植え付けるような広告による戦略的意図があったのではないだろうか。

大橋省吾は、明治二二年から明治二四年に東京堂店主となるまでの間、博文館に勤務しているが、その際、博文館の出版広告の、体裁から文案までの一切を取り仕切っていたのがこの省吾であった。『日本広告発達史 上』は「博文館では、処女出版「日本大家論集」(雑誌)、「日本之時事」、「日本之法律」、「日本之輿論」などの雑誌、書籍をつぎつぎに出版して大々的に広告した。これらはいずれも当時非常な人気を呼んだベストセラーで、同社はこの成功によって後年の出版王国博文館の基礎を築いた[20]」としており、書籍である『日本之輿論』を除いて、ここに挙げられた全ての雑誌の発行された時期と、省吾が博文館に勤務していた時期とは重複する。すなわち、「出版王国博文館の基礎」の構築に、省吾の意識的な広告戦略が少なからず貢献していたといえるだろう。そして、この省吾が主人を務める文武堂によって、『透谷全集』は発行されたのである。

ここで再び、先に引用した平岡敏夫の発言を思い出したい。すなわち、『明星』が掲載した広告が、⑤と⑥とで広告文の内容が異なっていたことについて、平岡は後者の方が「アピールの姿勢」において「前者より強い」としていた。

前者の広告文は、編集者四人の署名によるものであり、日付は「明治三十五年三月」となっている。後者の広告文は、少しの異同はあるものの他の全ての広告文に共通するが、それには編集者四人の署名は消えている。そしてこれらのことからは、平岡の指摘した二つの広告文における「アピールの姿勢」の強弱という質的な差異を決定付けたのは、文友館から文武堂へという、発行権・発売権の移譲という同年五月の出来事が関わっていたのではないか、編輯者四人の署名が消えたのは、広告文が出版社である文武堂による文案であったからではないか、と考えられるのである。

七、博文館特約店ネットワークと三木露風

三木露風は、『透谷全集』を購入した時のことを、「ある日、僕が田舎の本屋に行くと、そこの主人が、頻に善い本だと云つて、東京から着いたばかりの一冊の書物を差し出した。（中略）透谷全集を手にしたのは此時が初めてある」（「明治詩壇の回顧」『文章世界』大正二〔一九一三〕・一）と回顧している。

明治三五年当時、露風は一三歳で、二年後に上京するまでの幼少期を兵庫県揖西郡龍野町（現龍野市）で生活していた。露風は「東京から着いたばかり」としているが、文武堂によって発行されたこの書物は、博文館の全国特約店ネットワークにおける「特別大販売所」である大阪盛文館に少なくとも一旦は卸されていたはずだ。さらに、「田舎の本屋」に『透谷全集』が到着するには、あるいは複数の取次を経由することで、発行日よりもやや遅かったかもしれない。

ここで注目すべきは、北村透谷という〈作家〉を聞いたことすらなかった「田舎」の一三歳の少年の手に、発行して間もない書物を届けることを可能にした流通ネットワークが、東京を起点として同心円的に全国へと整備されつつあったという地政学についてであり、またそうした流通ネットワークが最大限に活かされるためには、莫大な資本を投入して全国規模のメディアに宣伝広告を掲載することが不可欠だったということについてである。すなわち、『透谷全集』のその後の普及、延いては、〈透谷〉という記号が成型され流通してく背景には、そうした販売方法を取ることが可能だった文武堂に、発行権・発売権が移譲されたことが大きく関わっていたといえる。

このような博文館の全国特約店ネットワークで流通することとなった『透谷全集』だが、発行権・発売権移譲に

関する「契約書」や、書物それ自体の形態に物質的差異を設定する方法、大々的な宣伝広告などを検証していったとき、この書物が波及的に齎す種々の影響――例えば北村透谷という〈作家〉そのものが認知されその名が流通していくという事態、それ以前に、「商品」として全国至る所に流通していたのだということを、具体的に確認することができた。この『透谷全集』という書物の発刊を契機として、〈透谷〉がいかに変質していったかについては、本書第三章で検証する。

注

1　編輯には、星野の他に、島崎藤村・平田禿木・戸川秋骨があたっているが（四人全員が「序」を執筆している。ちなみに「跋」は戸川残花による）、「凡例」には「編輯校正は専ら星野天知の手になりしを以て、其過失等の責は同人これを任ず」とあり、「凡例」自体にも「編集代表者」である「星野慎之輔（天知）」の単独の署名があるのみである。また、奥付にも、編輯者として記されているのは、「星野慎之輔（天知）」一人の名前だけである。実際、星野が『透谷全集』編輯の経緯について語った、星野天知『黙歩七十年』（聖文閣、昭和一三〔一九三八〕・一〇）、『星野天知自叙伝』（日本近代文学館編『日本近代文学館資料叢書〔第Ⅰ期〕文学者の日記4　星野天知』博文館新社、平成一一〔一九九九〕・七）によれば、藤村・禿木は雑誌に掲載された透谷テクストの収集の協力を天知に依頼されて手伝ったに過ぎず、秋骨に至っては、それすら行っていないようだ。また同二著によれば、透谷の「遺稿」の「整理」、「遺稿」からの「日誌と腹案録の抜粋」、全体の「編輯」「校正」といった作業、その他出版社との事務的な手続き等も全て天知単独の仕事であったことがわかる。

2　片桐禎子「透谷評価の跡をめぐって」（『藤女子大学文学部紀要』昭和三七・三）、平岡敏夫「透谷から啄木へ――明治文学史の一系譜――」（『明治文学史の周辺』文弘社、昭和五一・一一）、永渕朋枝「透谷の読者――藤村

『春』が出るまで――」（『国語国文』平成一五・三）など。

3 近代における「個人全集」意識の確立については、宗像和重が「『一葉全集』という書物」（『投書家時代の森鷗外 草創期活字メディアを舞台に』岩波書店、平成一六・七。初出は、『文学』平成一一・一。）において詳細に論じている。同論で宗像は、『一葉全集』（博文館、明治三〇・一）の刊行にその論考を焦点化しながらも、『透谷全集』における「近代の「全集」」としての性格について言及している。

4 明治二六年四月に制定された法律第15号「出版法」第一三条の「二種以上ノ著作若ハ演説講義ノ筆記を編纂シテ一部ノ書ト為ストキハ編纂者ヲ著者ト看做スヘシ（以下略）」との条項に依拠すれば、『透谷集』の著者は、法律上北村透谷ではなく星野慎之輔（天知）ということになりそうだが、『官報』第三四一二号附録（明治二七年一一月一〇日）の「広告」欄に掲載された『透谷集』の著作権登録に関する記事を参照すると、『透谷集』の内務省登録日は「一〇月六日」（登録番号二二、八九二）、定価は「三八〇」（単位は厘）、「著作及版権所有者」は「東京市星野慎之輔」とあり、法律上の著者はやはり編纂者の星野慎之輔として登録されていたことがわかる。

5 『星野天知自叙伝』は、星野天知『黙歩七十年』の草稿である。両者には異同があるが、「透谷全集の出版事状」（『黙歩七十年』）と「詩文山すげと透谷全集の出版」（『星野天知自叙伝』）とがほぼ対応している。

6 引用は保田與重郎『英雄と詩人』（人文書院、昭和一一・一一）所収の「有羞の詩」より行なった。

7 前掲、星野「詩文山すげと透谷全集の出版」二七七頁

8 岩出貞夫編『東京堂の八十五年』（東京堂、昭和五一・三）所収のものを参照した。第二章第三節8「『透谷全集』の出版」九〇‐九一頁

9 著作権の所在を確定する方法としては、明治三二年三月四日に制定された法律第39号「著作権法」第一五条の「著作権者ハ著作権ノ登録ヲ受クルコトヲ得（以下略）」との条項に基づいて内務省に提出された登録証を参照す

るか、『官報』の「広告」欄中の「著作権登録等」の欄に、登録者が著作権の所在を広告したものの中に『透谷全集』に関する記事を見つけるかの二つの仕方が考えられるが、前者の方法は不可能であるため後者の方法に拠って明治三五年一〇月から明治三六年一二月までの『官報』(第五七七四号－第六一四九号)を参照したが、『透谷全集』に関する記事を見つけ出す事はできなかった。ちなみに、法律第15号「出版法」第三条の「文書図画ヲ出版スルトキハ発行ノ日ヨリ到達スヘキ日数ヲ除キ三日前に製本二部ヲ添へ内務省ニ届出ヘシ」との条項に基づいて内務省に納本された『透谷全集』が国立国会図書館に所蔵されているが、この『透谷全集』の奥付の印刷日・発行日が、順に「九月二十八日」が「十月二日」に、「十月一日」が「十月五日」に訂正されている。これは、内務省への発行者による納本が遅れたものの、「出版法」第三条の「三日前」の規則を遵守するために図られた措置であると思われる。また、その訂正の際に押された訂正印には「大橋省吾」とあり、こうした訂正の措置は内務省による一方的なものではなく、発行者側によって事前に、そして自主的に実践されたという建前のもとに行われたものであると推測される。なお、明治期の出版法制の仕組みや奥付の読解方法については、科学研究費補助金(基盤研究C)に基づくプロジェクト「改造社を中心とする20世紀日本のジャーナリズムと知的言説をめぐる総合的研究」の一環として平成一七年九月一七日に開催された第一回研究会における、浅岡邦雄氏の口頭発表「明治期の奥付が意味するもの」に示唆されたところが大きかった。

10 清水文吉『本は流れる――出版流通機構の成立史』日本エディタースクール出版部、平成三・一二、四九頁

11 平岡敏夫「第七章 透谷の晩年」『北村透谷研究 評伝』有精堂出版、平成七・一、五六〇頁

12 前掲、平岡「透谷から啄木へ――明治文学史の一系譜――」二〇七頁

13 『明星』(明治三五・一〇)に掲載された広告⑤の広告文をここに記しておけば、「故透谷北村門太郎氏が遺稿断篇の散逸せんことを恐れ、かつて一冊子となして文学界雑誌社より刊行せしが小集久しく絶版となりて、世の氏

が当年の素志を惜しみ、その清奮激切の文字に思を寄せらるゝ諸君子の望に添ふこと能はざりしを恨み、同人相謀り、先の『透谷集』に加ふるに、更に庵中の遺珠数篇、『蓬莱』の一曲を以てし、こゝに『透谷全集』と題す」とある。ちなみに、広告⑤には、発兌元の文武堂の文字はなく、東京堂が「発売所」として小さく記されており、逆に「文友館蔵版」の文字が目立つ。

14　ちなみに、「博文館雑誌広告料」によると、『少年世界』一頁の広告料は「特等」で「割引金四十円」だったという。

15　前掲、岩出編『東京堂の八十五年』第二章第二節4「文武堂の由来」六七頁

16　村上信明『出版流通とシステム』新文化通信社、昭和五九・六、二五頁

17　前掲、岩出編『東京堂の八十五年』第二章第二節4「文武堂の由来」六六－六七頁

18　坪谷善四郎『博文館五十年史』（博文館、昭和一二・六）所収「博文館出版年表」をもとに算出。

19　前掲、岩出編『東京堂の八十五年』第二章第六節1「文武堂の出版物」一二五頁

20　内川芳美編『日本広告発達史 上』電通、昭和五一・七、七一頁

第二章　明治三〇年代後半、〈文学〉化されゆく手紙――「透谷子漫録摘集」を起点として

一、〈作家〉のリアルな「像」

手紙の形式を利用した小説、すなわち「書簡体小説」の定着期である明治四〇年代を、山口直孝は「書簡体小説の季節」[1]と形容している。その前段階にあたる明治三〇年代後半は、小説という制度をも包含する広義の〈文学〉と手紙との関係性が変容した時代であったと考えられる。その一つの象徴が、『透谷全集』の発刊という出来事であろう。

明治三五（一九〇二）年一〇月一日、星野慎之輔（天知）編輯による『透谷全集』全一冊が文武堂より発行され、博文館から発売されている。明治二七年五月一六日、北村透谷は二五歳四ヵ月で縊死しているが、その死の約五ヶ月後の一〇月八日、星野慎之輔が編纂した『透谷集』が文学界雑誌社から発行されていた。この『透谷集』は、『女学雑誌』や『文学界』などの雑誌に載録された詩や評論を集めたものであり、いまだ個人全集の体裁をとるものではなかった。宗像和重によれば、この「故人の遺徳を偲び、その業績を顕彰する近世の遺稿集としての面影を濃厚にとどめていた『透谷集』から、近代の「全集」としての『透谷全集』へ」という性格の変化の背後には、『一葉全集』（博文館、明治三〇・一）の刊行を契機とする個人全集意識の確立があったという[2]。

この『透谷全集』はしかし、近代の全集としての個人全集意識を、『一葉全集』からさらに一歩前進させる性質を備えていた。それは、「透谷子漫録摘集」[3]として透谷の「漫録」を載録していたことにある。この「漫録」とし

て一括して表象された言説群は透谷の手紙や日記などであったが、この『透谷全集』を嚆矢とする〈作家〉の手紙や日記といった私的テクストの個人全集への載録という事態は、本来〈大衆〉という読者を受け手としていない、すなわち刊行されることを意図していなかったはずのプライベートな文書が、公にされ得るという事態の出現を告げる出来事であった。そのような事態を前に、星野天知は『透谷全集』「序文」に次のように述べている。

今年漫りに君が遺篋を探りて其断片隻句を拾集補綴し、以て君が半生の伝記たるもの、又は未定稿の腹案をも知るべきもの、総て其日記に併せて終に日記摘録を巻尾に編むの罪を犯せり。君が戯言遂に実と成りて吾が誓言を全ふせしめ、爰に全集完成を告げしむの悦びを悲む。

ここには、その後の個人全集が潜在的に内包することとなる罪の意識を見出すことができる。すなわち、「漫りに」故人の「遺篋を探り」、そこで得られた「断片隻句」までも網羅的に「全集」に収録するという自らの行為が、「罪を犯」していることなのだという編集者星野天知の自意識である。それは、故人であるがゆえに本人に公刊の是非を確認することが不可能な私的な文章を公にすることに内在する暴力性の自覚とすることができるだろう。

『透谷全集』に対する最も早い反応は、『透谷全集』発行の四日後に発表された徳富蘇峰「透谷全集を読む」（『国民新聞』明治三五・一〇・五）である。「之を暫読する当初に於ては、此書に就ては、何事をも語らざる積り」だったという蘇峰だが、載録されていた手紙に衝撃を受け、直ちに書き上げたという。蘇峰は、「彷彿として行間に現はれ」た透谷の「面影」を発見し、「嗟嘆の声を漏ら」したといい、それらの行動を促したのは、「最も多く」透谷を「説明」した「透谷子漫録摘集」中の二つの手紙だったというのだ。

手紙を読んだ蘇峰は、「君は其の以上に、尚ほ一種純粋なる美質の存したることを自覚したるや否や」と、透谷も自覚していなかったのではないかとする「純粋なる美質」を発見し、そうした性質を備えた〈透谷〉の身体を起ち上げていく。その上で、「若しそれ君の不幸は、君の欠点よりも、寧ろ君の美質より来りたりと知らば、如何に鐵石の心腸を以て自から居る男児も、焉んぞ君の為めに、一掬の哀涙を迸しり出さずして止まん哉」として、その「純粋なる美質」こそが透谷を「不幸」に追い込んだのだという自殺の〈真相〉に、手紙を介して到達していく経路が見て取れる。

中山弘明は、『透谷全集』中の島崎藤村「亡友反古帖」に、「「書き捨てたる反古」の中から「亡友彷彿として吾眼前にあるが如く」浮びあがる事実が記されて」いることを指摘し、〈全集〉という制度において「反古」＝手紙・日記が秩序付けられることで、「〈作家〉の復権に重大な効果をもたらす」」、「活字というものの背後に作家像」が「リアルに構築」されると指摘しているが、[4]蘇峰が手紙を介して〈透谷〉を起ち上げていったのも、同様の事態だといえるだろう。もちろん、同文章で蘇峰がいかに透谷とは疎遠であったと主張しても、実際に対面したことのある蘇峰に去来した「面影」と、透谷に一度も会ったことが無く、活字でのみ透谷を知る読者が抱く〈作家〉の「像」とが、同質でないことは明らかである。しかし、蘇峰自身がその同時代的な普遍性を保証してもいるように、「如何に鐵石の心腸を以て自から居る男児も」「一掬の哀涙を迸しり出さずして止ま」ないような心性へと読者を導く回路、すなわち手紙や日記がリアルな「像」を産出・提供するという認識が、明治三〇年代後半においては当然のものとして存在したのではないだろうか。事実、明治三五年一二月一五日付の『新生』「新刊評論」欄の『透谷全集』評も、「巻末の日記は赤裸々たる透谷氏を見るべし」と、「透谷子漫録摘集」に特権的な地位を付与しているのだ。

次節以降では、「透谷子漫録摘集」とともに、明治三〇年代後半における手紙をめぐる認識の布置の再編に貢献した、『手紙雑誌』というメディアについて見ていきたい。

二、「手紙文学」「手紙小説」――「公衆に向つて書く」「アート」としての手紙

明治三七年、有楽社発行（後に手紙雑誌社）の『手紙雑誌』（明治三七・三－明治四三・一〇）と日本葉書会（後に精美堂と改名）発行の『ハガキ文学』（明治三七・一〇－明治四三・八）という、手紙をクローズアップした二つの雑誌が創刊されている。これらの雑誌は創刊年も同じなら、廃刊年も同じであり、そのことは明治三〇年代後半から四〇年代前半にかけた時期に、手紙というメディアに対して人々の関心が集まっていたことの証左となるだろう。ここでは、手紙に関する様々な論考を掲載し、また手紙形式の文章の実作への実験的な試みも行なった『手紙雑誌』に注目してみたい。

『手紙雑誌』はその創刊号に、編集者である安孫子貞次郎によるものと思われる「手紙雑誌の序」を掲げている。

此の雑誌は、諸先生に題も求めず、文体もかまはず、無暗とぶちこんだ、御手紙の闇汁の闇汁会で御座います。／中には態々起稿を被下れたのも御座いましよう、中には実際往復なされた、御用済のも御座いましよう、実際の御手紙は、当時の事実問題に、嘘がなく真情が流露して居ましよう、態々御起稿のものには、模範としての、御注意が行届いて、居ることで御座いましよう。

また、第一巻第二号からは安孫子貞次郎から早くもその編集の任を桑田正が受け継いでおり、編集者交代という事態を受けてか、改めて次のような「要旨」が第一巻第四号の巻頭に掲げられることとなる。

▲半ば好事的に半ば実用的に、最も清高にして最も雅なる趣味を、古今東西人士の手紙の中に見出し、併せて純文学上一種の形式として、手紙文学の研究に資せんとの意に外ならず候。／▲されば手紙雑誌は、古今の有名なる手紙、模範となるべき手紙、美文としての価値ある手紙は勿論、手紙より成れる文学的作物、手紙に関する古今人の意見、逸話、筆蹟等をも紹介し、募集し、尚ほ或程度までは、読者諸君が手紙交換の機関（倶楽部）たらんことをも辞せざるべく候。

両者の間には、「闇汁」から「最も清高にして最も雅なる趣味」へと手紙の表象形式に変動があり、雑誌の内容的にも、雑多な手紙の収集と掲載という創刊当初の路線に加え、「純文学上一種の形式」としての「手紙文学の研究」が明確に謳われることとなる。

この「手紙文学」とは、「要旨」と同号の第一巻第四号に掲載された「手紙文学に就いて」という文章において、「手紙の形式より成れる美文小説」と言い換えられていることから、ここでは、いわゆる「書簡体小説」「手紙小説」という制度の「研究」が志向されているといえるだろう。

「手紙文学」の実作に向けての実際的な動きとしては、まず明治三七年中に手紙合作会なる集団が『手紙雑誌』というメディア内部で組織されたようだ。というのも、翌年一月発行の第一巻第一〇号に、この手紙合作会が「手紙合作会要旨」を掲げているからで、ここで「合作手紙小説」への執筆を呼びかけている。そうした呼びかけに応じる形で、明治三八年四月の第二巻第二号に、饗庭篁村「一、女の襟どめ」、広津柳浪「二、飛んだ事の御心当」という二つの「当世文反古〔合作手紙小説〕」が発表されることとなる。

この「当世文反古〔合作手紙小説〕」には、その後、巌谷小波・柳川春葉・斎藤松洲らが連作的に加わり、物語世界内の人物による手紙の遣り取りによってストーリーが展開されてゆくのだが、第六信目の三島霜川「六、利休の目には茶の花も吉野山」(第二巻第五号、明治三八・八)をもって中断し、以後再開されることはなかった。毎回作品の前に掲げられていた、「当世文壇諸名家が苦心の筆に成れる合作手紙は『当世文反古』と題し、(中略)思ふに是れ明治文界唯一の手紙小説なり」などの字句からは、「手紙小説」という制度創設への編集者の意気込みが感じられたが、新しい形式を要求された実作者達にとっては、技術的困難を伴う作業であったことが推測される。

もちろん、国木田独歩による虚構の手紙形式を取り入れた日清戦争の「従軍記」[5]が、実際の戦争と同時進行的に『国民新聞』に公開され、好評を博していたことは、「第三者に読まれることを意識した「手紙」」「パフォーマンスとしての「手紙」[6]」という存立様式、すなわち「手紙小説」という制度の先例を作っていた。しかし、独歩の「従軍記」以降にそのような手紙形式を用いた小説が殆んど生み出されてこなかったという事実、また『手紙雑誌』創刊に際して発せられた次のような同時代評を鑑みれば、明治三〇年代後半において、そのような手紙形式の小説という制度を創設し、執筆を呼びかけた「当世文反古〔合作手紙小説〕」という試みの意義の大きさが推量できよう。

手紙といへば欧米の文学社会にては最も重要視さるゝに反し我国にては殆んど零瑣なる余技として閑却せられつゝある今日その弊風を打破し手紙文学の本能を発揮せん為めに本誌は生まれたるもの也(『中央新聞』[7])

文運隆興の今日書簡文学の発達遅々たるは聖代の一大欠点たり(『小樽新聞』[8])

そして、「当世文反古〔合作手紙小説〕」に顕在化した〈文学〉としての手紙への意識は、「手紙文学」「手紙小説」という社会的記号の流通という事態とともに、着実な裾野の広がりを見せることとなる。例えば、一連の「当世文反古〔合作手紙小説〕」と同時期に語られた、次の徳富猪一郎(蘇峰)「〇手紙雑感〔談話筆記[9]〕」を見てみよう。

手紙文学、言ひ換ふれば一種の道楽として書く手紙、若くは手紙を借りて慷慨気焔を叙し、煩悶不平を遣る場合など、必しも誰に送るといふ定まりたる当の相手はなく、随つて相手の多数者なると少数者なるとに拘らざる、更に広めて云へば公衆に向つて書く手紙の類を指す。(中略)若夫れ道楽として書く手紙、又は文学としての手紙の如きは、自ら又別種のものに属す。是れ用事にあらず、社交にあらず、全然一種のアート也。

蘇峰は同文章でまず、手紙を、(一)「用向の手紙」、(二)「用向ならぬ手紙」に大別し、後者をさらに①「准用事」、②「手紙文学」に細別している。そして、「手紙文学」は、「誰に送るといふ定まりたる当の相手はなく」「公衆に向つて書く手紙」、「一種のアート」と定義される。ここには、文学は「公衆に向つて書く」「アート」であり、逆に、手紙は本来「公衆に向つて書く」ものでも、「アート」でもないという二つの前提が駆動している。ゆえに「手紙文学」という言説形式は、手紙と文学とが、互いに相反する性質を獲得し合い、あるいは相互に絡め取られていくような、手紙／文学をめぐる実定性が根底から揺らぐ前衛的なジャンル融解の場として、明治四〇年代に支持され、実践されて行くのである。

「書簡体小説」が明治四〇年代において支持された要因について山口直孝は、「書簡体小説は、多様な要求に応えられる小説形式であった」とし、島村抱月の「描写方法の純然客観ならんとすること、題材の肉に及び醜に及ぶことを避けざらんとすること」(「文芸上の自然主義」『早稲田文学』明治四一・一)との発言を引いた上で、「自然主義の理念に沿うことができた」からだと、自然主義文芸思潮の時代において「書簡体小説」が支持された要因を分析している[10]。

もっとも山口は、「書簡体小説」という形式に抱月が関心を持っていたと主張しているわけではなく、抱月ら自然主義者の主張に合致するような形式だったとしているだけなのだが、実は「文芸上の自然主義」を草する以前から、抱月は、手紙、「手紙小説」、あるいは手紙形式の言説に少なからぬ関心を寄せていたということが、『手紙雑誌』を通覧する過程で明らかになってきた。すなわち、抱月が『手紙雑誌』に、「手紙と手紙小説とに就いて」（第三巻第一〇号、明治三九・一〇）、「新意を薦むるの書〔文芸上の作物に就いて〕」（第四巻第四号、明治四〇・四）という二つの文章を寄稿していたことに、そうした関心の一端がうかがえる。

後者の「新意を薦むるの書〔文芸上の作物に就いて〕」は、『東京日日新聞』明治三九年三月一二日号の「月曜文壇」欄に「新意を薦むるの書」として掲載されたものに〔文芸上の作物に就いて〕との副題を付して「再録」されたものだが、「文芸上のコンヴエンシヨナル（稿者注――月並）の作物に就いて、諷せられたるもの」との『手紙雑誌』記者による但し書きがあるように、内容は手紙に関するものではなかった。しかし、この「新意を薦むるの書〔文芸上の作物に就いて〕」は、「小説」の創作に行き詰まった或人物からの手紙に返信するという、「手紙小説」の形式を用いて語られていたのである。

一方、やはり「手紙」の形式を用いて書かれた「手紙と手紙小説とに就いて」では、「手紙は通例一気呵成なるがよろしく、読み返さぬが妙と存じ候。然らざれば、啻に書簡文の生命たる真情直露の態を失ふの恐れある」と、「書簡文の生命」は「真情直露の態」、すなわち、自身のありのままの心情をさらけ出すという〈態度〉だとされるのだが、これと同時期に書かれた次の文章などをみれば、「真情直露の態」が手紙にだけ要求されたものではなかったことが理解される。

◎凡そ精神界の事、理を人に伝ふるは難事とも覚えぬが、感情を人に伝ふるは容易の業にあらず。（中略）感情の表白は常に文芸である。（中略）情の真摯誠実といふことに於いては、文芸と宗教と全く相合するではないか。（中略）予輩は思ふ、今の文壇に最も要するものは感情の真摯誠実といふことでは無いか。(11)

ここで抱月は、現今の文壇文学が〈コンヴエンシヨナル〉なものに陥っているのは、書き手に「情の真摯誠実」さが欠落しているからだ、「感情の表白」が不足しているからだというのだが、抱月が要求する書き手の「情の真摯誠実」さというものが、「書簡文の生命」とされた「真情直露の態」と異なるものではないことはいうまでもない。すなわち、手紙や「手紙文学」「手紙小説」という言説形式への抱月の関心が、実はそれらが自身の文芸上の主張とも合致するような、有用な技術的契機であるという認識に基づいていたのである。ここでは、これ以上の立ち入った言及は避けねばならないが、そうした抱月の認識は、「純然客観」という「描写方法」を主眼とする自然主義的な理念を先鋭化させていく明治四〇年代において、一層強固なものになっていったのではないだろうか。

いずれにせよ、竹越三叉が「我が国の書簡といふものは、まだ文学の域に入り得て居ないと思ふ」（「書簡の文学的価値」『文章世界』明治四〇・一〇）と述べているように、明治四〇年代に入っても、「手紙文学」「手紙小説」という文芸上の制度が整備されたわけではなかったが、竹越が同じ文章のなかで、「手紙小説」という形式確立に向けた明治三〇年代後半における『手紙雑誌』の貢献に言及しているとおり、「アート」としての手紙という考え方を、明治四〇年代の「書簡体小説の季節」以前に提出し、抱月などに理念的な考究の場を提供した、『手紙雑誌』の存在意義は決して小さいものではなかった。

三、〈古人／今人〉という分割線＝歴史的断層

とはいえ、『手紙雑誌』の志向する路線は、「手紙文学」「手紙小説」という制度の創設にのみ焦点化されていたわけではなく、既に確認したように、「闇汁」とも表象される、「古今東西人士」の雑多な手紙の収集と掲載というところにあった。すなわち、年齢や身分や性差、書かれた時代などの区分はもちろん、実在する個人から実在する

別の個人に向けて書かれた私信であるか否かといったこと、また手紙の書き手の生死も問題にされることのない、約六〇篇もの手紙が毎号掲載されていく。

そして、多くの〈作家〉の手紙もまたその例外ではなかったのであり、例えば、『手紙雑誌　総目録』の「▲古今書翰並手紙文学」の項に挙げられた〈作家〉を第一巻第一号に限定して見ただけでも、伊藤銀月・紅葉山人・佐佐木信綱・正岡子規（二通）・饗庭篁村らの名前を確認することができる。これらのうち、既に亡くなっていた紅葉と子規の手紙が、「実際」に遣り取りされた私信である事はその誌面上で判断でき、また、伊藤銀月の「手紙雑誌に寄する手紙」だけは、『手紙雑誌』により手紙として分類されているとはいうものの、明らかに手紙形式を用いた言説であり、『手紙雑誌』創刊に際して依頼されて執筆した、すなわち、先の蘇峰の言葉を借りれば、「公衆に向つて書」かれた手紙だったといえるだろう。

しかし、その他の当時存命中であった佐佐木信綱・饗庭篁村の手紙が、「実際」に遣り取りされた私信であったのか、それとも『手紙雑誌』掲載を前提として新規に書かれたものであったのかということは判然としない。

これら二人の手紙に関しては、第一に、やはり銀月同様、『手紙雑誌』への掲載を前提として執筆されたもの、第二に、特定の人物に宛てて書かれたあくまで私的な文章が、何らかの経緯で『手紙雑誌』編集者の手許に入り、公開されたもの、この二通りのことが想定されるだろう。さらに後者に関しては、本人（佐佐木信綱・饗庭篁村）の許諾を編集者が得たか否かの二通りの場合が考えられるが、『手紙雑誌』側が許諾を得ていたとすれば、それら元来私信であった言説は、公開されることを事前に知っていたという意味で「公衆に向つて書」かれた手紙と同質のものへとその瞬間に限りなく接近していたといえる。一方、許諾を得ていなかったとすれば、〈作家〉にとって私信という形式は存立し得ず、公開されることを前提として手紙も執筆しなければならない時代が既に到来していることを意味する。

実際、その当時既に、〈作家〉達は自らの書いた手紙が、自分の意志に反して公開されるという事態を想定せざるを得ない状態に置かれていた。それゆえ、〈作家〉達の手紙への関心は、必然的に自分達のプライバシーの問題に集中していくこととなる。

例えば、『文章世界』(明治三九・三―大正九〔一九二〇〕・一二)の第一巻第六号(明治三九・八)では、《日記と手紙と》という小規模な特集が組まれているが、ここでも問題の所在は、後述するように、手紙・日記を公開を前提として執筆することの是非に収斂していく。

田山花袋を編集主幹とする『文章世界』は、明治四〇年代には自然主義文学の牙城としての性格が強くなるが、『文章世界』の当初の目的は、「実用的の文章」の書記形式を読者である〈青年〉層に教える投書雑誌たることにあった。[12]「実用的の文章」とされたもののうち手紙や日記に関する言説を、第一巻第一号から第一巻第三号に限って見ても、下田歌子「女子の書翰文に就いて」(第一巻第一号「論説」)、中川静「書翰文の要訣(一)(二)」(第一巻第一・二号に連載「作文法」)、青柳篤恒「支那時分　手紙の書き方」(「作文法」第一巻第二・三号に連載)、無記名「大学生の日記」(第一巻第二号「文範」)、堀内新泉「女子の書翰」(第一巻第三号「作文法」)などがある。

興味深いことに、堀内新泉と無記名の者以外は、下田歌子を始め全員が教育家とされる人物であり、文章自体も手紙を書く作法や文例を伝授・指導するという姿勢が濃厚である。また明治三〇年代後半に多数の立志小説を発表した堀内新泉にしても、教育家達と姿勢は同様のものだった。「女子の」「大学生の」といった規範性を強調するものが多く、そうした規範に基づいて実践する〈主体〉に変貌することを読者に要請した。読者に対し「書簡文」「日記文」の投稿を呼びかけた「投稿欄」は、選評を経ることによってそうした規範性を再生産することを婉曲的に強制する場という側面もあったといえるだろう。

このように「実用的の文章」としての手紙や日記に意識的であった『文章世界』は、第一巻第六号で、特集《日記と手紙と》を組むことになる。
この特集の冒頭で『文章世界』記者は、「日記と手紙とは、人間一日も欠くことの出来ぬもの」であり、「この二つのものに熟達すれば、文章の書体は書きこなせるといつてもよい」から、「諸家の高見を叩いた」としている。執筆陣には幸田露伴・江見水蔭・依田学海・伊藤銀月・泉鏡花・饗庭篁村・石井研堂・国木田独歩・佐佐木信綱らが名を連ねているが、『文章世界』記者の思惑とは裏腹に、これらの人々の文章は、手紙や日記の「書体」に重点を置いて語られることはなく、例えば、次の江見水蔭「自分の手紙は鵺的だ」などのように、手紙や日記を公開することへの懸念を表明することに重点を置いた言説が目立つ。

されば、自分は手紙を公開することは嫌ひである。もと〳〵個人間の文章で、いはゞ寝転んでゐる時とかいつたやうな内輪的のもので、表面的のものではない。と、こんな考からかつて紅葉山人の書翰抄を作らへた時に、自分の許へも山人の書翰を出すやうにと云ふことであつたが、自分は不賛成を唱へて出さなかつた。（中略）尤もあれを出版したのは、断片遺墨もなほ且つ捨てゝ置くのは惜しいといふ意味から来たのであらうから、さう一概に攻撃するのは、或は酷かも知れぬが、万一自分が百年の後に大家になつて死んだ時に、自分の書翰を公にする人があつたら、自分は地下から残念に思いこそすれ、感謝するやうなことは断じてないと云うて置く。

水蔭は、「手紙を公開することは嫌ひ」だという。その理由について、自分の手紙は「文章」としての「価値」はないかもしれないが、「自己の感情を充分に現はすことは出来る」との自負があるからだと、引用箇所の直前で説明していた。そして、尾崎紅葉の書翰集『紅葉書翰抄』（博文館、明治三九・一）発刊の際に自分も「書翰を出す」ようにいわれた事に触れて、紅葉は手紙を「公開」されたくなかったであろうとし、「自分は不賛成を唱へ」たという。

事実、刊行された『紅葉書翰抄』に、水蔭から提供された手紙は見当たらないが、水蔭が紅葉の手紙を提出しなかった理由と、石橋思案が『紅葉書翰抄』巻頭の辞として述べた書翰集刊行の理由とは、奇妙な相似形をなしているのだ。

すなわち、思案は「凡そ人物の真相を知らうとするには、その人の手になつた書翰文を見るに加《ママ》かずで、山人が面目は此の書に収めた書翰文に歴々現はれて居るのは、予の疑はぬ所である」と言うのだが、ここで公開の許諾を取れない私信の公開について、相反する見解を示す両者が共有しているのは、手紙はその書き手の「感情」(水蔭)、「真相」「面目」(思案)を「現は」すものであるという認識である。すなわち、公開の許諾を取れない私信の公開の是非は、いずれも手紙には書き手の〈真情〉が書き込まれているとする心性に依拠したものだったのである。

特集《日記と手紙と》をみても、そうした日記や手紙をめぐる心性は全員に共有されていたと言ってよかったが、手紙の書き手を〈古人／今人〉という二つの位相に腑分けし両者の差異の根拠に言及している、次の伊藤銀月「僕の意見は他山の石だ」を見てみよう。

▲趣味に属する手紙でも実用に属する手紙でも、これから手紙を書く人は、どうかキマリ文句をヌキにして、自分の胸から湧き出た真摯の言をつらねて呉れ給へ、枯木のやうな手紙でなく、血と呼吸との通ふ手紙を貰ひたい、死んだ手紙の百尋よりは、生きた手紙の一寸が有難い、文章なんかマヅくつても構やアしない。(中略)
▲それから、日記に附いても云い分がある。今の人の日記は、概して古の人の日記より面白くない、それは何の為かとなれば、日記を書く技能が時代を逐うて退歩するわけではなく、古人の日記は自分で見る為に書き、今人の日記は人に見せる為に書く、書く時の心の置き方がまるで正反対だからである、単に自己の必要若しく

は興味の為に書くのだから、文字の末技に趨らずに、肺肝を其儘吐露する、最初から人に見せる目的で書くのだから、文字の彫琢ばかりでなく、どうしても事実を潤色するの傾きを免れない、（中略）最初から人に見せる目的で書いたものは日記の性質を有つてゐない。

ここで銀月は、「古人の日記は自分で見る為に書き、今人の日記は人に見せる為に書く」とし、公開されることを最初から意識した「今人の日記」は「面白くない」、「日記の性質を有つてゐない」としている。それは、公開を前提とした瞬間に、「自分の胸から湧き出た真摯の言」を述べることも、「肺肝を其儘吐露する」こともできないからだという。銀月の主張は、「書簡文」「日記文」の投稿を呼びかけた『文章世界』という雑誌メディアの内部にあって、その雑誌そのもののあり方を批判する自己言及的かつメタ的な性格を持っていたが、その主張を整理すると、第一に、公開を意識しない日記には〈真情〉が内包されている、第二に、公開を意識せざるを得ない「今人」の日記には〈真情〉が内包されていない。こうした銀月の日記に対する認識は、先程言及した銀月の「手紙雑誌に寄する手紙」（『手紙雑誌』創刊号）において、「古人の手紙」には「真情流露却つて文章字句に拘泥せるものに優るの珍品も有之候」としていたように、手紙にも適用される認識でもあった。

手紙・日記の書き手に〈古人／今人〉という分割線＝歴史的断層を設置する銀月の認識の付置は、同特集における佐佐木信綱の文章が、「古人の日記」は「個人の性格面目を窺ふによよなきものなる事は、今更言ふまでもなかるべし」としたように、やはり同時代的に分有されたものであったと考えられる。そして、それ自体が日記や手紙のおかれていた歴史的な位置を示唆してもいる。〈古人／今人〉の分割線をいつの時代に設置したかということについて二人は言及していないが、明治三六年に亡くなった尾崎紅葉の書翰集『紅葉書翰抄』の巻頭の辞が、紅葉の「真相」は手紙の中に最も現れるとしたように、あるいは、明治二七年になくなった透谷の〈真情〉〈真相〉を語ったものとして「透谷子漫録摘集」が特権化されたように、紅葉や透谷の手紙・日記は公開を前提として書かれたものではないと考えられていたことがわかる。すなわち、透谷はもちろん明治三六年没の紅葉までもが、銀月らの認識の付置においては〈古人〉に分類されたことになり、〈古人／今人〉という分割線＝歴史的断層が明治三〇年代中庸という、直近の時代に設置されているとすることができるのだ。

すなわち、『透谷全集』（明治三五年）への「透谷子漫録摘集」載録という事態や、〈作家〉の私信までも容赦なく公開してしまう『手紙雑誌』（明治三七－明治四三）のようなメディアの出現が、人々の思考にそうした分割線＝歴史的断層を引いてしまう契機となったのだといえるだろう。

四、〈文学〉化されゆく手紙

明治三〇年代後半、「公衆に向つて書く」「アート」としての「手紙文学」「手紙小説」という制度がメディアによって創設され、そして明治四〇年代にかけてその呼称とともに普及してゆく。この事態の背後には、抱月の場合がそうであったように、当時の文芸思潮が〈文学〉に要求した要素を手紙という言説形式が保持しているのだという認識があったのだといえるだろう。

その要素とはすなわち、書き手の〈真情〉ということであり、手紙、そして日記にはそうした書き手の〈真情〉が十全に表出されているという共同幻想が手紙・日記への人々の〝信仰〟を支えていたのである。

小栗風葉は、そうした〝信仰〟に基づき、明治三〇年代に自身の作風を大きく変えていった〈作家〉の一人であろう。風葉は「覚醒せる明治四十年[13]」というエッセイのなかで、「コンベンシヨナルのものばかり書いて居つた」自分を反省し、「自己の心情、経験を基礎としまづ自己を内観してその偽らない感情を現さうと努めた」と振り返っているが、この時期の風葉は、『手紙雑誌』に、「恋だより」「心の影」「新「オフイリヤ」姫」「不真面目」「知らぬ恋」など多くの「手紙小説」を執筆しており、[14]こうした時期を経て、代表作である「青春」（『読売新聞』明治三八・三・五–明治三九・一一・一二）そして「天才」（『万朝報』明治四〇・三・二三–明治四〇・六・二六）へと書き進めていったのである。もちろん、このことについてはさらなる考察が必要だが、手紙という言説形式が「コンベンショナルの文芸」打破のために切実に〈文学〉の側から欲望され、「公衆に向つて書く」ものとして生成されていったという意味で〈文学〉化してゆく背景には、そのような〝信仰〟が介在していたといえるだろう。

一方で、「実際」の手紙というものも、そうした「公衆に向つて書く」ものとして生成されるという意味での〈文学〉化という事態から自由ではあり得なかった。なぜなら、先の銀月の言説が、本人が意図したかどうかはともかく、〈今人〉が手紙・日記を書くことの不可能性に言及してしまっていたように、明治三〇年代半ば以降、自らの手を離れた手紙は——それが書き手の死という出来事をその原因とするとしても、公開される可能性に曝されねばならず、そのことは必然的に〈今人〉が手紙を「公衆に向つて書く」ことを迫るからである。

むろん、このことは明治三〇年代半ば以前において、手紙が公開される可能性に曝されていなかったということではない。明治三〇年代後半以降、『透谷全集』への「透谷子漫録摘集」載録という事態や『手紙雑誌』『文章世界』などのメディアの出現によって、改めてそのことが強く自覚されるようになったということである。いずれにしても、一旦そうしたことが自覚されてしまった以上、「実際」の手紙も「公衆に向つて書く」ことを、たとえ潜在的にであれ前提とする方向へと突き進まねばならず、すなわち「実際」の手紙と「手紙文学」「手紙小説」との差異は限りなく微視化されて接近し、〈文学〉化していったのだといえるだろう。

そして、「公衆に向つて書く」ことを意識しなかった、すなわち〈文学〉化という実践を意図しなかったはずの〈古人〉の手紙が、事後的に第三者によって公開されるという事態への賛否いずれの場合であっても、その根拠はやはり、手紙にはその書き手の〈真情〉が表現されているという共同幻想に求められたのである。

注

1　山口直孝「近代書簡体小説の水脈――近松秋江『途中』・『見ぬ女の手紙』の可能性――」(『日本近代文学』平成九［一九九七］・五)。山口は同論で、「書簡体小説」ということを「単複数の書簡のみか、あるいはそれに短い但し書きや注記が添えられている構成を持つ小説」(七八頁)と定義しているが、本章の「書簡体小説」「手紙文学」「手紙小説」ということもこの定義に則す。

2　宗像和重「『一葉全集』という書物」『投書家時代の森鷗外　草創期活字メディアを舞台に』岩波書店、平成一六・七、一五八頁。初出は、『文学』平成一一・一。

3　「透谷子漫録摘集」は、明治二二年四月一日から明治二六年一一月四日までの透谷の手紙や日記などの文章を集めたものである。原本の所在は不明。ただし、勝本清一郎が『透谷全集』(第三巻、岩波書店、昭和三〇［一九五五］・九)の「解題」で推測しているように、原題は「透谷子漫録」で、「摘集」の文字は無く、星野天知を中心とした『文学界』同人らによる取捨選択が行なわれたようだ。また、この「透谷子漫録摘集」には、『楚囚之詩』と、父快蔵宛・石坂美那子宛の二つの手紙が綴込まれていたらしいが、いかなる経緯で透谷が自ら送った手紙を自らが所有するに至ったのか、また『文学界』同人らによっていかなる取捨選択が行われたのかといった詳細についでは、原本と校合し得ないこともあり不明である。

4　中山弘明「『春』の叙述――〈透谷全集〉という鏡――」『溶解する文学研究　島崎藤村と「学問史」』翰林書房、平成二八・一二、二五六頁。初出は、『国文学研究』平成四・六。

5　独歩の没後、明治四一年一二月に『愛弟通信』として左久良書房より刊行。

6　紅野謙介「手紙をめぐるポリティクス――戦争と近代郵便制度」（『現代詩手帖』平成一一・六、五二頁）。ちなみに、紅野は「日露戦争下の雑誌から」（『日本古書通信』日本古書通信社、平成一六・七）において『手紙雑誌』を紹介している。同様に『手紙雑誌』を紹介したものとしては、杉本邦子『明治の文芸雑誌――その軌跡を辿る――』（明治書院、平成一一・二）などがある。両者はともに、「日露戦後の書簡体小説の流行を考える上でも重要な雑誌」（紅野、一頁）、「小説の形式の上に、一つのあたらしい領域を開拓した」（杉本、一三九頁）と、『手紙雑誌』における「手紙文学」「手紙小説」の試みの重要性を指摘している。

7　引用は、『手紙雑誌』（第一巻第二号、明治三七・四）より行なった。

8　同前

9　『手紙雑誌』第二巻第三号、明治三八・六

10　前掲、山口「近代書簡体小説の水脈――近松秋江『途中』・『見ぬ女の手紙』の可能性――」六八頁

11　島村抱月「新宗教家は実感情の小説を作るべし」『東京日日新聞』「月曜文壇」欄、明治三九・五・一四

12　前田晁「『文章世界』のこと」『明治大正の文学人』砂子屋書房、昭和一七・四

13　小栗風葉「覚醒せる明治四十年」『文章世界』明治四〇・一二

14　「恋だより」「心の影」「新「オフイリヤ」姫」「不真面目」「知らぬ恋」（順に『手紙雑誌』明治三九・四、明治三九・一〇、明治三九・一二、明治四〇・一、明治四〇・七）

第三章　成型される透谷表象――明治後期、〈ヱルテリズム〉の編成とその磁場――

一、〈無名〉の読者

東京大学総合図書館所蔵の明治三五（一九〇二）年版『透谷全集』（全一冊、星野慎之輔編輯、文武堂発兌、博文館発売、上製）には、七行に亘る手書きの書込みが、紫の色鉛筆でなされている。そこには、芳舟なる人物が、「壬寅の歳」（明治三五年）の暮れに、『透谷全集』のみを「平塚の閑荘」「湘南の幽荘」に持ち込み、「日々愛誦して」過ごし、「一智見」を得ていたことが記されている。『透谷全集』は「壬寅の歳」一〇月一日発行であるから、芳舟なる人物が手にしていた『透谷全集』は、発行されたばかりの、手垢の着かない一冊であったことだろう。

この『透谷全集』（東京大学総合図書館蔵）には、透谷の実弟で画工の丸山古香による透谷の肖像画の前頁に、「川村豊子」氏の寄贈になる「記念図書」であることを示す、一枚の紙片が貼られている。この一枚の紙片からは、さらにこの『透谷全集』が「故文学士川村弘氏」の蔵書であったことが読み取れる。

ところで、号を芳舟とし、川村豊子という女性を配偶者とした川村弘という人物が実在していた。この川村弘という人物は、明治一三年に広島で生れ、明治四五年に透谷の出身地でもある小田原で亡くなっている。『透谷全集』（東京大学総合図書館蔵）には、「大正四年五月廿一日」付の東京帝国大学附属図書館の蔵書印が押されているが、この寄贈されたと思われる「大正四年」（一九一五）と、川村の没年との近接性や前後関係などから、この号を芳舟とした川村弘という人物は「故文学士川村弘氏」その人に他ならない、という推察が成り立つと言えるだろう。川村弘の名義で公刊された書物は、その死後の大正二年七月に非売品として二〇〇部発行された『芳舟遺稿』一冊のみである。

川村の明治三五年の歳末の動向を知る手掛かりは、『芳舟遺稿』所収の明治三五年一二月二二日付有島生馬宛書翰だけだが、これには「明後日より閑地に就きて病を養はん」「生は明後日東都を辞して豆州に遊ばん」との発言を見ることができる。一二月二二日より二日後の一二月二四日に川村は「豆州」に赴き、その数日後の旅の「最終の夜七時」に、「平塚の閑荘」「湘南の幽荘」において、七行に亘る書込みを『透谷全集』に行ったと考えられる。

この『芳舟遺稿』には、「付録追懐」として川村と親交のあった友人達の回想集が収録されている。それには有島生馬・海老名弾正・志賀直哉らが名を連ねているが、志賀直哉はここに「興津」という文章を寄せていた。この「興津」は『志賀直哉全集』（第二巻、岩波書店、平成一一［一九九九］・一）などに収録されている「興津――川村弘の憶ひ出――」として容易に参照できる。

志賀直哉「興津」は、親交のあった川村弘の他、有島生馬ら同じ学習院中等科時代の友人総勢五人で興津を旅した時の「憶ひ出」を叙述したものであるが、志賀の「日記」（『志賀直哉全集』第一〇巻、岩波書店、昭和四八［一九七三］・一二）を参照すると、明治三七年四月二日にこの五人は興津を訪れ、同月八日までの五泊六日を、興津の宿屋を拠点にして行動している。同様の記述は川村の「日記」（『芳舟遺稿』所収）にも見られるため、「興津」は明治三七年四月二日の興津への旅行の「憶ひ出」と見て間違いないだろう。

ここで注目したいのは、興津という場所の持つ意味である。志賀「興津」によれば、五人は「三保へ出かけた」後、「龍華寺の高山林次郎のお墓参り」をし、その際に、墓に来る途中で摘んだ蓮華草や菫などを、「（稿者注―樗牛）全集の表紙にあると同じ文句を刻つた墓石の上にまき散らして」いる。この時、「高山林次郎の書いた物」を「よく読むでゐた弘さんや有島には私とは異つた心持の墓参りらしかつた」というが、確かに川村弘は旅の二日目の午前中にも、「樗牛全集の何巻かを読んでゐた」（志賀「興津」）のである（ちなみに、明治三七年四月二日の時点では、一巻「美学及美術史」（明治三七・一）しか配本されていないため、川村弘が読んでいた「樗牛全集の何巻か」は第一巻である）。また、志賀は「私とは異つた心持」の様子を川村や有島に見出しているが、川村の「日記」には「我等は何となく畏敬の念に打たれ」と記されている。

『漱石文学全注釈9　門』（小森陽一・五味渕典嗣・内藤千珠子注釈、若草書房、平成一三・三）は、松原至文「樗牛の墓に詣でる記」（『趣味』明治四一・九・一）を引き、三保を歩いてから竜華寺で樗牛の墓参りという経験を記した近松秋江「文壇無駄話」（『読売新聞』明治四一・六）や、明治三七年八月に墓参りをした近松秋江「文壇無駄話」のコースが、「定番の道のり」（二一七頁）だったとしている。さらに同書は、「むろんこの背景には、明治三〇年代後半の〈青年〉たちに、樗牛が与えた圧倒的な影響が考えられる」（二一七頁）として、興津を〈青年〉達が訪れたことの歴史性を指摘している。

本章でこれから検討するのは、明治二〇―三〇年代の〈青年〉の心性に底流していた、浪漫主義思想の一形態である〈ヱルテリズム〉の変容と、それにともなう〈透谷〉の変質についてだが、明治三〇年代の〈ヱルテリズム〉にインパクトを与えたのが樗牛の思想だった。すなわち、透谷と樗牛とを繋ぐ思想的経脈と〈青年〉との接点を問題とするわけだが、川村弘という〈無名〉の青年は、『透谷全集』や『樗牛全集』をその発行直後に購入する読者でもあった。むろんこの事実が直ちに、『透谷全集』と『樗牛全集』の表象としての〈読者〉が重なり合っていることを立証するものではない。また、例えそれらの書物の〈読者〉＝〈青年〉という枠組が成立するとして、川村弘という実体的読者にそうした〈読者〉を代表させることは不可能であり、またそれは本章の目的ではない。しかし、例えば先の「樗牛の墓に詣でる記」を書いた松原至文は、透谷と樗牛とを「最も多量の「自己」」「最も積極的なる「自己」」を有した批評家として認識していることからすれば、そこには『透谷全集』の表象としての〈読者〉

が、高山樗牛の言説の〈読者〉と重なり合い、交差する地点・領域も見えてきそうだ。

本章は、そうした地点を探るものとすることもできるが、やや議論が先走りすぎたようである。まずは、明治二七年五月一六日の透谷没後から島崎藤村「春」(『東京朝日新聞』明治四一・四・七―八・一九)の連載時頃までの期間における透谷の〈受容〉について、歴史的な見地から再検証しようとする動向について参照しておきたい[1]。

透谷という「文学者」とその死の、「社会的イメージ」=「表象」について、縊死当初の新聞報道に限定して調査を行なった中山昭彦は、その「小ささ」を指摘し、さらに明治四〇年前後の「過去を誇張=再評価する身振りを示す様々な文学史化の試み[2]」によって、透谷の「表象」もまた一気に拡大したとする。

一方、没後から明治四〇年代の期間に透谷に言及した文献を、新聞雑誌というメディアの差異を問わずほぼ網羅的に参照し、「透谷の作品」の「読まれ方」「評価」を考察するとした永渕朋枝は、「没後から明治三十年代にすでに」「一定の評価を受け」」、「明治四十年代はじめの時代思潮の中で」「「自我の発達」を求めた「先駆者」としてゆるがぬ評価を獲得」したと、同時代思潮との相対的な関係性の問題として把握している[3]。

すなわち、中山昭彦は「文学者」の「表象」の大きさを、永渕は「作品」の「評価」を問題にし、両者の分析対象や問題の所在は異なるとひとまずいえる。だが、中山昭彦が「表象」の拡大の契機として、「二十年代の文学の価値」を「誇張=再評価」するという「文学史化の試み」を挙げ、また永渕が「作品」の「評価」だけでなく、結論として「先駆者」という「表象」に言及していることなどからは、ともに、「文学者/作品」、「表象/評価」というような、分析対象と争点とに厳密な分割線を引いているわけではない。

それは、例えば「作品」の「評価」が、「文学者」の「表象」に影響を与えるという事態が容易に想像できることからも当然のことであろうが、とすればこうした二つの問題提起は、透谷という〈作家〉の表象=〈透谷〉の肥大化（透谷が言説空間で反復的に言及される絶対数の増加）という現象と、そうした現象と前後して起きる〈透谷〉の質的変容との相互的な問題として連絡可能ではないだろうか。

そこで以下では、明治二〇－三〇年代における〈透谷〉の肥大化と変容の経路を検討するとともに、その表象形式の特性、及び表象する主体の側に内在する欲望の回路について分析する。その際、〈ヱルテリズム〉という浪漫主義的な言説運動を遠望しながら、藤野古白・藤村操の自殺という二つの〈青年〉の死、および『透谷全集』発刊という出来事に注目したい。

二、藤野古白のピストル自殺と〈ヱルテル〉という社会的記号

藤野古白がピストル自殺を企てたのは、透谷の縊死から一一ヶ月後の明治二八年四月七日である。古白が実際に死亡するのは、その五日後の四月一二日なのだが、この時期の主な新聞六紙[4]を調査した結果、四月九日の時点で『東京朝日新聞』『時事新報』『報知新聞』の三紙、死亡後の四月一二日に『国民新聞』（以下、『国民』と省略）の一紙、計四紙が古白の自殺を報じており、これは同六紙で透谷の死亡が報じられた数よりも一紙多いことになる。

もちろん、四月九日に報じた三紙が、ピストル自殺であること、財産家の息子であることなどを強調する興味本位のものであり、古白が正岡子規の従兄弟にあたり、『早稲田文学』に戯曲を発表した〈作家〉であるとの認識がないとすれば、〈作家〉としてその死が報じられた透谷との「社会的イメージ」に関する単純な比較はできない。

むしろここで注目したいのは四月一二日の『国民』の記事で、「文学界に不健全の空気充満せんとするは、甚だ慨す可き也。／曩には透谷子あり、今ま亦早稲田文学に戯曲を掲げたる青年文学者某ピストルを以て喉を貫て死せりといふ。（中略）自殺は伝染す。吾人は断然此種不健全の空気を文学界より排擠せんと欲す」（「青年文学者の自殺」）と、

まず古白を「青年文学者」であるといち早く表象し、古白の自殺を同じ〈青年文学者〉である透谷の自殺という出来事が「伝染」した同一線上のものとして認識する。さらに、そのように「伝染」という現象として措定された「文学界」における二つの自殺を、直ちに「不健全の空気」とする図式化の実践は、それ以後、雑誌を中心とした言説空間に広範な広がりを持つ〈厭世論議〉[5]を誘発する。

この『国民』の記事への最も早い反応に、古白の友人であった島村瀧太郎（抱月）の「文学を累さざれ」・「故湖泊子の為に嘲を解く」（『早稲田文学』明治二八・五）の二つがある。

前者では、「透谷子逝き湖泊子逝く（中略）必ずしも文学を研究せるために現世を忘れたりといふが如き浅薄な意義にはあらず」と二人を擁護する姿勢を示し、さらに「事理を解せざるの徒乃ち臆断して文学の人の子を害ふと叫ぶ」と、〈自殺／文学〉の安易な接続を否定しそれらを分割しながら、〈事理〉という曖昧な事象への解釈能力の欠如した『国民』記者のような「徒」を迂遠に斥ける。

ただし、一方で「今日の思想界に不健全なる一種の厭世思潮」が「流行」していると、『国民』記者の発言の妥当性も主張するのだが、「此はおのずから文学とは別なる問題に属す（中略）或はわが思想海に一派の濁流の入り来たれるにあらざるか」と、やはり〈厭世／文学〉を分割してみせる。

しかし、そうした分割自体は、透谷・古白が〈文学〉の側に属し、彼らは「一派の濁流」とは差異化されるのだということを顕在化させるような実践ではない。あくまでも〈厭世〉＝「一派の濁流」の側に配置される（と抱月自身も考える）透谷・古白を擁護するために、抱月はさらに別の差異線を引く必要があった。

この点については後者の論に分かり易いが、「湖泊子の主義は非なりといへども、其の心事に至りては寧ろ敬すべきにあらずや」としているように、ここでは〈主義／心事〉が分割され、〈主義〉＝〈厭世〉は否定しつつも、〈心事〉において「純粋にして濁らざりし」という態度による自殺は称揚・卓越化されるような論理構造がある。

すなわち、自殺の行為者の〈心事〉が〈純粋〉か否か、という最後の差異線が引かれるわけだが、そうした差異線を、自殺という行為の是非を決定する主体が設定できるかどうかということが、先の論における〈事理〉への解釈能力の有無に密接に関与していたと言えるだろう。

そして、こうした論理構造は、透谷・古白の自殺を称揚し、『国民』記者を批判する同時代の言説において、ほぼ例外なく反復されてゆく。「其衷情豈に大に悲しむべきものなからむや」(「青年文学者の自殺」『青年文』明治二八・五)と透谷・古白の自殺を彼らの「衷情」という〈心事〉ゆえに卓越化する田岡嶺雲は、「今之を冷嘲し之を酷責するは豈残忍の甚だしきものに非ずや」と名指しで『国民』記者を批判する。また「我は本と厭世をよしとせざれども」と〈主義〉そのものは肯定しない天遊なる人物も、「厭世詩人を罵て不健全といひ社会の害毒」とし、「無法なる浅薄なる論法」に基づく誤読によって「厭世を排せん」とするようなあり方を「愚」とする一方、「あゝ此文壇にありて我が自殺詩人の赤誠要すといふは」というように、「文壇」というより広範な場所に、「赤誠」という「自殺詩人」の〈心事〉を積極的に要請してさえもいるのだ(6)。

ここで確認しておくべきは、〈厭世〉という〈主義〉を奉じ、その〈心事〉において〈純粋〉であるとされる〈透谷〉が、透谷の「作品」への読解を経由して創出されたのではなく、むしろそのような経由の仕方を一切経ず、次のような経路で行為遂行的に産出され、肥大化したということである。

第一に、透谷の死が、自殺という行為の内容的・時間的近接性による想像作用によって、古白という〈青年文学者〉の死と同一視されるような認識の布置が言説空間に構築され、第二に、そうした想像力のフィードバックという事態に先行されることで、古白の自殺を卓越化する複層的な差異化の言説運動に透谷も招来された。

こうした動向は、これ以後も数ヶ月に亘り主流として継続されるが、卓越化に対する批判的な言説が一部に登場してくることによって、透谷が後述するような記号体系に編成されていくという新たな様相を呈することになる。

高山樗牛は「青年文人の厭世観」（『太陽』明治二八・七）において、透谷・古白を想定した「青年文人」の〈厭世〉自殺を、「人道に対する道念の浅くして理想と現実との関係を弁へざるの罪に座す」と批判する。[7] ただし、同論における批判の主眼はむしろ、「小児らしき議論を列べて是の恐るべき罪悪を弁護し称賛するものに至てはその愚遂に及ぶ可からず」としていることから、透谷・古白の自殺を卓越化する言説運動の方にあり、卓越化のために幾重にも差異線を引き続ける仕方を「私情と公道と」の混同であると切り捨てるが、そうした樗牛の批判は、「雑誌文学所見」（同前）においてより具体的になされることとなる。

すなわち、「詩人の自殺」・「透谷は生たり」（『女学雑誌』明治二八・五）を槍玉に挙げ、これらを「厭世思想を鼓吹するもの」「人道の賊」とするのだが、同論で注目したいのは、「厭世思想」を「ヱルテリズム」「ヱルテルが旧思想」と換言していることである。樗牛は「『文学界』の諸君子に寄するの書」（『太陽』明治二八・一〇）でも、「是世界を生みたる物を食ふ悪魔と見しウエルテルは、あはれ、自ら食はれにき、そは悪魔は自らの胸に在ればなり、吾等はあらゆる詩人を敬愛す、我親愛なる『文学界』の諸君子乞ふ自愛せよ」と、『文学界』及び、既に「食はれ」てしまった人物として当然想定されている透谷・古白を「ウエルテル」と表象する。

むろん、ここで透谷・古白・『文学界』と連絡して語られる「ウエルテル」とは、一七七四年に出版されたJohann Wolfgang von Goethe の *Die Leiden des jungen Werthers* の主人公 Werthers のことで（以下、書誌名は『ヱルテル』、表象としての Werthers は〈ヱルテル〉と表記する）[8]、恋の煩悶からピストル自殺する〈青年〉Werthers の物語として読むことも可能なセンセーショナルな物語内容から、当時のヨーロッパでは後追い自殺する〈青年〉が激増するという現象が生じたというが、ピストル自殺という古白の行動に対しては、多くの人物が Werthers の物語を重ね合わせ連想するという、物語の近接性による想像作用の渦中にあったといえる。

こうした〈厭世〉と〈ヱルテリズム〉、あるいは〈ヱルテル〉と透谷・古白・『文学界』とを連絡する表象形式が、樗牛の言説に限らず広く流通していたことは、「幾多の青年文学者は、其方法のもどかしさにえ耐えずして」「ゲーテがウヱルテルの如き（中略）者に向つて進まんとするの傾向を生じたるが如し。「文学界」の一派の文士が此の傾向あるは更にも云はず」（『帝国文学』明治二八・七）、「曩に透谷子逝き次で又湖泊子逝きしより青年詩人と厭世観とは端なく世の一問題となり（中略）現時の思想海にはセンチメンタリズム、もしくはヱルテリズムともいふべき一道厭世的暗潮の流れつゝ、あるは事実なるが如し」（「◎厭世論」『早稲田文学』明治二八・八）などの発言からも明らかであり、表象間の連鎖的癒着が、『文学界』という特定のメディアをも巻き込みながら生じていることが改めて確認できる。

そうした認識の布置への警戒感からか、先の樗牛「雑誌文学所見」に直ちに論駁したのも、『女学雑誌』ではなく『文学界』（「一新思潮」明治二八・七）であった。すなわち、「われ等」は「一篇のヱルテルを愛し、これを精読」するとしながらも、「彼の繊弱にして徒らに感情に溺れたる一種の主観に同ずる能はず」、「徒らに残酷悲惨の材をとりて、血涙に紙をけがすものを以て、詩的製作の価値あるものと認むる能はず」と、〈ヱルテリズム〉への「徒ら」な同調を拒絶し、「もし夫れ一種の濁流深く今の少壮作家が思想の根底を支配し、永くわが文界の清流をけがす事あらば」などと、〈ヱルテリズム〉を「わが文界の清流」とは明確に区別されるべき「濁流」として表象してさえいる。

むろん、このような言説構造自体、樗牛によってはやはり「小児らしき議論」と一蹴されてしまうだろうが、「僕等は『ヱルテルの悲み』をば、文学としてより以上の興味を以つて貪り読んだと云つていいであらう」（馬場孤蝶「ヱルテルを貪り読みし頃」『世界文学』月報第六号、新潮社、昭和二［一九二七］・九）、「残念なる哉、彼等は自然主義の開拓者等の如き良い師表を有つてゐなかつた。『ハムレット』と『若きエルテルのわずらひ』とではさう遠くまで行けないことは知れ切つてゐる。彼等は人生にロオマンスを索めた」（馬場孤蝶「文学界のこと」『明治文壇の人々』三田文学出版部、昭和一七・一一）といった事後的な回想によれば、『ヱルテル』というテクストは「文学」上の「興味」からというよりは、「人生」上の「興味」から、『文学界』同人に広く読まれていたといえる。

だが、そのような歴史的背景を考慮したとしても、『文学界』同人の一人であった透谷が実際に『ヱルテル』を読んでいたという記録や痕跡は存在せず、また古白のピストル自殺以前に、透谷を〈ヱルテル〉と表象する言説は見当たらない。とすれば、透谷が〈ヱルテル〉と表象されるに至る次のような認識の回路が意識されねばなるまい。

第一に、既に確認したように、古白の自殺は透谷の自殺の延長線上にある〈青年文学者〉の〈厭世〉自殺であるという認識の布置が構築されることで、古白の自殺を語る言説は、前年の透谷の自殺に関する言説を吸引する。第二に、ピストル自殺という古白の行動は、多くの論者に、同じピストル自殺をした〈ヱルテル〉の物語を誘引させていた。第三に、今度は逆に、透谷の自殺の方が、古白の自殺を語る言説を吸引することで、〈厭世〉自殺する〈青年文学者〉を表象する社会的記号としての〈ヱルテル〉という記号体系に、透谷も組み込まれていく。

〈厭世論議〉自体は、既に述べたように樗牛の批判が大きく流れを変えることもなく、透谷・古白を卓越化する言説運動として終始し、そこでは、〈厭世〉という〈主義〉を奉じ、その〈心事〉において〈純粋〉であるというステロタイプ化した〈透谷〉が反復再生産されるが、〈青年〉の死に関係する言説が、双方向的に吸引し合うような別の言説運動の中で、透谷は新たな記号体系の範疇に編成されていく。

その際、樗牛が〈ヱルテル〉〈ヱルテリズム〉という言語に内蔵させようとした批判的意味内容は薄れ、自殺する〈青年文学者〉や〈厭世主義〉、『文学界』など複数の雑多な言葉を同時に表象する簡便なシニフィアンとして〈ヱルテル〉は転用されるのであり、〈透谷〉もまた〈ヱルテル〉の一つのシニフィエとして矮小化されるだろう。

しかし、ここで見たような記号体系、及び〈ヱリテリズム〉と〈厭世主義〉とを癒着して認識するあり方は、事実上、明治三〇年代後半にまで潜在的に継受されることとなる。その理由は、古白が自殺した明治二八年の翌年から、明治三五年までの六年間において、殆んど誰も透谷について語ろうとしなかったからなのだが、[9] そのような〈空白の六年間〉を打ち破るのは明治三五年の『透谷全集』の発刊である。

もちろん、〈透谷〉が再び変質して行くような契機は、さらに一年後のある出来事にあった、と考えているが、そこで変質する〈透谷〉を再生産し、肥大化させる物理的装置として機能するのが、この『透谷全集』である。

そこで、明治三〇年代後半から昭和二年に「円本」（『樋口一葉集・北村透谷集』改造社）が出るまでの間、唯一の透谷のアンソロジーといっても過言ではなかった明治三五年版『透谷全集』に言及しておきたい。

三、再生産される〈透谷〉——物理的装置としての『透谷全集』

明治三五年一〇月一日に発行された『透谷全集』（全一冊、星野慎之輔編輯、文武堂発兌、博文館発売）という書物が、明治三〇年代後半以降における透谷テクストの受容、及び〈透谷〉形成の過程において、決定的な意味があったことについては、既に多くの論者が言及しているところである。[10] この『透谷全集』に先立ち、透谷没年の明治二七年一〇月に『透谷集』（星野慎之輔編纂、文学界雑誌社）が刊行されているが、これは「僅三百部」という小部数しか印刷されなかったにもかかわらず「売尽すのに二年間を要した」[11] といい、書物を媒介として透谷という〈作家〉自体が広く認知され、その名が全国に流通していくという事態とはほぼ無縁であった。

一方、『透谷全集』の場合、本書第一章で確認したように、まず、装丁や値段に明らかな差異化を図った「上製」「並製」という二種類の形態が準備され、さらにいくつもの全国規模のメディアで大々的な広告キャンペーンが行われるといった、購買層の拡大を企図した戦略の下、東京を基点として全国に広がる博文館の特約店ネットワークで広く流通していく。

ただし、『透谷集』と『透谷全集』との差異は、そうした流通の規模の落差ということに止まるものではない。すなわち、「故人の遺徳を偲び、その業績を顕彰する近世の遺稿集としての面影を濃厚にとどめていた『透谷集』から、近代の「全集」としての『透谷全集』へ[12]」という『一葉全集』(博文館、明治三〇・一)の刊行を契機とする「個人全集」意識の確立を背景とした性格の変化が辿られる。

さらに本書第二章で既に確認したように、『透谷全集』には「透谷子漫録摘集」として透谷の「手紙」や「日記」が載録されているが、そのような〈作家〉の「手紙」や「日記」といった私的テクストの「個人全集」への載録という事態は『透谷全集』を嚆矢とするのであり、そのことは、本来一般読者を受け手としていない、すなわち刊行されることを意図していなかったはずの私的テクストが公にされ得るという事態の出現を告げる出来事であった。

中山弘明は、『透谷全集』中の島崎藤村「亡友反古帖」に、「「書き捨てたる反古」の中から「亡友彷彿として吾眼前にあるが如く」浮びあがる事実が記されて」いるとし、〈全集〉という制度において「反古」が秩序付けられることで、「〈作家〉の復権に重大な効果をもたらす」、「活字というものの背後に作家像」が「リアルに構築」されると指摘しているが[13]、そうした「反古」の中でも特に「手紙」や「日記」が、〈透谷〉の創出に決定的に関与したことは、「読み去り読み来るに従ひ、君が面影は、彷彿として行間に現はれ、覚へず予をして、嗟嘆の声を漏らすを禁ずる能はざらしむるものあり。／本書中にて最も多く君を説明したるは、其の石坂嬢に与へたる書翰と、厳君に呈したる書翰となるべし」(徳富蘇峰「透谷全集を読む」『国民新聞』明治三五・一〇・五)、「巻末の日記は赤裸々たる透谷氏を見るべし」(『新生』「新刊評論」欄、明治三五・一二・一五)といった発言からも明らかであろう。

「手紙」や「日記」が〈リアル〉な〈像〉を産出・提供するという思考回路の背景には、形式にとらわれず、公開されることを意識しない「手紙」や「日記」には、書き手の「真情」が、「潤色」されない「事実」が書き込まれているという、少なくとも明治三〇年代後半から明治四〇年代初頭に広範に流通していた共同幻想がある。

すなわち「手紙」や「日記」には〈作家〉の〈真情〉が刻印されていると確信し、そこから積極的に読み取った〈作家〉の〈真情〉に、〈作家〉イメージを代表させることで産出される〈作家像〉が流通していくのである。そして、「手紙」や「日記」が第三者に読まれることを前提とした言説として自律し、またそうした前提無しでは私的な「手紙」や「日記」を書くことが不可能になっていくのは明治三〇年代後半といってよいが、それより以前に生きた透谷という書き手によって書かれた「透谷子漫録摘集」には、透谷の〈真情〉が語られた言説としての申し分の無い地位が遡及的に付与されていくことになる。

そして、「一体、日記及び書簡が、最もよくその人の面目を現はすことは、古今東西変わらぬことで、その実例は乏しくない。近くわが国の文人でいツても、北村透谷の面目は、透谷全集中その日記によツて最もよく窺はれ、紅葉山人の面目は、紅葉書翰抄によツて彷彿として偲ばれる。されば、一葉女史の面目は、その日記によツて最もよく窺はれ得べき筈である」（「一葉女史の日記について」『文章世界』明治四〇・六）というように、「透谷子漫録摘集」を起点とした〈透谷〉創出の経路は、明治四〇年代初頭にまで確実に継受されていく。

だが、『透谷全集』発刊の明治三五年の時点での〈透谷〉は、「透谷子は、余りに純粋なり」（前掲、蘇峰「透谷全集を読む」）、「熱烈刻精の情操、厭世主義を絶叫せる透谷氏」（前掲、『新生』「新刊評論」欄）というように、〈主義〉はともかく〈心事〉においては卓越化されるような明治二八年当時のあり方を引き継いでおり、未だ明確な変質を観察することはできない。

変質の契機については次節に譲るとして、本節では、明治三六年から明治四〇年代初頭において、「透谷子漫録摘集」がいかなる〈透谷〉を提供し、そしてそれがいかにして再生産されたか、ということに関して具体的に確認しておきたい。

▲此くの如き「漠然たる不満の感情」、ハ常に青年の胸中に潜みて、時に鬱然として一世を圧倒す。その現るゝや、一切の外被を剥ぎて、直ちに赤裸々の我れを示さんとす。（中略）「余はたしかに精神の不安の原因を知る、而して遂に之を如何ともするなきを知る、余は多くの者に欺かれたり、希望にもライフにも、すべてのもの余を苦しむるなり」（稿者注―「日記」）と自白せし透谷は二十七歳を以て此世を去れり。（中島孤島「癸卯文学（センチメンタリズム））」『読売新聞』明治三六・六・一四）

ここで孤島は、透谷を「赤裸々の我れを示さんと」し、「此の世を去」った人物として表象していくが、そうした〈透谷〉を提出した根拠として、『我牢獄』の一節と、「余は多くの者に欺かれたり、希望にもライフにも、すべてのもの余を苦しむるなり」という明治二六年九月四日付の「日記」の一節とを挙げている。この「日記」の一節は、次の窪田空穂の言説においても引用されることになる。

その父に寄せたる書簡に於て、名誉と功業とは我全体で、此れを離れては我は唯死塊であると言つて居る。（中略）「余は多くの者に欺かれたり。希望にもライフにも、すべてのもの余を苦しむるなり」（稿者注―「日記」）と言つて居る。／彼は我の発展を求めずして止まない、大河を呑み干しても尚ほ渇かんとする概がある。（中略）彼には文芸としての文芸はない、此文芸を通じて語る所のものはやがて彼の人生観とも見るべきであらう。（窪田空穂「北村透谷」『文章世界』特集《近代三十六文豪》明治四一・五）

興味深いことに、空穂はその透谷の「日記」の一節の他、さらに「父に寄せたる書簡」を持ち出し、それらを根拠に「我の発展」に努めた透谷という、いわば孤島が提出した「赤裸々の我れを示さん」としたという〈透谷〉を

そのまま再生産する。次の御風の言説においても、

それ（稿者注―石坂ミナ宛書簡）によってみると、（中略）彼は極力我（彼自身の所謂アンビション）の発達に生き且つ死んだ人である。（中略）「文章世界」記者が「彼には文芸としての文芸はない、此文芸を通じて語る所のものはやがて彼の人生観とも見るべきであらう」と云つたのは、正鵠を得て居る。彼は蓋し自我発展の一形式として文芸を選んだのである。始めから文芸そのもの、為に自己を捧げやうとしたのではない事は彼自身の語つて居る所（稿者注―石坂ミナ宛書簡）でもわかる。（相馬御風「北村透谷私観」『早稲田文学』明治四一・九）

と、今度は石坂ミナに宛てた「書簡」を根拠に、「我の発展」に努めた透谷という、空穂が提出した〈透谷〉を自身も承認する。またここでは、「彼には文芸としての文芸はない」以下の空穂の発言を原文通りに引用しながら「正鵠を得て居る」とその妥当性を主張し、さらにその妥当性を、「彼自身の語つて居る所でもわかる」としているように、再び石坂ミナ宛の「書簡」によって裏打ちしてさえいるのだ。

このように、明治三五年においては全く見ることのなかった、〈自我発展〉に努めたという〈透谷〉が、明治三六年の孤島の「癸卯文学」以降、少なくとも明治四〇年代初頭まで反復再生産され続けるわけだが、再生産という実践の度に、その根拠は、透谷の「手紙」「日記」、すなわち『透谷全集』において初めて公にされた「透谷子漫録摘集」に求められたのである。

四、藤村操〈華厳の瀧投身自殺事件〉をめぐる言説と〈美的生活論〉の磁場

このように『透谷全集』という物理的装置によって、〈自我発展〉に努めたという〈透谷〉が再生産されていくが、そのような〈透谷〉が生成された歴史的な背景について考えるために、最も早くそうした〈透谷〉を提出した先の孤島「癸卯文学」の再検討から始めたい。

▲『ウエルテルの悲』が幾多の青年を狂はしめしと聞きて、たゞに前世紀の迷妄となすこと勿れ。(中略)その現る丶や、一切の外被を剥ぎて、直ちに赤裸々の我れを示さんとす。其の力茲に存し、其の弊もまた茲に存す。此くの如くして幾多のウエルテルハ生じ、幾多のマンフレッドハ出づ。透谷は此くの如くにして死し、古白もまた此くの如くにして逝きぬ。(中略)▲星霜茲に十年、世は病める樗牛によつて、再び此の忘れたる声を聞きぬ。(中略)▲嗚呼彼等(稿者注—透谷・古白・樗牛)の死ハ、我が文運の発展に対し、如何に貴き価なるぞや。(中略)▲若し夫れ近時藤村某の如きに至つてハ、また等しく此の思想に漂へるもの(中略)▲嗚呼悩める一世の気息を聞かずや。此の時に於て誰か「ウエルテルの悲」を語り得る者ぞ。

孤島は「星霜茲に十年、世は病める樗牛によつて、再び此の忘れたる声を聞きぬ」と、透谷・古白の「忘れたる声」が樗牛によって再現されたと認識しており、いわば「十年」(古白の死からは八年、透谷の死からは九年)という時間の内に、透谷・古白の「声」は風化していたということだが、それは『透谷全集』発刊以前の〈空白の六年間〉と時期的に合致する。

またここでは、透谷・古白・樗牛のそれぞれの「声」の間に存在するはずの差異が無視され、単一の「声」の言表主体として三者は捕捉されるが、この「声」が結語において「ウエルテルの悲」と言い換えられることによって、三者は〈ヱルテル〉という社会的記号の範疇に一括して編成されることになる。

すなわち、明治二〇年代後半において透谷・古白を表象した〈ヱルテル〉という記号体系は、明治三〇年代後半においても強固に残存していたといえ、皮肉なことに、透谷・古白を〈ヱルテル〉と表象しながら〈ヱルテリズム〉を批判した樗牛もまた、そこに編成されている。だが、〈空白の六年間〉は当然としてそれ以後も、透谷と樗牛の「声」を同一視するような視座、すなわち両者の言説を癒着して認識するあり方などは存在しなかった。

むろん、明治四〇年代初頭にもなると、例えば松原至文が「明治の批評家（透谷と樗牛とを憶ふ）」（『新潮』明治四二・三）において透谷・樗牛を「最も多量の「自己」」「最も積極的なる「自己」」を有した批評家としたように、そうした認識は定式化していくが、問題にすべきは、そのような視座が何を契機として誘発されたのかということだろう。

結論から言えば、その契機は、孤島の「癸卯文学」執筆の直接の要因であったであろう藤村操〈華厳の滝投身自殺事件〉[14]という、やはり〈青年〉の死にあったと考えられる。ただし、透谷・樗牛の表象レベルでの癒着という事態を、第三者である操の死が直接誘発したというのではない。

むろん、「我邦に於て懐疑派の詩人にして、此噴火山頭に惨死を遂げたる者は、啻に年少気鋭の藤村のみにあらず」（西内天行「年少哲学者を弔ふ」『女学雑誌』明治三六・七）として透谷を挙げるような言説の存在は、両者の死が同じ〈青年〉の自殺と認知されることで、操の死を契機として透谷を想起するような、想像力のフィードバックという現象があったことを証明しており、ゆえに両者を〈ヱルテル〉とすることの必然性はあったのだろうが、明治三五年一二月二四日に病没した樗牛が、そうした記号体系に編成されたことの説明としては十分ではない。

このことは、〈エルテリズム〉の意味内容が、樗牛の「思想」と近接するような形で変質したという仮説の導入によって領略できそうだが、ともかく操の自殺に誘発された、自殺の是非をめぐる『太陽』誌上の〈論議〉を見ていきたい。

周知のように、明治三六年七月から九月までの延べ三号に亘って、『太陽』の「文芸時評」欄や「論説」欄は、事件に直接・間接に影響された言説の独占状態にあった。[15] 磯田光一はそれら『太陽』誌上の緒論の中でも、八月号の姉崎正治「現時青年の苦悶について」・長谷川天渓「人生問題の研究と自殺」を、「明治三十年代の批評のあり方に関わっている」(「〝遊民〟的知識人の水脈——屈折点としての藤村操——」『文学』昭和六一・八、三頁)として注目するが、ここでは、やはり同号に掲載された坪内逍遙「自殺是非」も視野に入れて考察していく。

天渓論は、自殺の原因を、(一)「精神錯乱」、(二)「秩序ある理論」に大別し、後者をさらに①「個人性不満足」=「人生問題」、②「道徳的」に細別する。その上で操を①の原因で自殺した者として、すなわち「ロマンチシズムが一面の潮流」としての「個人性発展主義」=「本能満足主義」を「奉じて失敗せる者」、「自我発展の極、遂に余地なし」と「自殺」を選択する「狭隘なる眼識」の者であると措定し批判するのだ。

ここでいう「本能満足主義」とは、むろん樗牛の「美的生活論」のことで、既に多くの先行研究が指摘しているように、樗牛「美的生活を論ず」(『太陽』明治三四・八)に継起する〈美的生活論争〉において、「美的生活論」はその擁護・批判の如何にかかわらずほとんどの論者によって「本能満足主義」「快楽主義」「ニーチェ主義」と換言され運用されていく。

野村幸一郎が「「美的生活を論ず」において否定されているのは明らかに、主観あるいは主情と決して一致し得ないような外在的倫理を強要する時代状況である」(「明治の社会ダーウィニズムと美的生活論争」『国語国文』平成一〇・七、三六頁)と述べているように、樗牛の「美的生活論」とは、「本能」の赴くままに「快楽」を貪るような、内発的な感情に隷属的なありようの単純な肯定ではなく、そのような「主観」「主情」といった内発的な感情に屹立するような「外在的倫理」「道徳」を自発的に内面化する、事勿れ主義的な「生活」への批判としての側面があったが、天渓もそうした側面には眼を向けず、「美的生活とは何ぞや」(『読売新聞』明治三四・八・一九、二六)、「ニーツエ主義と美的生活」(『読売新聞』明治三四・一〇・二一、二八)などにおいて、「美的生活論」を「本能満足主義」と解し批判を展開していた。

ただし、「人生問題の研究と自殺」に見られたような、操の自殺を広義の〈美的生活論〉と連絡させる言説の配置自体は天渓に固有のものではなく、操の自殺の是非にかかわらず、『太陽』誌上の他の二つの言説にも構造化されている。

すなわち、「明治以後の教育といふ者は勉めて被教育者の「我れ」を形式の中に抑圧しようとして来た」と、「教育」が「青年」の「本能の要求」や「我れ」を抑圧したことが操の自殺に繋がったとして操を擁護する姉崎正治「現時青年の苦悶について」は、論を締めくくるに際し「僕は此篇を結ぶに亡友樗牛の明言を以てする外ないと信ずる」として、樗牛「感慨一束(姉崎嘲風に与ふる書)」(『太陽』明治三五・九)における発言を引用し、自らの論をその発言に代表させていくというように樗牛の言説を招来する。

また同論で姉崎は「嘗ては文学を以て自己の天職として、又官学の束縛以外に立てゝおる某々氏すら、自意識の昂進が現代の病源であると唱道し、ニーチエが青年の渇仰を得たのを悪い事と考へらるる時代」であるとして、〈美的生活論〉が〈青年〉という表象集団を中心に受容されていたとの歴史認識を提示しているが、ここで姉崎が「某々氏」とした人物に坪内逍遙が想定されていることは間違いないだろう。

逍遙は〈美的生活論争〉時に既に、「馬骨人言」(『読売新聞』明治三四・一〇・一二－一一・七)を草し、倫理道徳説の立場から樗牛の「美的生活論」を相対化しようと試みていたが、操の自殺に際しては、「或は世に謂ふ狭義の本能満足主義を是と信ずるの結果、マアロウ主義、バイロン主義、ニイチエ主義を実践せんと欲して成らず、甘んじて自滅を求め、若しくは純利の為に献身し、純美の為に命を致すといふ義に立脚して哲学問題、芸術問題の研鑽の半ばにして自殺するものあらんか、是れまた一の大自偽なり」（「自殺是非」）として、〈藤村操的自殺〉を「非認」する。

このように、操の自殺が広義の〈美的生活論〉と連絡して語られることによって、その是非は〈美的生活論〉に対する論者のスタンスと緩やかに連動していたといえるが、〈事件〉からおよそ二年後に、正宗白鳥は「華厳の瀧辞世の文も美的生活論の如きさへ平板道徳に盲従し得ざる青年悲痛の声」（「青年と宗教」『読売新聞』明治三八・一二・一三）として、「華厳の瀧辞世の文」「美的生活論」という二つの言説を差異化することなく「青年」の「悲痛の声」として容易に一括して認識する。

すなわち〈事件〉から二年という時間は、表象の位相における二つの言説の境界線を完全に融解させるものだったということだが、そのことは同時に、操の〈事件〉を語る同じ文脈で、〈事件〉直後も含めそれ以後、〈美的生活論〉のコードがいかに多用されていたかを示唆しているだろう。

ただし、既に姉崎の発言を見た際に触れたが、当然のことながら操の〈事件〉を経由して〈美的生活論〉が〈青年〉の「思想」として認識されていくのではない。〈美的生活論争〉の際、逍遥は「似而非天才が自分天狗の空想談に至ッては間々劣才の青年者流を誤る虞れがある」（前掲「馬骨人言」）とし、天渓も「新思潮とは何ぞや」（『太陽』明治三五・三）において、「美的生活主義」「本能至上主義」を「自然法則までをも蹂躙して、自我の発展を望む」ものとし、〈美的生活論〉の隆盛は最終的に「自我の寂滅」を誘発し、「世路難を知らざる青年を誤らしむる」としたように、順序としては、〈美的生活論〉が「自我の発展」を唱導する「思想」として前景化され、そうした「思想」は〈青年〉を「自我の寂滅」に追い込む危険思想だという駁論の一形式が既に存在していたことによって、操という〈青年〉の自殺は〈美的生活論〉の隆盛による必然的結果と直ちに認識される、という経路を辿るのである。

さらに、樗牛の「美的生活論」を「ニイッチェイズム」と断じた逍遙の「馬骨人言」では、「ニイッチェ」は「空想的精神の権化」とされるが、この「空想的精神」は「ヱルテリズム」とも換言されており、すなわち操の自殺以前に、〈美的生活論〉と〈ヱルテリズム〉とを同質のものとして認識する視座が準備されてもいたのである。事実、操の自殺に際して天渓は「彼のヱルテルは消極的生涯を楽む者の代表者なり」「ヱルテルに倣うて果敢なき快楽を求むる者なり」（前掲「人生問題の研究と自殺」）などと、操を〈ヱルテル〉と表象し、また「ヱルテルに倣う」すなわち〈ヱルテリズム〉を奉じることを、「快楽主義」「本能満足主義」「個人性発展主義」を奉じて自殺することと同列化する。

姉崎の「現時青年の苦悶について」にしても、「ヱルテリスムやバイロニスムは何れの世の青年にも存する」として、「ヱルテリスム」は「バイロニスム」とともに「人生問題」「青年の精神の煩悶」と言い換えられて行く。また「むかしゲーテ、ウエルテルを著して、自殺者多かりきとかや。藤村氏もしニイチエ鼓吹者の感化をうけたるものならば、ニイチエ鼓吹者も亦偉大なる哉」（大町桂月「無題六則」『太陽』明治三六・九）というように、修辞的位相でも「ゲーテ、ウエルテル」と「ニイチエ鼓吹者」とは同時代において同列化されるが、ここではそのような同列化という事態が「藤村氏」を媒介として顕在化していく道程が明確に示されている。

すなわち、〈ヱルテリズム〉と〈美的生活論〉とが近接し、癒着して認識されるような言説編成は、自殺した操を〈ヱルテル〉と等号で結びながら〈美的生活論〉の枠組で語っていくような必然性のみならず、樗牛をも〈ヱルテル〉と表象することの妥当性をも提供したのだといえる。

そして、藤村操という〈青年〉の〈像〉は、その死に関する言説が〈自我発展〉を基調とする〈美的生活論〉という別の言説を吸引しながら膨張し、明治二〇年代後半に同じく〈ヱルテル〉という記号体系の範疇に置かれた透谷とも「等しく此の思想に漂へるもの」と認識されることで、今度は〈透谷〉の方が、藤村操という〈青年〉の死を契機として、樗牛の〈美的生活論〉という言説を吸引し、その結果として、明治四〇年代初頭にかけて再生産される〈自我発展〉に努めたという〈透谷〉の創出に至ったと考えられる。

五、明治四〇年代における自然主義〈実行派〉と〈青年〉

このように、没後から明治三〇年代後半にかけての〈透谷〉は、透谷の「作品」とほとんど交渉することなく、その〈死〉という出来事に先行され、出来事のイメージが前景化することで、没後に生起する〈青年〉の死に関する言説を吸引しながら肥大化・変容していくのであり、その変容は〈ヱルテリズム〉という言葉の編成と密接に連動する。

殊に明治三〇年代後半以降は、「手紙」「日記」などの透谷の言表から〈真情〉が看取され、〈透谷〉はより実体的に〝正しく〟補完されるが、〈ヱルテリズム〉というシニフィアンが、およそ無関係にしか見えない同時代思潮をも飲み込む巨大な〈空白〉を内蔵している以上、〈透谷〉というイメージの統合体もまた流動的なものとして成型されることは不可避的であった。むろん厳密には、その是非にかかわらず〈青年〉の自殺を〈ヱルテリズム〉と認定し、自殺の原因を反映論的に同時代思潮に求めようとする転倒した欲望の回路こそが、〈ヱルテリズム〉の〈空白〉性を創造したというべきで、その欲望する主体が透谷没後の言説空間にその名を召喚することによって、〈透谷〉の変容が生じるのである。

透谷が生きた時代には存在などしていなかった種々の論理で〈透谷〉を遡及的に起ち上げるという明治二〇－三〇年代の表象形式は、明治三〇年代の〈透谷〉が明治四〇年代に引き継がれることで温存されるが、〈ヱルテル〉

〈ヱルテリズム〉という語句は、透谷を語る言説から消滅していく。とはいえ、明治四〇年代の〈文学史〉の見取り図において、〈透谷〉の大きさやそれへの「評価」は、一つの頂点に達したといえるかもしれない。

だが、明治四〇年代初頭の「自然主義文学における固有の問題として議論された「実行と芸術」の問題こそ、何よりも「美的生活論」から直接継受した問題」（林原純生「美的生活論、自然主義、私小説——ひとつの史的見取図の試み——」『日本文学』昭和五三・六、八九頁）との指摘を確認するとき、「実行と芸術」論争によって浮き彫りになる〈実行派／観照派〉の対立の図式が、〈美的生活論〉の磁場の圏域にあった〈透谷〉の「評価」に、少なからぬ影を落としていたことが推測できる。例えば、〈観照派〉の牙城とされた『早稲田文学』を主催した島村抱月の透谷評といえば、「自己胸中の磊塊を吐くと云つた風」「やはり当時の流行、——時代を脱する事は出来なかつた」（「文芸研究会」『早稲田文学』明治四一・九）[15]と、透谷の主我的傾向を過去の遺産とし、同じく〈観照派〉とされた御風も「時代の先駆者といふ以外別段の事もないやう」（同前）と、同様の身振りを示すというように、これらの動向は〈文学史〉の見取り図とは明らかに逆行している。

一方、「明治三〇年代から顕著になった煩悶青年的な〈人生問題〉の系譜」に位置していたという〈実行派〉の支持層は、主に「青年たち」であったらしく[16]、明治四〇年代初頭の高い透谷「評価」を支えたのは、そうした〈青年〉だったのかもしれない。だが、こうした〈青年〉の動向を直ちに〈文学史〉の見取り図と重ね合わせることは性急過ぎるだろうし[17]、〈文学史〉的「評価」の問題と、読者数（あるいは層）の問題とは、やはり厳密に区別しなければならない。

本章で論じたような明治三〇年代の〈ヱルテリズム〉という言説運動が、いかなる経路で自然主義思潮と接したかについてはさらなる検証が必要だが、明治二〇年代後半から明治三〇年代後半における浪漫主義の一系譜については明確に跡付けることができただろう。

注

1　既に片桐禎子「透谷評価の跡をめぐって」(『藤女子大学文学部紀要』昭和三七・三) などのような透谷の読まれ方に関する研究があるが、ここではそうした成果を踏まえた再検証の動きに注目する。

2　中山昭彦「死の歴史＝物語――明治後期の〝文学者〟の死の報道」『文学』平成六・七、二八頁

3　永渕朋枝「透谷の読者――藤村『春』が出るまで――」『国語国文』平成一五・三、七六二頁

4　中山昭彦が前掲論文において透谷の「社会的イメージ」の大きさを検証するため、山本武利『近代日本の新聞読者層』(法政大学出版局、昭和五六・六)・有山輝雄『徳富蘇峰と国民新聞』(吉川弘文館、平成四・五) における発行部数調査をもとに、分析対象とした『東朝』『万朝』『時事』『国民』『報知』『読売』の六紙。

5　〈論議〉の経緯や経過については、一條孝夫「藤野古白序説」『藤野古白と子規派・早稲田派』(和泉書院、平成一二・二) に詳しい。

6　天遊「自殺詩人を吊ふ」『早稲田文学』明治二八・六。他に、同様の論理構造をもつ言説としては、「○詩人の自殺」(『女学雑誌』「随感」欄、明治二八・五)、鱻測生「一家言」(『太陽』「文学」欄、明治二八・六) など。

7　同論を挟む形で発表された「人生の価値及厭世主義」(『帝国文学』明治二八・六、八) において樗牛は、「理想は唯現実を通し、現実に依りて接近し現化し得らるべきもの」、また「現実と理想とを調和する」のは「知識」と「道念」である、と主張している。

8　日本における明治期の『ヱルテル』受容について簡略に纏めると、翻訳としては、明治二二年八月一八日刊行の第一次『新小説』第一五巻の外編「同好随筆」欄に掲載されたものが最初で、その後、樗牛「淮亭郎の悲哀」(『山形日報』明治二四・七・二三‐九・三〇)、緑堂野史「わかきヱルテルがわづらひ」(『志がらみ草紙』明治二六・九、一〇、一一、一二、明治二七・二、三、五、八)、久保天随『ゑるてる』(金港堂書籍、明治三七・七)

があるが、カッセル版の英訳『ヱルテル』が、『文学界』の同人達を中心とした明治二〇年代から明治三〇年代の中葉にかけて最も広く読まれた。これらについては、鈴木重貞「明治時代のゲーテ移入」『独逸文学』昭和四二・二、星野慎一『ゲーテと鷗外』（潮出版社、昭和五〇・一二）、木村直司『続ゲーテ研究』（南窓社、昭和五八・一二）を参照。

9　鈴木一正「北村透谷参考文献目録」（『国文学研究資料館紀要』平成一二・三）によれば、この間透谷に言及した文献は三つに止まる。

10　前掲、片桐「透谷評価の跡をめぐって」、平岡敏夫「透谷から啄木へ――明治文学史の一系譜――」（『明治文学史の周辺』文弘社、昭和五一・一一）、前掲、永渕「透谷の読者――藤村『春』が出るまで――」など。

11　星野天知「詩文山すげと透谷全集の出版」『星野天知自叙伝』（日本近代文学館編『日本近代文学館資料叢書［第I期］文学者の日記4　星野天知』博文館新社、平成一一・七、二七七頁）

12　宗像和重「『一葉全集』という書物」『投書家時代の森鷗外　草創期活字メディアを舞台に』岩波書店、平成一六・七、一五八頁。初出は『文学』平成一一・一。

13　中山弘明「『春』の叙述――〈透谷全集〉という鏡――」『溶解する文学研究　島崎藤村と「学問史」』翰林書房、平成二八・一二、二五六頁。初出は『国文学研究』平成四・六。

14　ここでいう〈華厳の滝投身自殺事件〉とは、明治三六年五月二二日、当時第一高等学校一年に在籍していた藤村操が、「巌頭之感」と題する文章を華厳の滝の落ち口付近の楢の樹に書き残して滝に身を投じたことに端を発し、その死が各方面のメディアにおいて連日報道されたことで、〈藤村操〉〈藤村操的自殺〉〈華厳の滝〉といった言葉が社会的記号として流通するに至る一連の出来事の総体のことである。

15　平岩昭三『検証藤村操　華厳の滝投身自殺事件』（不二出版、平成一五・五）は、それら『太陽』誌上の緒論を整理し、梗概を付した上で、「擁護論」「批判論」に大別している。平岩の纏めに依拠すると、桂月・姉崎らが「擁護論」、天渓・逍遙らが「批判論」の立場をとっていた。

16 同年七月八日に開催された、第二回文芸研究会における相馬御風の口頭発表「北村透谷私観」を受けての〈座談会〉を活字化したもの。

17 日比嘉高「第三章 〈文芸と人生〉論議と青年層の動向」『〈自己表象〉の文学史 自分を書く小説の登場』翰林書房、平成一四・五、一一三頁

18 管見によれば、明治三〇年代後半に〈青年〉であった人物が、当時透谷テクストを読んだと回想する文献は多数あるが、明治四〇年代に〈青年〉であった人物が当時透谷テクストを盛んに読んでいたことを示す文献はない。むしろ、「明治も四十年代の青年なる僕の心には透谷の夢は相通ずるものではなかつた。(中略)青年の夢はいつも必ずしも透谷のそれとは同じものではない」(佐藤春夫「透谷。樗牛。また今日の我々の文学」『中央公論』昭和二・七)というような発言が示すように、明治四〇年代の〈青年〉にはほとんど読まれなくなっていた可能性すらある。

第四章　透谷を〈想起〉するということ——昭和二年、『現代日本文学全集』刊行をめぐって

一、〈文明批評論争〉とその歴史的位置付け

昭和二（一九二七）年四月から同年九月までの半年間、佐藤春夫は『中央公論』に「文芸時評」を連載している。その題目を月ごとに列挙すると、次のようになる。

四月号　「はしがき」「一円本の流行」「文壇の社会化」「広告文のことなど」「文壇外の名家と文壇」
五月号　「批評の勃興」「「心境小説」と「本格小説」」「壮年者の文学」
六月号　「無産階級文学について」「この時評に与へられた批評に就いて」
七月号　「透谷。樗牛。また今日の我々の文学」「文明批評および信念ある文学」「全集本流行余話」
八月号　「社会的小説」「恋愛の文学・友愛の文学」「人格露出の一方法としての批評」
九月号　「芥川龍之介を哭す」

周知のように、この「文芸時評」を契機として、いわゆる〈文明批評論争〉が、正宗白鳥との間に繰り広げられている。

具体的には、「壮年者の文学(1)」で佐藤が、「北村透谷、国木田独歩の如きは正しく時代の背景の中に生きて彼自か

らこれを自覚しその間に思索することによつて、彼等の感慨はたとへ余りに少年的であつても、そこに自づから文明批評的要素を帯びてゐた」と発言したのに対し、白鳥が「当時の批評家には透谷や独歩の批評的要素は、ちつとも解せられてゐなかつたのだ。透谷の如きは、ことに高踏的な文学者とされてゐた」（「雑誌抜き読み」『読売新聞』昭和二・五・二）と論難したことに端を発している。

だが、両者の対立点が、透谷言説における「文明批評的要素」の有無にしかなく、それが「二人の既成作家兼評論家の気質的な対文芸態度の食い違い[2]」に他ならないものである以上、ここで再度、対立点について検討することにはあまり意味がないであろう。〈文明批評論争〉を取り上げたこれまでの先行研究にしても、実は論争それ自体を焦点化しておらず、佐藤の「文芸時評」における発言だけが注目されてきた。

例えば、小笠原克は、「『壮年者の文学』の批評史的価値は、その文明批評の欠如の指摘と共に、「個人的自我にのみ生活して来た」ことから生じた「社会的自我」の欠如の指摘にある。そして前者を、透谷・独歩から探索するとき、ここに私が気付くのは、この佐藤の立論過程が、小林秀雄の『私小説論』の素描的性格を強くもっているということである。（中略）社会的自我への言及という、私小説論史の重要なテーマを早くもここで嗅ぎつけていたという事実は、大正末期の文壇文学論的文学論たる私小説・心境小説の論議に終止符を打つと同時に、新しい出発をも示していることを物語る[3]」と、いまだ「私小説論」たりえていなかった大正末期の「私小説言説[4]」の終焉を決定的にした言説として重大な意味を見出している。そしてその根拠は、小林秀雄のいう〈社会的自我〉にまつわる発言と佐藤のいうそれとの連続性にあるという。

だが周知のように小林の発想がアンリ・ベルクソンの思想の導入によるもので、ベルクソンが「個人的自我」「社会的自我」について発言し始めるのは、一九三二年刊行の『道徳と宗教の二源泉』だとすれば、佐藤のいう〈社会的自我〉と小林のそれとは、ひとまず厳密に区別すべきである。

また例えば片桐禎子は、昭和初頭の透谷に対する「評価」を方向づけた言説として同「文芸時評」を重要視する。片桐は、「春夫は、現下の文壇にこれ（稿者注—「「文明批評的」なるもの」）が全く欠如している事を歎き、その点では明治二、三十年頃の透谷や独歩の方に、むしろすぐれたものがある事を指摘した」ものとして「文芸時評」を理解し、自らは「春夫の意識の側にずっと深い意味を読み取りたい」としている。[5] 片桐はまた、「昭和に改元されて間もなく（昭和二・一）、改造社の現代日本文学全集第九巻として「樋口一葉集、北村透谷集」が刊行された。これが、新しい時代に向かって透谷を紹介するのに果たした役割りはやはり大きかったようである」とし、その最も早い反応として佐藤の「文芸時評」を挙げていくというように、「円本」発刊が佐藤発言を誘引したと正しく指摘している。[6]

だが、この片桐論は論争の争点を多分に踏襲した水準で進められており、それゆえ、「「文明批評的」なるもの」の内実を析出すること、すなわち、佐藤の提出した〈透谷〉とはいかなるものだったのかということを考察する所まで議論が進展していかない。また、佐藤が透谷を〈想起〉したことと「円本」発刊との連関の問題も、実質的には全く問われていない。ゆえに本章は、そうした問題について考察するとともに、同時代のプロレタリア文学者による〈透谷〉をめぐる動向を視野に入れることで、昭和初頭に〈透谷〉が要請された共時的背景としての消費・生産システムについても若干の考察を加えたい。

まずは、佐藤の「文芸時評」が最初の話題としている「円本」発刊に関する改造社側の発言と、その販売戦略について確認しておきたい。

二、『樋口一葉集・北村透谷集』に見る出版資本主義革命

『樋口一葉集・北村透谷集』が、『現代日本文学全集』の第二回配本として刊行されると公表されたのは、昭和二年の『改造』一月号の「編集だより」においてであった。

◆一葉が明治に輝く一大作家であり、透谷の最後もまた劇的である。透谷、一葉の没後三十有余年を経たる今日、その文名を口にする者と雖も而も、事実彼等の明治文学に貢献した真の功績と苦労を諒解するものは少ない。今、更に逸文を加へて新版を出し、茲に百万読者の高覧に供するは、我等の感慨少なからざる所である。

右のとおり、「編集だより」では、一葉が「明治に輝く一大作家」として、すなわちその「作家」としての文名に力点を置いて表象される一方で、透谷は「最後もまた劇的」というように、その自殺という行為に大きな意味が見出されている。ただし、「彼等の明治文学に貢献した真の功績と苦労を諒解するものは少ない」と両者の共通項が述べられることで、透谷集・一葉集を合本とした編集意図が伝達される。もちろん、この『樋口一葉集・北村透谷集』の総頁数三一六頁というのが、合本であるにもかかわらず、『現代日本文学全集』全六三巻中でも最も少ない頁数であるとすれば[7]、両者が生前に残した作品が少ないため、一人に一冊を割り当てられなかったという事情もあったのかもしれない。

ここではさらに、「茲に百万読者の高覧に供するは、我等の感慨少なからざる所である」とあるように、透谷・一葉の作品を読みたいと希望する読者予備軍に対して十分に書物が供給されていないという、これまでの流通規模

の小ささが、両者の「功績と苦労」への理解の程度の低さの根本原因であり、今回の「新版」は両者の「功績と苦労」を周知させるためであるとする改造社の意向が示される。

だが、こうした改造社側の考えは建前に過ぎない。というのも、「円本」の企画を改造社社主山本実彦に提案し、〈作家〉及び作品の撰の初案を作成した木村毅の回想によれば、「「北村透谷・樋口一葉」の二人を一冊にまとめると、子規庵の寒川鼠骨がわざわざ改造社をたずねて来て、「透谷はわずかばかりの論文があるばかりだ。一葉と並べて半冊にするなどとは、とんでもない話だ」と言ったら、改造社の編集はみんなそれに賛成した」（『私の文学回顧録』青蛙房、昭和五四・九、三六二頁）というからだ。

これに激怒した木村が手を引くといったところ、社長がなだめ、木村の案が通る結果となったわけだが、その際社長の口から「一葉の大衆性」ということが話題にあがったという。このことは裏を返せば、透谷は「大衆性」が低く、すなわち〈売れない〉から「円本」から除外しようと、社長を筆頭に改造社の編集サイドが考えていたことになる。だが、本音はどうであれ、「大衆」に大量の書物を提供しようという考え自体は、『現代日本文学全集』全体に貫かれたものだった。

△皆さんの一大幸福▽

今日、読書家の最大幸福と最大要求とは、どの点にありませう?云ふ迄もなく、最廉最低の価を以て、各自の家庭に欠くことの出来ない生命ある最善、最美の書を得るにあります。唯かういふ条件に当て嵌つた書籍が容易に出ない。善書は徒に価高く、良書は容易に万人の手に入らぬ有様です。ところが茲に最善、最良の書が最廉最低の価で出で、容易に皆さんの家庭に立派な文学図書館を作れる実例を見事示すならば、皆さんの歓喜と幸福とは如何ばかりでありませう。その実例は申す迄もなく此の『現代日本文学全集』の出現であります。

これは、大正一五（一九二六）年の『改造』一二月号に掲載された広告文の抜粋だが、周知のように改造社は、『現代日本文学全集』の販売に際し、その定価を「最廉最低の価」、すなわち「一円」に設定することで、「有閑階級」に「独占」されていた「文学」の読者層を「民衆」にまで押し広げ、いわば薄利多売によって利益を上げる販売モデルを導入する。

もっとも、永嶺重敏が「農民のみならず、平均的労働者にとっても、毎月一円という価格は決して安い金額ではなかった。（中略）円本の購買者となりえたのは、従来から新聞雑誌を定期購読する習慣を身につけ、活字メディアにある程度親しんでいた者で、なおかつ月額一円をなんとか支出できる程度の現金収入を保証された者であったということになる」[8]と指摘しているように、多くの庶民にとって一円は決して「安い」と感じられる値段ではなかった。にもかかわらず、結果的に第一回配本から三五万部の予約を取り付けることに成功した背景には、「「僅かな金で完全な文学図書館が作れる」という言葉によって、廉価という以上の魅力を訴え」[9]るというような、宣伝戦略があったといえるだろう。

書物の流通規模はこの『現代日本文学全集』の発刊を契機に跳ね上がり、透谷テクストの流通量が急増したことによって、必然的に透谷を語る言説は量的に拡大していく。鈴木一正の「北村透谷参考文献目録」[10]を参照すると、「円本」発刊の前年には七件であったのが、「円本」発刊の年には一一件、翌年には六件、翌々年には三件、というように、昭和二年に明かな増加が見られる。とはいえ、そのほとんどは、比較的透谷に近しかった人々の回想や、「詩史」といった文学史記述に登場する程度で、既存の透谷観を覆すものではなかった。

そんななか、「僕が偶々透谷の名を文明批評的要素を持つた先人として数え上げたのも実は先日改造社による「透谷集」を繙読した折から得た感想が自からそこに首を出したに過ぎなかつた」（「透谷。樗牛。また今日の我々の文学」）とあるように、佐藤春夫は「円本」を手にしたことをきっかけとして透谷を〈想起〉＝再発見し、〝現在〟の文学が失ってしまった「文明批評的要素」を保持していた〈透谷〉という身体を、想像的に蘇生していくこととなるのである。

三、〈個人的／社会的〉自我の系譜と透谷――佐藤春夫「壮年者の文学」を起点として

佐藤が透谷に言及するのは、既に述べたように、「壮年者の文学」においてであったが、佐藤が透谷を〈想起〉した背景、及び必然性を検証するために、まずは「「心境小説」と「本格小説」」における議論を見ておきたい。「「心境小説」と「本格小説」」において佐藤は、「心境小説」という「文学的一傾向」が隆盛を極めているという〈文壇状況〉について、「まさしく時代にもよほど関係のあることである」との歴史認識を開陳し、その意味での〈歴史性〉について検討することがここでの「問題」であるとし、さらに、「心境小説」というジャンルが「発生」した経路について、独自の見解を展開していく。

第一に、「自分の内部生活」のみにしか関心のない「青年」「作家」が、いつの間にか「青年」ではなくなって、気付けば「壮年期」に達する。第二に、そうした「青年」「作家」が「壮年期」を迎えることで、「物の見方考へ方の中に」「多少の複雑さ」が加わり、いわば「内部生活」の描写が複雑化することで、「心境小説」が「発生」した。すなわち、「心境小説」という新たな言説形式がまず発生し、それに多くの人々が多大な感心を寄せることで、「心境小説」が隆盛したのではなく、前代の言説形式を超克するような何らの方策も発見できなかったことによって、前代の言説形式を技巧において精緻化しただけの小説＝「心境小説」を、皆が書き続けているに過ぎないというのだ。ここでいう前代の言説形式とは、「壮年者の文学」で「心境小説」が「往年平面描写なる標語を提げてその描写論とし、また無解決と称する標語を人生観とした自然主義の窮極」と言い換えられているように、「自然主

義」文学のことにほかならない。

「自然主義」文学から「心境小説」への流れについては後述するが、ここでは、佐藤がイメージする小説の理想像について、「壮年者の文学」を見ていくことで確認したい。

佐藤は、坪内逍遥の『小説神髄』を意識しながら、「小説は世態と人情とを描くのが本来の使命だ」とするが、直後に「小説といふ芸術の使命を描写といふ方法によつて作中人物の性格を明らかにし作中の時代の文明批評をするにある」といい直している。そして、〈性格描写／文明批評〉を、「小説道を行く唯一の車の両輪」として、小説に必須の二つの要素を車の車輪に喩えながら、「今日の我が国の文壇」＝「心境小説」は、〈性格描写〉だけの片輪走行だとして、〈文明批評〉の欠如を主張するのだ。

さらに、〈明治二〇・三〇年頃の文壇／今日の文壇〉を差異化しながら、前者の代表者の一人として「北村透谷」を〈想起〉し、透谷の言説に〈文明批評〉の要素を見出していく。

しかし、ここで〈性格描写／文明批評〉ということは、〈個人的自我／社会的自我〉という抽象的な概念と関連付けられながら語られているとはいえ、〈性格描写／文明批評〉そのものの明確な定義が行われていなかったことは否めない。それゆえ、先に見た白鳥の反論を誘引したともいえるが、白鳥がわざわざ佐藤の「文芸時評」に対して発言しなければならなかったのには、別の理由があったと推測される。

というのも、白鳥の小説「何処へ」（『早稲田文学』明治四一［一九〇八］・一－四）が、明治四二年二月の『早稲田文学』誌上で、島崎藤村の小説「春」（『東京朝日新聞』明治四一・四・七－八・一九）とともに明治四一年を代表する小説に挙げられるまでに絶賛され、白鳥自身も〈自然主義作家〉の筆頭に位置付けられるようになったが、山本芳明が指摘しているように、大正六年に起きた「パラダイム・チェンジ」によって「自然主義系の作家として先ず批判の槍玉」に挙げられ、「文学者」としての低迷期を迎えていた。[11] しかし、同じく山本芳明が指摘しているように、大

正一〇年の『人さま〴〵』を機に、白鳥は〈心境小説作家〉として「賛美」され、〈神格化〉されるまでとなる。(12)

〈文壇〉の評価軸の変動に翻弄されながらも、〈心境小説作家〉として時代の寵児となっていた白鳥だが、佐藤が「僕は「心境小説」の隆盛をわれ〳〵当年の青年作家の止むを得ざる多産と生活的狭隘とまた無意識の偸安から来る早老と、しかしまだ磨滅しつくさずに残つてゐる才能との奇妙な混血児ではないかと考へるのである」(「「心境小説」と「本格小説」」)と、〈心境小説作家〉を自嘲的に評するとき、白鳥はそうした批判を自身に差し向けられたものとして受け止めたのではないだろうか。すなわち、〈自然主義〉を超克するような何らの方策も発見できず、技巧において精緻化しただけの「心境小説」を書き続けている〈作家〉として名指しで批判されたような気がしたのではないかというのだ。

むろん、そのあたりの真相は定かではないものの、白鳥の〈心境小説作家〉としての自負が、佐藤への駁論という形で表出したと考えることはそれほど不自然ではない。いずれにせよ、白鳥は「文芸時評　佐藤君に答ふ」(『読売新聞』昭和二・五・三〇)において、透谷を、「時代思想を閑却」し「階級意識を忘れ」た「高踏的な作家」であり、「文明批評」的要素は皆無だったと主張している。すなわち白鳥は、「文明批評」的要素ということを、「時代思想」「階級思想」への言及性というところに求めたのである。

これに対し佐藤は次の「透谷。樗牛。また今日の我々の文学」において、白鳥のいう「文明批評」と自らの言う〈文明批評〉との定義における差異に言及していく。

彼の所謂内部生命的理想主義は明治廿年代に対してそれ自身が一つの文明批評であつたのである。当時の功利万能社会及び余りに外面的な写実をのみこととする文学に対して透谷が持出したところの批判及び透谷が要求したところの文学は僕の目には誠に正鵠を得た一つの立派な文明批評であることを思はせる。(中略)青年は夢を歌ふことを好む。しかしながら青年の夢は各々の時代によつてその内容を異にしてゐる。青年の夢はいつも必ずしも透谷のそれとは同じものではない。それは恰も文明批評の題目がいつも必ずしも対社会的ではないのと同じく。階級思想に目覚めよと叫ぶことが文明批評の題目であることもある。芸術至上主義を高調することが一代の文明批評である場合もある。

佐藤は、透谷の〈文明批評〉的要素の所在を、「青年の夢は各々の時代によつてその内容を異にしてゐる。青年の夢はいつも必ずしも透谷のそれとは同じものではない。それは恰も文明批評の題目がいつも必ずしも対社会的ではないのと同じく」とすることによって、透谷の「内部生命的理想主義」や「高踏的であること」といった、「主義」や「態度」の〈非対社会的〉であったところに求めていく。

すなわち、白鳥の〈文明批評〉＝〈時代・階級思想への言及〉＝〈対社会的〉という単純な図式では、透谷の〈非対社会的〉な言説が内包する〈社会性〉、これは「壮年者の文学」において〈社会的自我〉と言い換えられるが、そうした透谷言説の〈社会的自我〉のあり様を見落とすことになるというのだ。

そして、この〈社会的自我〉の内包ということこそが、佐藤の言う〈文明批評〉の条件であるわけだが、〈社会的自我〉の概念については、「壮年者の文学」では「社会と自己との交渉」としか説明がない。

〈社会的自我〉の概念をもう少し明らかにするために、佐藤の「文芸時評」とほぼ同時期に行われた「新潮合評会[13]」における佐藤の次の発言を参照してみたい。同合評会では、随所で白鳥との直接対決があり、二人は透谷についても意見を交わしていることからすれば、〈個人／社会〉に関する以下の発言は無視できないだろう。

個人といふものは必しも一つの世界に捉はれずに、ある偉い人に取つて、社会全体といふものを自分の、個人の衷に蔵し個人の衷に感じて己そのもののやうに考へ得る人もある。さういふ人に取つては時代と個人或は社会と個人といふものが同一つの世界の中に生きてゐる。偉大なさうしてその時代が認めた作者は恐らく皆さうです。社会なり時代なりを一つの個性が十分に解説したところに優れた芸術が出てくるが、(中略) 時代の概念や風俗や習慣やだけしかない、さういふ場合には最も悪い意味の通俗小説といふものが出来ることにはなりはしないかと思ふ。

ここで佐藤は、「偉大」な創作主体とは、「社会全体」を「己そのもののやうに考へ得る人」であると、〈個人／社会〉の境界線を設定しないことを選択できる人であるとし、それら〈個人／社会〉が無媒介に並存している「世界」を「十分に解説」しうるという。すなわち「偉大」な創作主体とは、あたかも〈個人〉が自己胸中を内省するのと同じ仕方で、〈社会〉をも観察しうるような眼差しを持ち合わせているというのである。そして、この〈個人／社会〉の関係を〈自我〉という問題に再配置してみると、観察対象としての「世界」というマクロな空間は、〈個人的／社会的〉という二つの側面を持ちながらも、〈自我〉というミクロな概念によって表象されるものということになる。

それにしても傑れた文明批評といふものは一面に於ては深い人生批評を含み同時に一面に於ては剴切なる社会批評を含んでゐなければならない。事実またすべての傑れた文明批評は社会批評から人生に呼びかけるか、或は人生批評から社会に呼びかけるか、その入口は異つてゐても、その相貫くところは一つである。僕がいふ意味は深い人生批評に触れないまた同時に剴切な社会批評を抱かないで善き文明批評はあり得ないといふのである。

さらに、佐藤の「文明批評および信念ある文学」における右の発言とあわせて考えれば、〈文明批評〉とは、〈個人的／社会的〉いずれの〈自我〉を観察の出発点としたとしても、それらの相互的な往還を通して最終的には「世界」を見据えるようなものだといい、透谷は、「内部生命」のような〈非対社会的〉な〈個人的自我〉の観察から出発しながら、同時にそれが同時代的な〈功利主義〉への批判という〈社会批評〉になるような、「世界」の観察者であったということになるだろう。

ただし、ここで決定的に重要なのは、〈文明批評〉としての透谷言説が、「世界」を俯瞰する方途として、〈社会的自我〉の観察を入り口とするのではなく、〈個人的自我〉の観察を入り口としていたと、佐藤によって認識されていたという点である。そして、なぜこの点が重要な意味を持つのかということは、次の「社会的小説」を読むときに明らかになるだろう。長くなるが、佐藤が透谷を〈想起〉した必然性を把握する手がかりとなる文章であるため、労を厭わず引用したい。

硯友社的文学がすでに爛熟して了つて社会的小説などの呼声のうちに数年が過ぎて了つた。その後に勃然として起つたところの新文学は、樗牛が数年前に早くその風潮を察し萌芽を発見したところの社会小説なるものではなく、却つて全く別様の文学であつたことは甚だ面白い事実である。即ち僕は自然主義文学のことを指していつてゐるのである。自然主義運動が当時の社会の齎したところの文明批評的意義は一種の社会的事実ではあるが、この自然主義文学の精神なるものは寧ろ文学に於ける個人主義的運動なのである。この意味に於いては自然主義文学は寧ろ、内部生命の存在を説き反功利主義の芸術を述べた透谷などの思想の一展開ともいふべきものであるかも知れぬ。（中略）我々の今日の文学なるものはさまぐ〵の部分的修正は行はれたけれどもその根本の精神に於いては結局自然主義文学の流れを汲んだ個人主義の文学であり、また個人主義の文学として正に爛熟の域に到達してゐると考へるのである。かういふ場合に偶々無産階級文学の呼声が高いのを聞いて僕はまた再び歴史は繰返すと思はざるを得ないのである。無産階級文学とは正しく一つの新社会的小説に外ならないからである。（中略）明治といふ時代は少なくとも三十年の間にはまだ本当の意味に於ける近代の社会はそこにはなかつたのである。さうしてその形態だけが新しかつたのである。（中略）微小ではあつたけれど近代人の先駆とも見るべき透谷の如き人物は殆んど時代と関係なく生きてゐた。そこに彼の悲劇的生涯があつた。しかも時代の精神は国力の膨張とともに長足の進歩を遂げて国民は余に近代主義の精神に触れたかの如く見える。即ち自然主義運動及び所謂危険思想と呼ばれた一団の人々の影響は国民に近代生活の洗礼を与へて了つたのである。かうして昨日まではただ新しい風俗だけしか持たなかつた一つの国家が、新しい群衆の精神と新しい個人の生活を開始した。かうしてほんとうの意味に於ける近代の社会を我々は持つことになつた。（中略）しかしすべての社会的小説は必ずしも今日の無産階級文学的でなければならぬかどうかは疑問である。僕はそれよりも寧ろすべての作家がそれ〴〵の主張と思索と信念とに従つて、ともかくもつとその視野を社会全般の生活に向けることによつて、また自己を社会的考察のなかに投入することによつて、それ〴〵の見地からそれぞれの社会的小説を試みるのは必ずしも不可能ではなく、また無意義ではないであらうと信ずるのである。

ここで佐藤は、明治という時代を語り直す作業を通して、二つの文学史の見取り図を提示している。一つは、佐藤から見た実際の文学史のそれであり、もう一つは、高山樗牛が提唱したものの、実現しなかった「社会的小説」のそれである。ここでは、前者を〈個人的自我〉の系譜、後者を〈社会的自我〉の系譜と呼んでいくが、〈社会的自我〉の系譜については、「硯友社的文学」の「文学的精神」が「爛熟」した明治三〇年代初頭に、樗牛がそうした「文学的精神」を超克するために「社会的小説」を提唱したことに注目している。

佐藤によれば、この「社会的小説」は、「自然主義文学」の台頭によって実現されなかったものの、「無産階級文学の呼声が高いのを聞いて僕はまた再び歴史は繰返すと思はざるを得ないのであ[illegible]無産階級文学とは正しく一つの新社会的小説に外ならないからである」というように、昭和二年当時の「無産階[illegible]文学」というものに、「社会的小説」の一つの達成を見ている。そして、これら樗牛による「社会的小説」の要[illegible]及び「無産階級文学」による「社会的小説」の達成ということに代表される〈文学的〉動向に関しては、明治[illegible]年と昭和二年という時代における、「文学的精神」の「爛熟」という時代構造の相似性に、その必然性を見出[illegible]いる。

一方、〈個人的自我〉の系譜について佐藤は、「我々の今日の文学なるものはさま[illegible]の部分的修正は行はれたけれどもその根本の精神に於いては結局自然主義文学の流れを汲んだ個人主義の文学[illegible]あり、また個人主義の文学として正に爛熟の域に到達してゐると考へるのである」としているように、「自我を[illegible]く「個人解放の文学」としての「自然主義文学」の系譜に、「心境小説」に代表される「今日の文学」を配置[illegible]いる。さらに、「自然主義文学は寧ろ、内部生命の存在を説き反功利主義の芸術を述べた透谷などの思想の一展[illegible]ともいふべきもの」とすることで、「自然主義文学」―「心境小説」という、明治末から昭和初頭にかけての[illegible]壇〉の主流を成す文学史の見取り図を、〈個人的自我〉の系譜であると明確に意味付けた上で、透谷をその〈起[illegible]として据えていくのだ。

そして、「近代主義の精神」が未成熟な時代において、透谷がその本質を先駆[illegible]に理解してしまったがゆえに、「近代主義の精神」に背を向けざるを得なかった「悲劇」があったというのであり[illegible]「新しい群衆の精神」＝「近代主義の精神」への[illegible]は、佐藤の「時評」全体を通してもそうだった[illegible]うに、「反功利主義」という側面に一元的に理解されていった[illegible]べきだろう。

いずれにせよ佐藤は、現在の「心[illegible]説」が連なる〈個人的自我〉の系譜の〈[illegible]源〉として、透谷の身体を想像的に蘇生＝〈想起〉しながら、単なる[illegible]源〉としてではなく、「心境小説」に[illegible]絡している〈社会的自我〉探求の実践ということを透谷言説に見ることで、「心境小説」が別の言説形式に超克という形で取って代わられた結果としての未来像を、過去に既に存在していた透谷言説に見出すという意味での〈想起〉がここで行われているといえるだろう。そしてこの点にこそ、佐藤が透谷を〈想起〉した必然性があった。

〈想起〉の経路としては、第一に現在の「心境小説」に社会性の欠落という限界を感じ、新たな言説形式を模索していた、第二に、「円本」によりたまたま透谷言説に触れた、第三に、「心境小説」が連なる〈個人的自我〉の系譜を構想し、「心境小説」に欠落している〈社会的自我〉の探求をも実践していた透谷に〈理想〉を見出しながら、〈個人的自我〉の系譜の〈起源〉に据えた。

ただし、既に確認したように、〈個人的自我／社会的自我〉いずれの探求から出発しても、それらを往還的に俯瞰することができる視点を有していれば「偉大」な創作主体たりえるのだとすれば、「心境小説」という言説形式を文学史の主流から切断し、「無産階級文学」という新たな言説形式に、〈文学〉の未来像を同一視するということもあり得たのではないか。

しかし佐藤は、青野季吉・新居格・平林初之輔・藤森成吉らプロレタリア文学者も参加して行われた第三六回新潮合評会「社会思想家と文芸家の会談記」(『新潮』大正一五・七)において、「無産階級文学」の限界を指摘している。すなわち、「心境小説」に代表される〈個人的自我〉を主眼とした「ブルジョア文学」と、「今日一般のプロレタリヤ文学」とは、「主人公の境遇が違ふ」だけで「全く同じ」だと厳しい批判を展開した。すなわち、プロレタリア文学は一見、透谷—樗牛に連なる〈社会的自我〉の系譜に位置するようでいて、実は、透谷—自然主義に連なる〈個人的自我〉の系譜に位置する心境小説の亜種に他ならないというのだ。

伊藤整は戦後になって、プロレタリア文学と私小説をともに「逃亡奴隷」(「逃亡奴隷と仮面紳士」『新文学』昭和二三・八)と表現しながら、いずれも「生活実践者の生活報告」に過ぎないと批判している。伊藤のこの批判が保有する言説構造は、周知のように、プロレタリア文学の後継である民主主義文学陣営の文学史的見取り図にまで影響を与えながら広く分有されていくこととなるが、佐藤のプロレタリア文学に対する批判の仕方は、伊藤の言説構造を約二〇年前に見事に先取りしている。

もっとも佐藤のこうした「今日一般のプロレタリヤ文学」に対する徹底批判は、当然のことながら心境小説に対しても差し向けられたものであった。すなわち、「心境小説」に限界を見た仕方のまさに裏面の方法で、プロレタリア文学の限界が指摘されたことになる。佐藤が心境小説に〈社会性〉の欠如を指摘し、模範とすべき〈個人／社会〉の両〈自我〉探求の実践者を追求したとき、同時代に勃興しつつあったプロレタリア文学は、欠如を内包した心境小説の、何の変哲もない鏡像に過ぎなかった。それゆえ、同一化すべき理想の身体として透谷が召喚され、同時に新たな〈透谷〉が成型されたのである。そして、そうした〈透谷〉は、本書第八章で述べるような日本浪曼派的な透谷イメージへと接続されていくだろう。

四、抵抗の文学史の起点――プロレタリア文学と透谷

ただし、この時期のプロレタリア文学運動は、決して一枚岩ではなかった。大正一三年六月の『文芸戦線』創刊を契機としてプロレタリア文学運動が大きな盛り上がりを見せたこの時期は、周知のように、大正一四年一〇月に、複数のグループを大同団結した日本プロレタリア文芸聯盟を結成するも、翌年一一月には共産主義系以外の聯盟員を除名し日本プロレタリア芸術聯盟（プロ芸）と改称、さらに翌昭和二年六月には、青野季吉ら『文芸戦線』同人を除名し、除名された『文芸戦線』同人が労農芸術家聯盟（労芸）を結成するも、直後に山川均の社会民主主義的なイデオロギーをめぐって内部分裂をきたし、脱退した蔵原惟人・林房雄・藤森成吉らが前衛芸術家同盟（前芸）

を結成するにいたっている。労芸は山川均らの労農派との結びつきを強め、文戦派として社会民主主義的立場から活動するにいたる一方、翌昭和三年、日本共産党をともに支持していた中野重治らのプロ芸と蔵原惟人らの前芸とが接近して全日本無産者芸術連盟（ナップ）を結成している。同年三月に日本共産党が労農派を除名するにいたって、以後、ナップ派／文戦派の対立時代を迎えるというように、この時期のプロレタリア文学運動は、組織的な離合集散を繰返しながら理論面においても常に流動的だったのである。

ここでは、様々な立場のプロレタリア文学者が〈明治文学〉について語ったいくつかの言説を見ることで、彼等が〈明治文学〉をいかに把握し、いかなる文学史の流れの中に「プロレタリア文学」を位置付けようとしていたか、ということを確認しておきたい。まずは、『改造』の特集《無産階級文学の社会的進出批判》における林房雄「進出の社会的根拠」（昭和二・二）を見てみよう。

> 現在の社会では、文学の問題は一般に作者と読者と出版業者の問題である。文学上の諸流派の栄枯盛衰も、この三つの因子の相互関係の変轉更新の現れだと見ることが出来る。最近、「第二期の発展期」を迎へたと称せられ、文壇的話題の重要な一つを成してゐる無産派文学の問題も、この視角から考察さるべきである。（中略）明治大正の文学は――一般に資本主義下の文学は――小ブルジョアの文学である。知識階級中の特殊な一群である職業的作家によつて創作され、小ブルジョアをその主な構成要素とする「文書階級」によつて鑑賞され享受され批評されて来たものである。文壇とは比較的高度の教養を有する読書階級を対象とする文学を日本の文化史の上に花咲かせて来た。ジャーナリズムによつて公認された職業的作家の集団である。（中略）読者は何故に社会主義的作品を歓迎し始めたか？／私はその理由を知識階級、読者階級の世界観の分裂過程の深化に求める。（中略）新潮社の「社会問題講座」に三万の読者が集り、「資本論」が数版を重ねたことによつてもうかゞ

はれるやうに、可也の多数の読者は社会主義的世界観を要求し、社会主義的文学を要求しているのである。（中略）だから若し、吾々社会主義作家が、この新しき進出を空騒ぎに終わらせず、読者の期待を裏切らず、吾国の文学史の上に真に記念碑的な作品を残さうとするならば、そのために先づなされなければならぬのは小ブルジョア的夾雑物の徹底排除である。社会主義的世界観（特殊的には社会主義的芸術観）の把握であり確立である。量的質的に旧文学を凌駕する作品の提供である。

林はここで「明治大正の文学」を意識した「文学の問題」は、「作者」「読者」「出版社」という「三つの因子の相互関係」に内在しているという認識を示す。すなわち、「知識階級」に属す「作者」、「読書階級」に属す「読者」、そして「出版社」という、いずれも〈小ブルジョア〉によって組織された集団が独占する、出版資本主義的システムの中で生起している経済活動として、「明治大正の文学」は位置付けられる。ところが近年、そのような「作者」・「読者」は、〈既成作家／プロレタリア作家〉・〈既成読者／社会主義的世界観を要求する読者〉のような形で、それぞれ分裂が生じ始めたという。そして、〈小ブルジョア〉に独占された「文学」を奪還するためには、「小ブルジョア的夾雑物の徹底排除」を行わなければならないというのであり、すなわち、「明治大正の文学」という負の遺産を継受した〈文壇〉を中心とした文学場を構成する「作者」「出版社」、そして「社会主義的世界観」を要求しない「読者」を「排除」することが宣言さるのである。

同じ『改造』の特集に寄稿した藤森成吉の「新文学理論の確立——共産主義的主張——」もまた、林と同様に〈近代文学〉〈明治文学〉を「ブルジョア文学」と規定しながら、その「本質」を「個人主義」としているが、それが「資本主義時代の経済的基礎に立つ必然的現象」であると解釈されることによって、「個人主義の対蹠的立場」＝「超個人主義」的立場に立つことが「我等」＝プロレタリア文学者の使命であるとしている。

林や藤森のような〈明治文学〉に対する定式化した思考からすれば、佐藤が〈個人的自我〉の系譜の起点として据えた透谷に対する認識は、惨憺たるものが予想されるだろう。しかし、事実は必ずしもそうではなかった。昭和二年二月（佐藤の「文芸時評」連載の二ヶ月前である）、ナップ派の理論的指導者であった蔵原惟人が、その後のマルクス主義的な文学史プロットを方向づけることとなる「現代日本文学と無産階級」（『文芸戦線』昭和二・二）を発表しているが、管見の限りでは、これはプロレタリア文学の立場から初めて透谷を卓越化した言説でもあった。

しかし、何故にこの「産業の青春期」が透谷や樗牛をして、「自由平等思想、乃至個人主義」を「最後に洗練」せしめたのであるか、何故にそれが藤村操を「華厳瀑下に投死」させるやうな「痛ましい犠牲」を払はしめたのであるか、（中略）然るにこれ等すべての現象は、その実その終局的原因を、大資本の集中的傾向と小資本の分散的傾向との衝突、云ひかへれば、集中的従つて国家主義的なる大ブルジョワジーのイデオロギーと、分散的従つて個人主義的なる小ブルジョアジーのイデオロギーとの衝突、の中に有してゐた。（中略）然るにこの闘争が一先づ終結すると共にこの二要素間の矛盾は次第に明かになり、それがまた文学の上に反映せざるを得なかつたのである。透谷の所謂インヂビジユアリズムの悲劇、樗牛の中に於ける国家主義と個人主義の矛盾、最後に日本におけるロマンチシズムの発生は実にこれによつてのみ理解されるのである。そこには「青春」もなければ「老年」もない。況んや「産業の青春期」などのあり得よう筈がない。／さてこうして見れば、透谷は自我に自覚せる小ブルジョアジーの余りにも早き先駆者であつた。

蔵原の文学史プロットの特異性は、〈明治文学〉は「小ブルジョワジーのイデオロギー」＝「個人主義」を「反映」したものだとする、プロレタリア文学者に共有された言説構造を踏襲しながらも、「大ブルジョワジー」の

「国家主義」に対する、「小ブルジョワジー」の「個人主義」による「反逆」の発露として〈明治文学〉を読み替え、「近代日本文学史」は「小ブルジョア的「自我の自覚史」」であるとしたことにある。

「小ブルジョア的「自我の自覚史」」の系譜には、透谷―樗牛―藤村操、そして「因襲打破」「偶像破壊」をスローガンとする明治四〇年代前半までの自然主義文学が想定されており、透谷は「自我に自覚せる小ブルジョアジーの余りにも早き先駆者」として表象される。「大ブルジョワジー」による抑圧下において、「自我」を「自覚」すること、あるいは「自覚」しえたということは、その当時ありえたほとんど唯一の〈抵抗〉の形式であり、それはまさに「逃避的、空想的」（伊藤整はこうした側面を捉えて「逃亡奴隷」と呼んだ）な側面を持ちつつ、「叛逆的戦闘的」だったというのだ。

もっとも蔵原は、『文芸戦線』の翌月号に執筆した「自然主義文学の消長――現代日本文学と無産階級(2)――」において、〝現在〟も生き長らえている島崎藤村・徳田秋声・正宗白鳥ら自然主義作家＝〈心境小説作家〉の作品について、「技巧の方面より見ればいくらか面白いかも知れない」と皮肉交じりに言いながら、「作の文学的価値は、それが何を如何に描いたかによつて定まる」にもかかわらず「愚昧の外の何事をも描かれてゐない」とし、〈心境小説作家〉を〈抵抗〉の姿勢を完全に失った「末期的小ブルジョア」として、透谷を起点として樗牛による「社会的小説」の提唱へと連なる「自我の自覚史」＝〈抵抗の文学史〉の系譜から除外するのである。

蔵原は、〈抵抗の文学史〉の正統なる継承者が誰なのか、直接的な言及を行っていないが、当然のことながら、自分達プロレタリア文学者だと考えていたことだろう。そうした見方を直後に先鋭化していったのは中野重治である。

だが透谷の敗れたのは日本の資本主義にであつて、そのために小ぎたない実証主義をかつぎまわつた一個の俗学者山路愛山にではない。この薄命の秀才の抱懐したところのものは今それと全く別個のものによつて継がれている。戦闘的唯物論による資本主義の奴僕としての実証主義の絞殺がはじめて透谷をよみがえらすだろう。（中野「芥川氏のことなぞ」『文芸公論』昭和三・一）

ここでの〈透谷〉は、「小ブルジョア」・「個人主義」といった要素が抜き去られ、「資本主義」に〈抵抗〉するも敗れた者としてイメージされていく。そして、「全く別個のもの」に受け継がれた透谷の意志、すなわち「資本主義の奴僕としての実証主義の絞殺」によって、「透谷をよみがえらす」＝想像的に蘇生することが宣言されるのだ。ここで「全く別個のもの」とされているのがプロレタリア文学者であることは明らかだろう。透谷は〈不在〉のプロレタリア文学を先取りした先駆者として想像的に蘇生＝〈想起〉され、卓越化されていくのである。

佐藤・蔵原という思想的に対極に位置するといえる二人が、ともに「功利主義」なり「国家主義」という、いわば〈近代主義〉への批判者・抵抗者という、それまでに見られなかった〈社会性〉を帯びた〈透谷〉を同時期に提出し、しかもそうした見方は、変奏されながらも、昭和一〇年代の日本浪曼派らによるそれを経由し（本書第八章で述べるように、佐藤は『日本浪曼派』同人となり、透谷会の結成・透谷文学賞の設立などに関与していく）、少なくとも戦後の国民文学論争の際まで継受されていくとすれば、〈透谷〉のパラダイムが大きく転換していく契機を両者の発言に見ることができるといえるだろう。

五、反近代主義者〈透谷〉の争奪戦

このように、「円本」刊行を契機として拡大していった透谷をめぐる言説のなかでも、佐藤、蔵原、あるいは中野の〈想起〉の仕方はいずれも、本書序章で述べた意味での浪漫主義的な所作を伴うものだった。佐藤を例にすれば、現在では見失われてしまったものとして〈社会的自我〉の探求の実践を表象しながら、それをかつて実践していた者として〈透谷〉を蘇生し、それを自らが進んでいくべき〈理想像〉であるとして、同一化していったである。

このような、立場や思想の差異にかかわらず、〈透谷〉を浪漫主義的な方法でいっせいに蘇生していくという、〈透谷〉の争奪戦ともいえる状況のもさることながら、そこで見出された〈理想像〉が、〈近代主義〉の批判者・抵抗者という一致をみせたことになるが、こうした事態の背景にはいかなることがあったのだろうか。話を「円本」のことに戻してみたい。

> 予約全集ばやり出版界が混乱した。この混乱は出版界の革命を意味するものである。いよ〳〵出版資本主義が確立する。（中略）従来の標準では、精々数千乃至数万に限られてゐたものが、一躍数十万といふ高水準に翔け上つて来た。この莫大なる需要に応ずるためには、生産の規模をそれに応じて拡大せねばならぬ。生産を拡大するには、それだけ大きな資本の準備を要する。この条件を欠く出版社は廉価販売をなし得ないから、どうしても競争場裡太刀打ちが出来ぬ。随つて、自滅するほかない。（高畠素之「㈠出版戦、弱肉強食の辯」『中央公論』特集《出版戦国時代の出現》昭和二・六）

『資本論』を全訳したことで知られる社会思想家高畠素之の右の発言にあるように、〈近代主義〉の批判者・抵抗者という〈透谷〉を、少なくとも佐藤に〈想起〉させた物理的要因としての「円本」は、皮肉にも、理念としての〈近代主義〉の、一つの大きな側面である出版資本主義の確立を決定付けた。

改造社の現代日本文学全集の如き、根柢に於て、改造社の営利的企画である。その人選の如きも、文学的名分は第二であり、市場価値が第一であることは、当然である。市場価値が無くて、単行本などの世に行はれない作家を、全集丈に採録しなければならぬと云つたやうな義務は、出版書肆にはないと云つてもよい。（菊池寛「現代日本文学全集」『中央公論』昭和二・一）

既に確認したような、「円本」によって一葉・透谷の「功績と苦労」を周知させたいという改造社の崇高な理念とは裏腹に、例えば右の菊池寛の発言にあるように、「円本」が「文学的名分」を「第二位」に考え、「市場価値」を優先させる「営利的企画」であることを批判する言説は枚挙にいとまがなく、佐藤の「文芸時評」における論考も、「諸君の今日のやうなやり方を進めて行けば、それでなくてさへも多少その傾向があるところの、文芸或は文明批評の権威よりも売れるものが一番いいものだといふ出版商売の見方が、正しい批評の上に被ひかぶさつて了ふ危険を感ずるからである」（「一円本の流行」）というように、まさにそうした「円本」の「功利主義」的側面への批判から出発していたのである。

ただしそのこと以上に、「円本」が佐藤に与えた衝撃とは、「円本」を契機として労働者にまで〈文学〉が裾野を広げていくという「文壇の社会化」という事態であったことを次の文章は物語っている。

改造社が「日本文学全集」の広告をしてその内容見本を各小売店にくばつて以来、街で道路修繕の仕事などをしてゐるらしい汚れた法被着の工夫風の男などが「どうだ、此頃は何か只でくれるものはないか。」などといつて店へ立ち寄るのが時々あるといふ話であつた。（中略）この一事を見ても我々文学者の名前などが行きわたる範囲は我々の想像以上に広いことだらうと思はれる。すなわち、文壇の社会化といふやうな文字を使つて見ても差支へなからう。（中略）僕は思う我々の文学の中には余りに文明批評が欠如してゐないか。さうしてそれ故一たびは折角、民衆の中へ浸みわたつて行つても彼等が我々と一緒に生活しないのではないかを僕は恐れるのである。（「文壇の社会化」）

佐藤は、「文明批評」が欠落している現在の〈文学〉に「民衆」が付いて来ないことを「恐れ」るのであり、すなわち、この出版資本主義の確立によって齎された〈恐怖〉こそが〈文壇文学〉における〈文明批評〉の欠如を真に自覚させたのだともいえる。

「円本」によって突如として確立されてしまった出版資本主義は、佐藤にまずその「功利主義」的側面への批判を促し、同時に〈文壇文学〉における〈文明批評〉の欠如を真に自覚させた。このことは、既に確認したような、佐藤の透谷を〈想起〉する経路において、「円本」の果たした役割が、透谷言説に遭遇する物理的因子となったということにとどまるものではなかったことを意味している。すなわち、現在の「心境小説」に〈社会的自我〉の欠落という限界を感じさせるという、透谷を〈想起〉する経路の最初の段階で、既に「円本」の刊行という事態は密接な連関があったといえるのである。

このような、佐藤における透谷〈想起〉の回路はしかし、佐藤と同様に透谷と山路愛山との所謂〈人生相渉論争〉に注目し、「功利主義」の批判者・「資本主義」への抵抗者という〈透谷〉を提出したプロレタリア文学者達にも共通するものであったのであり、そのような共通する〈透谷〉が要請され、流通した背景には、そうした出版資本主義の確立という社会変動が一因としてあったのだといえるだろう。

注

1 題目のみを記した文章については、特記しない限り佐藤の「文芸時評」中の文章である。

2 友野代三「文明批評論争（近代文学論争事典）」『国文学　解釈と鑑賞』昭和三六・七、五七頁

3 小笠原克「大正末期の私小説論とその終焉」『国語国文研究』昭和三四・一、七八－七九頁

4 鈴木登美「序論　日本近代を語る私小説言説」『語られた自己　日本近代の私小説言説』（大内和子・雲和子訳、岩波書店、平成一二［二〇〇〇］・一）。鈴木は、「「私小説」という語は、明確にこれと特定できる記号内容を持たない、強力で流動的な記号表現として広く流通し、影響力の大きいひとつの批評言説を生み出した」（三頁）といい、こうした「批評言説」を「私小説言説」とすることで、これまでの「私小説」という枠組を超えたところで考察していく可能性を提示している。

5 片桐禎子「透谷評価のあと（続）」『藤女子大学文学部紀要』昭和四一・七、八七頁

6 同前

7 平成一七年度科学研究費補助金（基盤研究C）に基づくプロジェクト「改造社を中心とする20世紀日本のジャーナリズムと知的言説をめぐる総合的研究」（課題番号17520126）の一環として平成二〇年一月一九日に開催された第八回研究会における高島健一郎氏の口頭発表「円本の種本――円本は如何に編まれたか――」による。

8 永嶺重敏「第四章　円本ブームと読者」『モダン都市の読書空間』日本エディタースクール出版部、平成一三・三、一四六頁

9 高島健一郎「商品としての円本――改造社と春陽堂の比較を通して――」『日本出版資料』平成一六・五、二四頁

10 鈴木一正「北村透谷参考文献目録」『国文学研究資料館紀要』平成一二・三

11　山本芳明「第四章 大正六年――文壇のパラダイム・チェンジ」『文学者は作られる』ひつじ書房、平成一二・一二、九六頁

12　山本芳明「第七章「心境小説」の発生――正宗白鳥復権の背景を読む――」『文学者は作られる』ひつじ書房、平成一二・一二

13　「第四十九回新潮合評会　芸術小説の将来に就いて語る」『新潮』昭和二・八

第Ⅱ部　日本浪曼派と〈透谷〉

第五章では、透谷を顕彰する組織である透谷会の結成を主導することとなる中河與一の、小説「数式の這入つた恋愛詩」（『科学画報』昭和五［一九三〇］年九月。以下、小説「数式」）を分析し、昭和五年に起きた中河の思想的転換を跡付ける。第六章では、透谷会結成の理念としての〈永遠思想〉について考察するが、本章では、この〈永遠思想〉へと繋がる萌芽的思考（これを〈初期偶然論〉と呼称する）についての考察を行う。

この〈初期偶然論〉は、中河が当時提唱していた〈形式主義論〉の挫折を契機に形成されるが、ここではそうした〈形式主義論〉の到達点と限界点とが提示されたアレゴリーとして小説「数式」を読解していく。

小説「数式」は、既婚者である優理子と、優理子の自宅を設計する建築師との結ばれえない恋愛をメインプロットとする。この建築師は社会主義建築思想の持ち主だが、資産家で施主である優理子の夫にコルビュジェ風の家を建てるよう依頼され、葛藤するも、優理子への愛が建築師の建築思想を次第に変化させていく。これは、form「構造」＝「形式」の問題、すなわち中河の〈形式主義論〉のあり方の変容が寓意的に取り上げられているといえるだろう。建築師はどのような図面＝「数式の這入つた恋愛詩」を書き上げたのだろうか。

第六章では、中河與一の昭和九年頃から昭和一三年頃までの発言を収録した三つの単行本、すなわち『偶然と文学』（第一書房、昭和一〇・一二）、『万葉の精神』（千倉書房、昭和一二・七）、『日本の理想』（白水社、昭和一三・五）を主な分析対象として、透谷会結成前後の中河の思考を分析し、第八章での考察に繋げたい。

中河はこの頃、『日本浪曼派』同人となり、浪漫主義の論客の一人として旺盛な言論活動を行っている。だがその一方、『全体主義の構想』（作品社、昭和一四・二）として纏められることとなる全体主義的な発言も次第に増加していた。昭和九年頃から昭和一三年頃にかけての中河は、一貫して「作品」が「永遠」性を獲得するためには、「真実」が追求されねばならないと主張している。その意味でこの頃の中河の主張を〈永遠思想〉と総称することができようが、「真実」に代入される意味内容が変質していくことによって、〈永遠思想〉の内実も大きく転回していく。本章では、その変質の軌跡を、日本浪曼派との遭遇や、フィヒテ『独逸国民に告ぐ』の読書体験、日中戦争開戦前後の同時代思潮との関係（第七章で議論の中心となる三木清のヒューマニズム論や、第八章で取り上げる〈日本的なるもの〉に関する論議にも言及した）と対照させながら跡付けることで、中河の思考の一側面を明らかにする。

第七章では、京都学派の哲学者三木清が、昭和一一年に提唱した〈ヒューマニズム論〉を分析する。三木的〈ヒューマニズム論〉は、明治以来の日本の近代化の過程を説明した〈近代化論〉と言い換えることもでき、翌年の日本浪曼派の人々を中心とする〈日本的なるもの〉を要求する主張に、近代イメージについての具体的な枠組を提供することになる。

周知のように、満州事変（昭和六－八）後の日本の思想界では、「不安」ということがトピックとなっていたが、その先鞭を着けたのが三木「不安の思想と其の超克」（『改造』昭和八・六）だった。ただし三木のいう「不安」とは、同時代言説におけるような「社会的不安」、例えばマルクス主義思想への弾圧といった、官憲による外部的抑圧に直接起因するものではなかった。むろん、弾圧の嵐の中で三木自身、昭和五年に入獄し、その後「一種の転向」（宮川透「人間学のマルクス的形態」『近代日本の思想家第10　三木清』東京大学出版会、昭和三三・一〇、七六頁）が行われたともされるわけで、弾圧が三木思想に与えた影響は計り知れない。だが、三木のいう「不安」とは、日本の近代化＝西洋化にともない、日本人が抱え込むことになった「不安」とすることができるのであり、それはいかなる性質のものであったのだろうか。

昭和一一年に起こった二・二六事件は、人々を三木のいう「不安」に陥れた。それは、事件を知って六時間後にはもう、鳥羽行の汽車に乗るために新橋の駅にいた三木自身の「不安」でもあったが、この時三木が最も恐れたのは、旧来の〈ファシズム〉に胚胎されていた非合理性を排した、合理化された〈新ファシズム〉が合成され、それが広く受け入れられてしまうことだった。

あくまでも「合理的」な形で「伝統」回帰を主張する日本浪曼派が大きく躍進してくるのは、翌昭和一二年のことである。

第八章では、戦後の文学史記述において空白地帯となっている、日本浪曼派による戦中の〈透谷〉を観察することで、日本浪曼派の精神構造の一端を明らかにするとともに、日本浪曼派によって透谷とともに卓越化されていく島崎藤村と、日本浪曼派との思想的共振を捕捉する。

本章ではまず、萩原朔太郎が「透谷賞が、新日本文化の会と全然無縁の別物であることも一言しておかう」（「透谷文学賞の設立について」『読売新聞』昭和一二・九・二四）として、わざわざその関係性を否定した、新日本文化の会と透谷会という二つの組織が、〈日本的なるもの〉という共通の理念のもとに結成されたことを論じた。新日本文化の会は、昭和一二年初頭から日本浪曼派周辺で気運の高まっていた〈日本的なるもの〉に関する論議を、恒久的に探究する団体として、日中戦争勃発六日後の昭和一二年七月一三日に結成されたが、その二ヶ月後の昭和一二年九月に透谷会が結成されている。新日本文化の会は佐藤春夫・中河與一の主導で、一方、透谷会は中河の主導で結成されたが、メンバーの多くが重複しており、それらは日本浪曼派同人でもあった。ゆえに透谷を語る言説と〈日本的なるもの〉をめぐる言説とは、癒着しながら編成されていくことになる。日本浪曼派周辺の〈日本的なるもの〉を要求する言説は、三木の〈近代化論〉への反駁という形式をとったが、浅野晃「明治七十年」（『新評論』昭和一二・四）のタイトルが端的に示すように、明治維新以後の日本の近代化に畳み込まれたジレンマ（三木のいう「不安」）が大きく対象化された。

このとき、「明治」という時代は、急速な普遍化の時代にもかかわらず、〈日本的なるもの〉をかろうじて持続させていたピリオドとして高く評価されていく。そして、そうした機運のなかで〈透谷〉は押し上げられ、透谷の浪漫精神は大陸への侵攻を肯定するような論理へとすり替えられていくのである。このとき、〈透谷〉はいかなる「鏡」とされ、いかなる経路で透谷の思想が戦争を批准するようなものとして読み替えられたのであろうか。

ところで、透谷の系譜に連なる者として藤村の卓越化が同時に行われるが、この時期以降晩年の藤村の思考がアジア主義に漸近していく経路については、「藤村研究にとって難関」（平林一『島崎藤村／文明論的考察』暁印書館、平成一二・五、六一頁）とされてきた大きな問題である。本章は「難関」とされてきた戦時下における藤村の思考の実態解明に向けたささやかな試みでもある。

第五章　中河與一の〈初期偶然論〉における必然論的側面
——小説「数式の這入つた恋愛詩」の分析を通して

一、〈永遠思想〉の萌芽的思考としての〈初期偶然論〉

昭和二三（一九四八）年三月二〇日、中河與一はＧ項（「その他の軍国主義者および超国家主義者」）に該当するとして、ＧＨＱより公職追放の仮指定を受けた。昭和一二年末頃からの自らの発言を纏めた『全体主義の構想』（作品社、昭和一四・二）上梓後の中河は、自らが編集主幹した雑誌『文芸世紀』（昭和一四・八-昭和二一・一）内外において全体主義を鼓吹する活動に邁進していたのだ。

追放はこのことが直接の原因だったと推測されるが、この事態を受け、中河の小説「天の夕顔」（『日本評論』昭一三・一）が昭和二三年八月に高峰三枝子主演で映画化（製作新東宝、監督阿部豊）される際、原作者名がクレジットから削除されたことは、中河の固有名が言論界から封殺されていくその後の道程を黙示したかのようである。

だが、戦中から追放前後にかけての中河をめぐる状況は、決してネガティブなことばかりではなかった。戦前の段階で「天の夕顔」は出版四社から単行本化されており、中河の証言に依ると「作品は本にすると、幾らでも売れ、一カ月に三度も増刷するといふ有様で、その普及度は驚くばかりであった。紙の制限が始まった頃で、本屋はくやしがって悲鳴をあげた」[1]といい、紙を中心とした出版資材の統制という逆風を受けながらも、「天の夕顔」は多くの人々の心を掴むことに成功していた。戦後も先の映画化に加え、約五年間（昭二〇-二五）で出版八社（計九冊）から単行本化されており、戦前から戦後にかけた「天の夕顔」ブームともいえる現象の渦中にあったのである。

これらの事態が浮かび上がらせるのは、〈中河與一〉という固有名が喚起する戦中の全体主義・民族主義のイメージを可能な限り消去しながら、「天の夕顔」という物語に大衆が熱狂するという、両義的な受容形態の歴史性である。「天の夕顔」は戦後、それがいかなる思想的背景をもって執筆されたかということが意識的に忘れ去られ、「恋愛文学の最高峰」（ロマンス社版『天の夕顔』帯、昭二三・三）などと、通俗的な意味でのロマンスとして喧伝されたのである。

もちろん、初出時の評が同様に、「愛する者のため全身全霊を捧げた献身と犠牲」（清水文雄[2]）の物語として理解し、「ギョーテのウェルテル、ミュツセの世紀の児の告白、この二篇に匹敵すべき名篇」（永井荷風[3]）と評定していたことも事実である。だがそれと同時に初出時の評は、物語には直接的には描かれない「祖国への愛」（倉田百三[4]）の表現を看取している。

このことは中河が当時提唱していた、自己犠牲の観念が民族に永遠性を付与するとする〈永遠思想〉が、「天の夕顔」解釈に影響していたことを意味するだろう。この〈永遠思想〉は、北村透谷を顕彰する組織である透谷会の結成（昭和一二・九）を主導した中河の創設理念ともなっていくのであり、中河の芸術理論として知られる〈偶然論〉という思考を含むものであった。

これについては本書第六章で詳細に検討するが、本章では、この〈永遠思想〉の萌芽的思考である〈初期偶然論〉が生成された経路について検討する。[5]

この〈初期偶然論〉は、中河が当時提唱していた〈形式主義論〉が挫折することで生じるが、ここではそうした〈形式主義論〉の到達点と限界点とが寓意的に示された小説「数式の這入つた恋愛詩」（『科学画報』昭和五・九。以下、小説「数式」）を分析しながらそのことを検討していく。

次節ではまず、小説「数式」発表に至るまでの中河の思想状況について確認していく。

二、アインシュタインの「新学説」との邂逅

世界各地で一斉に花開いた二〇世紀の形式主義は、しばしばイマヌエル・カント『純粋理性批判』（一七八一）で展開された認識論との関わりで論じられる。カントは、人間は「時間空間」という「感性の形式」と「カテゴリー」という「悟性の形式」とをア・プリオリに持ち、対象すなわち「物自体」ではなく、それに対する二重の形式化によって有意味な認識を獲得するとした。これを敷衍した芸術表現としての形式主義は、ゆえに対象の模写ではなくモデル化（抽象化）の試みである。写実主義を斥け、芸術に意味性を要求する認識の布置からの脱出を試みたモダニズム芸術にとって、形式主義は「公式の美学」[6]となった。

雑誌『文芸時代』同人だった頃の中河は、同じく同人の横光利一などとともに新感覚派と称されるモダニズム文学者であった。中河は、「文学」を「楷をさえ誇張して美しいもの」[7]とするような「写実以上に作者の希望的な理想を孕んだ創造」[8]と定義し、「吾々（稿者注―新感覚派）はどんなに謙遜に云つても一つの芸術上の形式を発見した事だけには誇りを感じてい丶」[9]として新感覚派の意義を〈形式の発見〉と早くから定位していた。

もっとも、『文芸時代』同人達には特定の主義主張があったわけではなく、これらの主張も散発的に為されたに過ぎない。ところが、ソ連教育人民委員としてマルクス主義芸術の方向性に絶大な影響力を持っていたアナトリー・ルナチャルスキの〈内容（イデオロギー）が形式に優先される〉との主張[10]が翻訳紹介されるや、一斉に駁論を展開し（横光「文芸時評」『文芸春秋』昭和三・一一、中河「一人一語 形式第一主義」『創作時代』昭和三・一二）、蔵原惟人や平林初之輔らプロレタリア文学者とのいわゆる形式主義論争に発展していく。[11]ただし、形式主義論争は、「メカニズ

ム」という概念をめぐる横光・中河の二度の内部抗争（昭和四・四：第一次メカニズム論争、昭和五・三：第二次メカニズム論争）を内蔵していた。中河は、第二次メカニズム論争の前後に『形式主義芸術論』（新潮社、昭和五・一）、『フオルマリズム芸術論』（天人社、昭和五・五）の二著を上梓するが、この辺りで形式主義論争は収束する。

〈芸術には「飛躍」が不可欠である〉——中河の〈形式主義論〉とはこのような言明である。「大衆文芸」が隆盛する一方で、「純粋文芸」が停滞し読者を失っているのは、「純粋文芸」が「飛躍」を描いていない、すなわち読者に何の〈疑問〉も〈驚き〉も抱かせない身辺雑記に陥っているからだ。通常の「生活」の中にも「飛躍」は潜んでおり、物語作家はそうした「飛躍」を素材として物語を創作する（＝形式を与える）必要がある。

こうした主張は、中河が昭和八年頃から〈偶然論〉という形で自らの依拠する芸術理論の名称を変更して以降も継受されていくように、その後の中河の思考の中軸をなす。

ただし、「生活」（あるいは物語）の中で「飛躍」が発生するプロセスについての考えは、第二次メカニズム論争後に大きな転回を見せる。すなわち、〈必然論から偶然論へ〉〈決定論から非決定論へ〉という転回である。

中河は論争当初、「飛躍」の重要性をプロレタリア文学者に強調するために、ロシアマルクス主義の父とも称されたゲオルギー・プレハノフの『マルクス主義の根本問題』（原著一九一三）の一節を援用している。中河は「吾々が思想的な方面（内容ではない）に於て社会主義理論に多く教えられるところを感じながら、プロレタリア文学理論に教えられるところが少ない[12]」としているように、マルクス主義のイデオロギー（内容）、及びそのイデオロギー（内容）喧伝のために小説というメディアを利用することを肯定するプロレタリア文学理論を批判しながらも、社会主義建築論（以下、構成主義）といったマルクス主義科学を自身の理論に落とし込んでいたのであり、プレハノフの唯物論的弁証法もまた、中河の考える「生活」の中に「飛躍」が生じるプロセスを代弁するものだった。

同書でプレハノフは、自然・社会科学の発展を絶え間ない量的変化の後に起こる質的変化（飛躍）に依るとし、階級社会における「飛躍」＝〈革命〉が因果律的に起こる「必然性」「合理性」を主張したが、中河が物語に要求した「飛躍」もまた、物語内のプロットを逸脱するような「不合理」な出来事が突如起こることを意味しない。それは、「吾々が不合理なことに疑問を起すのは、そして科学が出発するのは、又飛行機を発明しやうと欲望するのは――有用性の為めではない。何れそれは有用性に一致するかも知れないが、それ以上に未知の世界に対する大きい欲望である。飛躍である[13]」などと、中河がしばしば物語と「飛行機」とを隠喩的に結びつけて語ったことと無縁ではない。

飛行機を飛翔させるためにメカニックはまず、鉄という素材に形式を与え（飛躍させ）、徹底的に軽量化した無駄のない一個のパーツ（内容）を作る。さらに、そのようにしてできた無数のパーツを素材として、全てが効率的に連動するよう組み上げ（形式の付与）、飛行機（内容）へと飛躍させるのである。同様に物語作家は、無駄な言葉を排除し、要素同士が厳密なプロットを構成するような世界を創造しなければならない。別な言い方をすれば、出来事間で発生する複数の飛躍（＝読者に〈疑問〉や〈驚き〉を抱かせる事象）を飛躍として放置するのではなく、それらの要素を厳密な因果関係で統合させて一つの物語へと飛躍させる必要がある。

中河が自身の〈形式主義論〉を「メカニズム」という〈機械〉の隠喩で表象するのはそのためであり、「不合理」を駆逐する作業を繰り返すことで完成した「飛行機」が〈機械美〉を備えているのと同様に、「飛躍」を内包しつつもそれらが厳格な因果律に支配された様を描いた物語にこそ「能率的な美[14]」があると主張したのである。

ところで昭和四年は、美術の世界でも〈機械美〉の発見の動きとしての〈メカニズム〉が隆起していたことを付言しておく。雑誌『アトリヱ』は昭和四年五月号を〈新形態美断面号〉としたが、仲田定之助・村山知義・神原泰・森口多里・中原実・濱田増治・金丸重嶺・今井兼次ら「メカニズムの源流を生み出したといえる作家たち[15]」が寄稿している。また『機械と芸術との交流』（岩波書店、昭和四・一二）に纏められる板垣鷹穂の一連の機械芸術論が発表されたのもこの年である。

さて、このように中河の当初の〈形式主義論〉は、マルクス主義科学を援用しながら必然性・合理性を追求する機械論的世界観に立脚するものだった。これは「一つの比喩として、科学上のテクニックを用ひる事」＝「文学における新しい科学化[16]」の試みに他ならなかったが、最新の〈科学知〉を真理として崇め、それを常に自身の芸術理論の基盤に据えようとした中河は、当時アルベルト・アインシュタインの相対性理論の紹介者として知られた物理学者石原純が執筆した「アインシュタインの新学説に就いて[17]」に依拠して、横光が主張する「メカニズム」の後進性を叩いた（中河「機械主義と科学上のテクニック」『形式主義芸術論』昭和五・一）。これを契機に「メカニズム」をめぐる二度目の論争に発展するが、この論争の際に量子力学と邂逅することで中河は自身の主張をやすやすと翻すこととなる。

すなわち、「（稿者注―マックス・プランクの）エネルギイ量子説とは、「自然が飛躍する」事を認めるものであつて、即ち、自然の現象が、不連続的に飛躍的に、推移するものである（中略）アイゼンベルグの「波動力学」に於ても、又「偶然」が大切な特徴となつてゐて、機械観的力学の必然的理論を明かに一蹴してゐる[18]」と、これまでの必然思想を一転させ、「生活」の中で「飛躍」が発生するプロセスは偶然的であり、厳格な因果律で支配された事象とみなすことはできないとしたのである。

このように後の〈偶然論〉に繋がる〈新科学的〉なる発想を得た中河は、「新興芸術派の勝利と危機」（『新潮』昭和五・七）で一方的に勝利宣言し形式主義論争を収束させようとすると同時に、「唯物論的な文学論の完成[19]」を目的とした雑誌『新科学的文芸』を創刊している。だがそれから五年後に堰を切ったように〈偶然論〉を提唱するまで、中河は理論に関する発言をほとんど行っておらず、「あの時代の「飛躍」を埋める部分こそ、今日の偶然論であることに思ひ至つてゐる[20]」と回顧したように、必然思想としての〈形式主義論〉を〈偶然論〉へと反転させることは容易なことではなかったと考えられる。

しかし、その間に中河は、アインシュタインの「新学説」やハイゼンベルクの不確定性原理に代表される量子力学を学習し、得られた知見を「比喩」として文芸理論に落とし込むという作業に取り組んだはずである。次節以降では、そうした作業の端緒を、小説「数式」の分析を通して見ていきたい。

三、二つのモダニズム建築論①——コルビュジエ

小説「数式」は昭和五年九月の『科学画報』に、稲垣足穂・伊藤整・龍胆寺雄の小説とともに「傑作科学小説」として掲載された。中河は、気に入った作品には幾度も筆を入れ刊行し続けたが、同小説は『ホテルQ』（赤炉閣書房、昭和六・三）に載録されたのみで、中河の生前に刊行された全集にも載録されておらず、先行研究も管見の限りでは存在しない。以下は梗概である。

海辺の土地を買った資産家の男性は、妻の優理子と住むための家を建築することを計画していた。「コルビジエ」風の家を建築するよう依頼された建築師は指示通りに設計するが、実は「社会主義建築」論（構成主義）を信条としていた。一方、シャトレー侯爵夫人に憧れる優理子は、「空間時間連続体の問題」を考察するという「生活」を送る。建築師は次第に優理子を愛し始めるが、実らぬ恋であると悟ると絶望的な気持ちでボルテールがシャトレー侯爵夫人に贈った数式の這入つた恋愛詩を真似、愛情を図面に「数理」で表現する。完成

した家は装飾美を誇り、これにより建築師は「同志」から糾弾されるが、建築を見て回る優理子は、建築師の愛情と苦悩の全てを理解する。互いに愛を確かめ合うも、家の完成は別れを意味していた。

ここには、「天の夕顔」に代表される中河の恋愛小説の幾つかに通底する構造、すなわち、視点人物である男性の、多くは既成道徳上結ばれ得ない既婚女性への犠牲的でプラトニックな愛とその挫折という話型が見られ、しかもそれがそれまでの新感覚派時代には全く見られなかったものだとすれば、そのことは中河文学の浪漫主義的転回がこの時期なされたことを裏付ける証左となるかもしれない。

ただしここで注目したいのは、そうした小説の構造やその系譜性そのものよりも、この小説が建築の構造を問題にしていることについてである。つまり、formという語が単に物の「形」を意味するだけでなく、建築や機械の「骨組」「構造」を意味するとすれば、この小説が、小説を含む全ての芸術表現に関わるform「構造」＝「形式」の問題を寓意的に取り上げていると見ることができ、同様に、この小説において建築は、中河の〈形式主義論〉のあり方の隠喩として機能していると考えられるのである。

その一方で、中河の〈形式主義論〉において建築論は、単に隠喩として引き合いに出されたわけではなく、より直接的に影響を与えたものだった。日本の建築・芸術界へのバウハウスの紹介者で知られる美術評論家仲田定之助が「コルビユジエは時代の寵児となりました。その明快な理論は新しい建築、新しい形成芸術を説くに当つて必須のものとなりました[21]」と述べているように、昭和四年は建築家であるル・コルビュジエの思想が一大ブームとなっていたが、中河が「コルビジエの建築が截然として新しい景観を供へてゐるのは、彼が鉄の性質を最も合理的に理解してゐるからである。木材や石材の建築形式を捨てゝ、軍艦や汽船や、飛行機と同じやうな方向を住宅に与へたからである。素材と形式との密接さを理解したからである。彼は極端に無駄を避ける[22]」と書いた昭和五年一月の時点において、中河の〈形式主義論〉とル・コルビュジェの合理性を主眼とした建築論との距離は微視的なまでに近接していたといえる。

ただし、先述したように中河に必然性・合理性を追求する機械論的世界観をまず提供したのはマルクス主義科学だったのであり、むしろ、プロレタリア文学者との論争が始まった当初の中河の〈形式主義論〉は、ルナチャルスキの芸術論や芸術・建築論上のマルクス主義といえる構成主義を、一部修正したものだったという言い方さえ可能である。島村輝は、これまで対立の構図で捉えられることの多かったプロレタリア文学とモダニズム文学との「表現の類似・相似[23]」に注目したが、本稿が析出するのもまさにそうした風景である。例えば、次のルナチャルスキの「芸術」や「建築」に関わる発言は、中河の〈形式主義論〉と多くの共通部分を有していることがわかる。

一般に、人間が労働する時、彼は形式を創造する。／労働は、諸君の知る如く、その中において人間が周囲の環境のそれ或は他の要素を空間に於て置き換へるところの合目的々な人間活動である。（「芸術の社会的基礎[24]」）

文芸は直接的に現実に相応してゐるのではなく、どんなかの嘗てあつたことを写真のやうに表現するのではなくして、人間によつて考へ付かれ、彼が現実と考へるところのものを表現するところの形式化である。（「芸術の社会的基礎[25]」）

合理的建築術に基いて建設された新しい工場や、新しい建築物――たとへそれは巨人めいた鋼鉄づくめのものであるとはいえ――美しくないといふのは真実であらうか？（「産業と芸術[26]」）

芸術とは、単なる現実の模写ではなく、合目的的な形式を付与することで現実を改変することであるとするルナチャルスキの構成主義的芸術論は、「工場」などそれまで〈美〉とは無縁のものと思われていた構造物が一つの芸術であるという自覚を人々に齎した。『アトリヱ』《新形態美断面号》に掲載された仲田定之助「新形態美説」がルナチャルスキ「産業と芸術」を自身の主張の基盤に据えていることや、同特集の執筆者である村山知義が構成主義の日本への紹介者であることなどを踏まえると、昭和四年に隆起した美術界の〈メカニズム〉やそうした動きに先行する中河の〈形式主義論〉を、構成主義から派生したものとして捉えることができるだろう。

これらの芸術論に共通する言説構造は以下のようになる。①芸術とは、ある物を別の物に置換するモデル化の試みであり、いずれもその意味における形式主義とすることができる。②そのモデル化は合目的的になされねばならない。③モデル化はまた合理的になされねばならず、その徹底化の象徴として〈機械〉を礼讃し、芸術を〈機械〉の隠喩で語る。

ただし、構成主義と中河の〈形式主義論〉との間には、決して歩み寄ることができない大きな懸隔もあった。そしてそれは、ともに合理性や合目的性を謳った〈構成主義の建築論／コルビュジエの建築論〉の懸隔でもあった。「家屋は住む為の機械である」[27]というアフォリズムによって知られるコルビュジエの建築論は、そのプラットフォームの大部分を構成主義と分有していたが、コルビュジエは「構成主義の誤謬の如く芸術は単に機械に似せて作る外の何物でもないと云ふ結論に到達したりする」[28]と、構成主義の建築論と自身のそれとの差異線を強調した。〈機械時代〉の造形芸術は、「原因と結果の純粋な因果関係」という「数学的感情」に依拠することで、そこに「純粋さ」・「正確さ」・「均衡」といった〈機械〉が保有する性質を湛えることとなるが、そのフォルムは「「機械」とは相隔たる事遠い」ものだとコルビュジエはいう[29]。むろん結果的に〈機械〉のフォルムに似るというケースが否定されるものではないが、〈機械〉のフォルムを表層的に模倣するという構成主義の所作は「誤謬」だというのである。

四、二つのモダニズム建築論②――構成主義

一方、構成主義の側でもコルビュジエとの分割線が強調される。ここでは、日本の構成主義的な建築運動を牽引したイデオローグである建築家岡村蚊象の主張を概観しておきたい[30]。岡村は中河の直接の知人でもあることから、小説「数式」の建築師のモデルとして想定し得る人物である。昭和五年一二月、岡村はドイツに渡り、バウハウスの創立者でドイツにおいて多分に構成主義的な建築運動を展開したワルター・グロピウスに師事しているが、ナチス・ドイツによる共産主義運動への弾圧が強まるとグロピウスとともに国外追放処分を受け、昭和七年に日本に帰国している。「唯物的建築制作論三部作[31]」などと称される岡村の構成主義的建築論は、全て渡独以前に発表されているが、そこで岡村は「社会科学的見地から今非常に問題になつて居りますコルビユジエの都市計画を研究いたしまして、彼の作品が厳密な意味に於てレアリズムであり得るかどうか（中略）結局は科学的なものに姿を籍りたローマンテイズムそのものではないか[32]」としている。コルビュジエの建築論は、「レアリズム」＝因果律の追求による建築の〈機械化〉を標榜しているが、その〈機械〉は「社会」というやはり因果律に支配された機構とは無関係に自律的に駆動し得るものとしてイメージされている。しかし、そのような社会や階級的観点から遊離した「レアリズム」は、〈科学〉を装ったロマン主義に他ならないというのである。

もっとも岡村はグロピウスとコルビュジエとの違いについて「デザインそのものというよりも、建築と社会とか生活とか、そういうものを考えて、なにかやっていくというのがグロピウスの場合で…[33]」と述べているように、その差異を建築のフォルム（形式）という視覚的・構造的な部分に認めていたわけではない。そうではなく、〈構成主義の建築論／コルビュジエの建築論〉の分割線は、「プロレタリアートの為[34]」という具体的かつ特定の目的意識＝

イデオロギー（内容）を優先させるか否かにあった。

こうしてみてくると、日本の文壇ジャーナリズムの世界で巻き起こった形式主義論争とは、ともに合理性や合目的性を謳った二つのモダニズム建築論における差異、対立の構図を表象＝再演したものと見ることができる。そして、そのことに意識的だった中河は、小説「数式」における建築師の葛藤としてその対立を構造化してみせたのである。


『吾々は最も近代的な建築をして欲しいんです、あの――家は住む為めの機械である――といふやうな。あれはコルビゼエの言葉でしたつけね、奥さん』

夫が半分おどけながら妻に質問した。

『さう。コルビジエよ。だけどコルビジエよりも、グロピユースやヒルベルザイメルなんかが新らしいんぢやありません』

『まあ、さうです。ですが、ご主人が選ばれたのはコルビジエのビイル・ダヴレーの別荘を参考にするといふ事だつたんです』

建築師がいつた。（二）

構成主義建築を研究しているという建築師は、一切の労働に従事せずとも裕福な生活を送る資本家のために、コルビュジエの「別荘」風の家を設計しなければならない立場に置かれている。プロレタリアートの視点に立つことを放棄し、資本家の走狗となりながらも、自らの糊口の資を得るという目的のために家を建築するのである。

一方ここで優理子は、コルビュジエに比肩する「近代的」な建築家としてグロピウスらバウハウス系の建築家を挙げているが、これは優理子が構成主義的な立場にあったことを意味しない。というのも、この会話の直後で優理子はコルビュジエのアフォリズムをいくつも暗唱するほどにコルビュジエに傾倒していることが示されるのであり、また建築師が構成主義建築を研究していることを優理子に告げると、優理子は「『貴方は社会主義者なの』」(三)と「嫌なものに出逢つた時のやうな表情」(三)で応じているからである。

小説「数式」はこのように、二つのモダニズム建築論を優理子／建築師という結ばれ得ない二人の人物に仮託しながら対立的に描出する。

さらに「私の理論は死にました。」(四)、「私の建築は奥さんの生活にひきずられてしまひました」(四)と、二人が互いに想いを寄せていく過程で建築師が構成主義建築論を手放すとすれば、コルビュジエの合理主義的建築思想、さらには中河自身の〈形式主義論〉の勝利が寓意されているとする解釈行為が妥当にも思える。しかし、建築師の建築は、「素朴から次第に豪奢な装飾に移る」(四)、「十七世紀風な大きい金具がつけられた」(五)とあるように、合理的・合目的的な建築＝〈機械〉への明確な反措定という形で帰結する。そしてこのことは、先に言及した中河における世界観上の認識論的転回と関係しているはずである。

五、〈機械〉への反措定――〈非科学的〉な必然論

ここで、アインシュタインの「新学説」・量子力学といった〈科学知〉に中河が邂逅した流れを簡単に整理しておきたい。

雑誌『改造』昭和四年三月号で石原純が「新学説」を紹介すると、横光が「われ〳〵の形式主義の理論の根拠も、此のメカニズム(稿者注―「新学説」)の上に立つて、発展しつゝあるのである」(横光「文芸時評㈠」『読売新聞』昭和四・

三・一二）と宣言し、その余りの拙速さを中河が諭すこととなる［第一次メカニズム論争］。それから約七ヶ月後の昭和五年一月に刊行された『形式主義芸術論』上で中河が「新学説」に依拠して横光の〈形式主義論〉が「内容」を重視する「唯心論」に傾斜していると批判すると、横光が今度はプランクの言説を援用し自説の正当性を主張した（横光「――芸術派の――真理主義について(上)(中)(下)」『読売新聞』昭和五・三・一六、一八、一九）。これを契機に中河はプランクのエネルギー量子仮説やハイゼンベルクの不確定性原理に関する文献に目を走らせ、横光に再反論する（中河「芸術派の今後に就て――横光利一氏への駁論――(上)(中)(下)」『読売新聞』昭和五・三・二二、二三、二五）［第二次メカニズム論争］。これらの横光との一見不毛な議論を通じて中河は最新の物理学に関する知識に触れ、自身の〈形式主義論（メカニズム）〉が理論的基盤としてきた唯物論的弁証法やコルビュジエの建築論の必然思想が〈非科学的〉であるということを悟ることとなる。

この時の心境をこれより二年後の中河は、「「左手神聖」の序」において次のように回想している。

丁度マルクスの説が台頭してきた時代で、自分はその思想と根気よく対立し、これを刺戟し、調伏しようとした。その芸術と関連して述べられたものが「形式主義文学論」である。だが何れにしても自分と対立するものが外界にあると云ふ思考の点では長い間、年少の時代から決して変わりはなかつた。然るにこの考へ方の進行は、次第に純粋になつて、今は外界にも内界にもなく、科学的な世界によつて、自分並びに周囲が全部決定されてゐる事に気付きだした。自分を支配するものも又自分さへも、等しく時間と空間でしかない事を思ふ時、自分といふものを漂々として世界の一片にしてしまつた。（中略）自分の文学に対する考へ方は、そんなに変化したわけではないが、今日までに文学論らしい書を前記の書と共にもう一冊出してゐる（稿者注―『形式主義芸術論』・『フォルマリズム芸術論』）。だが実際の自分の姿は其処に無つたかも知れない。(35)

「自分の文学に対する考へ方は、そんなに変化したわけではない」とあるように、「形式主義論の根本理論」＝「形式は内容を導きだし決定する」[36]といった主張、すなわち、芸術とは素材に形式を付与し（飛躍させ）一個の内容を生じさせる行為であるとする考え自体に揺らぎはなかった。物語作家であれば、通常の「生活」の中で発生する複数の「飛躍」＝素材を統合して一つの物語を創造する必要がある。

問題は、〈飛躍が偶然に起こっている〉、あるいは〈この世界は偶然に支配されている〉という物理学上の〈真理〉をいかなるものとして理解し、それをいかにして創作活動の理論的基盤としてフィードバックさせるかということである。

先の「「左手神聖」の序」の引用にある通り、中河は形式主義論争を経て「自分を支配するものも又自分さへも、等しく時間と空間でしかない」という思考に囚われていくこととなる。すなわち、自分を含め全ての存在物に〈自由意志〉はなく、「時間と空間」という「科学的な世界によつて、自分並びに周囲が全部決定されてゐる」ということとして、〈この世界は偶然に支配されている〉という状態は理解されていくのである。いうまでもなく、こうした発想は、アインシュタインの相対性理論からの「類推」により成立している。

石原純が昭和四年三月にアインシュタインの「新学説」を紹介した直後、中河は自身の論文「形式主義に関する諸問題――内容主義者への突撃――」（『文芸都市』昭和四・四）を石原純に郵送している。これに対し石原は、短歌雑誌『三角洲』昭和四年六月号に次のような感想を掲載し、相対性理論の立場から形式主義の主張の妥当性を担保した。

> 形式主義者が感興を抱いた通りに、アインシュタインの新理論に於ける物質と空間時間形式との関係は、上述の意味に於ける芸術の形式と内容との関係に或る程度まで類推する事ができる。時間空間形式の中に内容とし

て物質が存在すると思惟せられた従来の見解は物質が全くそれの力の場によつて代表せられ、しかもこの力の場が空間及び時間から成立する四次元連続体の計量的性質によつて完全に云ひあらはされる以上は、最早や改められなければならないのであつて、我々は空間時間の或る特定なる状態に於てのみ物質の存在を依存せしめなければならない。云ひ換へれば、この場合に内容は全く形式に依存するのである。[37]

ところが、中河がこの文章に「この科学的説明は百万の声援者を得たよりも私にはうれしかつた。博士の賛同を得た事は、吾々をして益々旺盛にするだらう[38]」と最大限の歓喜をもって応じるのは、昭和五年五月に刊行された『フォルマリズム芸術論』に至ってであり、昭和五年一月刊行の『形式主義芸術論』にも石原の論文「物質と空間時間との必然的関係」(『思想』昭和四・四)への言及はあるものの、右の感想に対する言及はない。

また昭和五年三月の第二次メカニズム論争の際にも相対性理論への言及はないことから、中河が右の感想に接し、相対性理論を自身の〈形式主義論〉の理論的基盤の中核に据えていくのは、石原の感想が発表されてから一〇ヶ月以上も経過した昭和五年四月頃であると推測される。

ただしこの時期は、直前に必然思想の〈非科学性〉に直面していたこともあり、相対性理論という理論的基盤に〈偶然〉という因子を独自に掛け合わしたものとして、中河の〈偶然論〉の初期モデルが形成されていくのである。しかし、この〈初期偶然論〉はその後約五年をかけて修正される必要があった。これは「飛躍を埋める」と後に表現される作業であったが、それは〈初期偶然論〉から相対性理論の要素を除き、改めて量子力学の発想を「比喩」として落とし込んでいくという作業に他ならない。量子力学はアインシュタインが提唱した光量子仮説を基礎として成立したものの、アインシュタインは量子が確率論的に振舞うとする量子力学の〈偶然論〉と対立し、世界は因果律に支配されていると主張したのである。中河は未だそうした事実に自覚的ではなく、いわばコルビュジエ的決定論からアインシュタイン的決定論へと、決定論的世界像の内部で逡巡していたことになる。

六、書き込まれた一つの偶然

とはいえここでは、〈初期偶然論〉が小説「数式」においてどのように機能しているのか、そのフィードバックの様相をもう少し見ていきたい。

（一）

と云つて、その為めに彼女に決して憂鬱になるほど古風な女性ではなかつた。彼女自身の生活をもつてゐたからである。彼女自身の生活――それはシヤトレー侯爵夫人のやうに、科学を最も尊重し、科学書の中に彼女の熱情をうち込む事であつた。彼女は一人で数式の多い専門学校の理科報告を読んだり、空間時間連続体の問題も哲学的に考察する事に興味を持つてゐた。勿論シヤトレー侯爵夫人の伝記は彼女の愛読書の一つであつた。

優理子は親達による強制婚を主たる要因とする憂鬱を霧散させるため、「空間時間連続体の問題」等に関する科学書に没頭することで精神的解放を獲得している。「空間時間連続体」とは相対性理論の提起した概念であり、先の石原の文章では「時間空間形式」「四次元連続体」と称されていたものである。相対性理論は、いわゆる〈運動する時計の遅れ〉と呼ばれる現象、すなわち運動（空間移動）する物体の時間は静止している物体の時間よりも遅くなることを明らかにし、分離されたものとして考えられてきた時間と空間とを「連続体」として捉える思考の枠組を提示した。石原の文章に即して言えば、「時間空間形式」の中に「物質」（内容）があるとする従来の考えは誤謬であり、「物質」（内容）とは「空間時間の或る特定なる状態」（形式）それ自体であるというのである。

優理子は、自分自身が置かれている〈不幸〉な状況を、「空間時間連続体」により決定された運命として引き受けることで、憂鬱を解消しようとしていたのか。あるいは、夫所有の別荘シレー城で愛人だった啓蒙思想家ボルテールと生活しながら物理を研究したフランスの貴族シャトレー侯爵夫人に自らを重ね、「気に入らぬ相手」（一）である夫を忘却しようとしたのか。シャトレー侯爵夫人は、物体の運動エネルギー＝質量×速度の二乗（$E=mv^2$）というライプニッツの主張が、ニュートンの$E=mv^1$よりも正しい事を証明し、この証明がアインシュタインらに「エネルギーを示す便利な指標」を与えたとされるが(39)、だとすれば、「空間時間連続体の問題も哲学的に考察する」という行為自体、シャトレー侯爵夫人と自らをオーバーラップさせるための意識的な選択だったのか。

いずれにせよここで注目したいのは、語り手が「彼女自身の生活」という言葉を繰り返していることである。というのもこの時期、中河において「生活」という語の意味内容は「形式」と等価なものにまで高められていったからである。

> 吾々は嘗て理想主義全盛の時代に於ては、吾々をひきずつてゆくものが、理想への目的的求心力であると考へてゐた。然し今吾々は、吾々をひきずつてゆくものは生活的遠心力であると考へだした(40)。
>
> 科学、哲学、芸術、総ては生活から生れて、夫々の方向と価値の問題を持つのである。／ただ根本に於て其等がその目的以上に生活的根拠にひきずられてゐる事を、吾々は常に知らなければならない(41)。
>
> 吾々が緊張するのは何か外面的な出来事、その時の状態、即ち外界の形式があつたからであると説明する。こ

の外面的な出来事、状態をもつと別な言葉で言へば「生活形式」と言つてもよろしい。またこの「生活形式」といふ言葉を精しく「その人の廃してゐる一定の社会構造。一定の生活様式」と言つてもいい。更にこの「社会構造と生活様式」をもつと物理的に説明して、それは「（稿者注—時間）空間連続体」の特定の形式によつて決定せられてゐると言つてもいい。[42]

「生活」はここで、「生活的遠心力」「生活形式」「社会構造」「時間空間連続体」などと様々に換言されているが、それは「緊張」といった人間の個人的な感覚と思われてきた〈内面〉までをも規定してしまうエネルギーとしての「外面的出来事」の総称である。「私の建築は奥さんの生活にひきずられてしまひました」（四）と、完成した優理子達夫婦の家を前に告白することとなる建築師は、建築理論（内容）に従って家（形式）を建てたのではなかった。優理子の「生活」（形式）という外的要因が〈内面〉（内容）に及ぼす抗し難い力を自覚し、今度はその〈内面〉という素材に形式を付与することで、夫婦の家を完成させていったのである。

優理子が「シヤトレー侯爵夫人の伝記」を愛読していることを知っていた建築師は、ボルテールが夫人に送った詩を真似て、「われは図面に 人を描き／数理の中に 人を算《よ》み」（三）と優理子への叶わぬ恋の気持ちをノートに綴っていたが、あたかもそれを実践するかのように建築師は製図板に向かい、まるで恋愛詩でも書くように優理子への愛情を数式と直線・曲線で表現した図面を引いていく。そうしてできた図面をもとに完成したのは、合理主義的建築とは無縁の「迷路のやうな複雑さ」（四）を誇る家だった。

これは、コルビュジエを含む合理主義的建築論の敗北のみならず、プロレタリア文学者を意識した「イデオロギーから芸術は出来ない[43]」という中河の〈形式主義論〉の一つの帰結を寓意している。

建築師が「イデオロギー」に依拠せず、優理子の「生活」（形式）とそれに決定された感情（内容）とを素材とし、それらを「数理」〈形式〉化した事で独創的な家を生んだのと同じ工程を、芸術は辿らねばならない。そして、その「数理」化とは、これまでのような因果律の追求による〈機械化〉ではなく、「新らしい現象の飛行機」[44]を飛翔させるという〈新科学的〉行為であり、それは「「偶然と飛躍」とを大切な要素として取り入れる」[45]ことであると主張される。

もっとも、この段階の中河に、いかにして芸術に「偶然と飛躍」を取り入れるかということに関する具体的な方法論がイメージされているわけではなかったのだが、小説「数式」には、中河も意識しなかったであろう一つの偶然が包含されていた。

建築師の愛が「数理」化され、それ自体を恋愛詩とすることも可能な家の内部を見て回る優理子の感情は、建築師を「愛しだ」〈四〉すという方向へと決定されていくが、家の完成は、建築師との別れと「優理子を愛する夫と、優理子との生活」〈四〉が始まることとを意味していた。物語は優理子がボルテールの「数式の這入つた恋愛詩」を想起しながら、「又あしたから数学を初めやう」〈四〉と決意するところで幕を閉じる。

小説「数式」にはボルテールがシャトレー候爵夫人に送った「数式の這入つた恋愛詩」が引かれていないため、ここで引用しておこう。

Sans doute vous serez célèbre ／Par les grands calculs de l'algèbre ／Où votre esprit est absorbé: ／J'oserais m'y livrer moi-même; ／Mais, hélas! A＋D−B ／N'est pas ＝ à je vous aime.〔おそらく君は有名になる／偉大な代数計算によって、／君はそれに夢中だから。／私もそれに集中したいが、／悲しいかな！ A＋D−B＝「君を愛してる」／とはならない。[46]〕

小説「数式」発表の直前に刊行された『新科学的文芸』昭和五年八月号の「新科学的トピック」欄には、「シヤトレー公爵夫人」と題する文章が掲載されている。無記名であるため中河の筆によるものかは定かではないが、「彼女を愛したヴォルテールは数式入りの詩を贈つたといふ[47]」とあることから、当時の日本社会においては、ボルテールがシャトレー侯爵夫人に「数式入りの詩を贈つた」ということ自体が、真偽不明の事柄であったことがわかる。そのため、中河はボルテールの「数式の這入つた恋愛詩」の内容を知らなかったと考えられるのだが、ボルテールの詩を見ると、そこには既存の数理を用いた「代数計算」という合理的方法で「愛」を換算することの不可能性が謳われていたのである。

すなわち、既存の「数理」化である合理的建築の方法を捨て、新しい「数理」化の方法で優理子への愛を表現した建築師の思考とボルテールの思考とが一致しているわけだが、そのことは物語の内部にあっては当然のことであったとしても、中河にとっては正に偶然であったということになる。

そう考えると、ボルテールの「数式の這入つた恋愛詩」を想起しながら、再び「数学」の世界へと回帰するとした優理子の決意とは、新しい「数理」化の方法によって「家」という構造物に表現された建築師の「愛」を正しく読解しようという意思の表れであると解釈することもできるだろう。

注

1　中河與一『天の夕顔前後』古川書房、昭和六一・六、八九－九〇頁

2　清水文雄「日本的発想」『国文学 解釈と鑑賞』昭和一三・一一。引用は『天の夕顔』（報国社、昭和一五・一〇）付録「天の夕顔批評集」（一四頁）より行なった。

3　中河宛永井荷風書簡（昭和一三・一・二七付）。引用は前掲「天の夕顔批評集」（一頁）より行なった。

4　倉田百三「魂の掟を持つ文芸」『やまと新聞』昭和一三・九・三〇－一〇・四。引用は前掲「天の夕顔批評集」（九頁）より行なった。

5　本章で〈初期偶然論〉と呼称する思考を、中河自身は「新科学的」と呼んでいる。稿者は既に、「新科学的」という発想が兆した瞬間へと遡り、その思考を跡付ける作業を行っており（拙稿「メカニズムからの飛躍――中河與一の〈新科学的〉という発想について」『鳴門教育大学研究紀要』平成二八［二〇一六］・三）、本章第二節は、同論に沿って、小説「数式の這入つた恋愛詩」発表に至るまでの思考を整理している。詳細については同論を参照されたい。

6　石田圭子『美学から政治へ――モダニズムの詩人とファシズム』慶應義塾大学出版会、平成二五・九、一七頁

7　中河與一「新しい病気と文学」『文芸時代』大正一三（一九二四）・一〇、一三頁

8　同前

9　中河與一「これからの為めに」『文芸時代』大正一四・一、四一頁

10　ルナチャルスキ「マルクス主義文芸批評の任務に関するテーゼ」『戦旗』藏原惟人訳、昭和三・九

11　この新感覚派による形式主義論はしかし、その後の文学史記述において長らく、「反論理を弄している」（臼井吉見『近代文学論争 上』筑摩書房、昭和三一・一〇、二六九頁）などと一蹴されて来たが、ソシュール言語学の摂取の動向や（小森陽一「エクリチュールの時空――相対性理論と文学――」『構造としての語り』新曜社、昭和六三・四）、ロシア・フォルマリズムとの連関に関する研究が進められ（十重田裕一「一九三〇年前後の横光利一と映画」『年刊日本の文学』平成四・一二、佐藤千登勢「形式主義とフォルマリズム――横光利一と中河与一にみるシクロフスキイの摂取」『比較文学年誌』平成一一・三）、芸術論としての再評価が進んでいる。

12　中河與一「形式主義理論の発展」『文芸春秋』昭和四・二、八二頁

13　同前

14　同前

15　五十殿利治『日本のアヴァンギャルド芸術〈マヴォ〉とその時代』青土社、平一三・八、三一頁

16　中河與一「科学上のテクニツクと形式主義」『創作月刊』昭和四・四、六七頁

17　石原純「アインシュタインの新学説に就いて」『改造』昭和四・三

18　中河與一「芸術派の今後に就て――横光利一氏への駁論」『読売新聞』昭和五・三・二二、四面

19　中河與一「編集後記」『新科学的文芸』昭六・四、九九頁

20　中河與一「偶然文学論」『偶然と文学』第一書房、昭一〇・一〇、六九頁

21　仲田定之助「アドルフベーネの建築観」『国際建築』昭和四・一一、一頁

22　中河與一「コルビジエの横柄」『形式主義芸術論』新潮社、昭和五・一、八五頁

23　島村輝「「新感覚派」は「感覚」的だったのか？――同時代の表現思想と関連して――」『立命館言語文化研究』平成二三・三、一〇九頁

24　ルナチャルスキ「芸術の社会的基礎」『芸術の社会的基礎』外村史郎訳、叢文閣、昭和三・一一、三頁

25　前掲、ルナチャルスキ「芸術の社会的基礎」三七頁

26　ルナチャルスキ「産業と芸術」『新芸術論』茂森唯士訳、至上社、大正一四・七、二四五頁

27　ル・コルビュジエ『建築芸術へ』宮崎謙三訳、構成社書房、昭和四・九、八頁

28　ル・コルビュジエ『今日の装飾芸術』前川國男訳、構成社書房、昭和五・一〇、一四二頁

29　前掲、ル・コルビュジエ『今日の装飾芸術』一四〇－一四一頁

30　岡村蚊象の構成主義的な建築論の詳細については、拙稿「プロレタリア建築理論構築に向けた岡村蚊象の言論

活動——創宇社結成から渡欧直前まで」（『語文と教育』平成二六・八）を参照されたい。

31 「新建築に於ける唯物史観」（『アトリヱ』昭和三・九）、創宇社主催第一回「新建築思潮講演会」における講演録「合理主義反省の要望」（『国際建築』昭和四・一一）、創宇社主催第二回「新建築思潮講演会」における講演録「新興建築家の実践とは（合理主義反省の要望のつゞき）」（『国際建築』昭和五・一一）を指す。「唯物的建築制作論三部作」という呼称は、伊達美徳（『新編 山口文象 人と作品』伊達美徳編著、アール・アイ・エー、平成一五・九、三三五頁）による。

32 前掲、岡村「合理主義反省の要望」一二二頁

33 対談：山口文象（岡村蚊象）・曽根幸一「戦前に集合住宅に取り組む」『新建築』昭和五二・六、一一〇頁

34 前掲、岡村「合理主義反省の要望」一七頁

35 中河與一「「左手神聖」の序」『新科学的文芸』昭和七・七、六一－六二頁

36 中河與一「形式主義芸術論の摘要」『フオルマリズム芸術論』天人社、昭和五・五、八頁

37 原典の所在不明のため、中河與一「形式主義と石原浦本両氏の言葉」（『フオルマリズム芸術論』天人社、昭和五・五、九〇頁）より引用した。なお、和田耕作『石原純 科学と短歌の人生』（ナテック、平成一五・八）所収の「石原純自筆年譜」によれば、短歌雑誌『三角洲』は昭和三年八月に短歌雑誌と思われる二誌（『渦状星雲』『異端』）を統合して創刊している。昭和五年に休刊。

38 前掲、中河「形式主義と石原浦本両氏の言葉」九〇頁

39 デイヴィッド・ボダニス「^{2}（二乗）」『$E=mc^2$』伊藤文英他訳、早川書房、平一二・九、八五－一〇四頁

40 中河與一「物質的遠心力と精神的求心力」『フオルマリズム芸術論』天人社、昭和五・五、一五〇頁

41 前掲、中河「物質的遠心力と精神的求心力」一五四頁

42　中河與一「新しい顕微鏡――形式主義の為に――」『新潮』昭五・八、一二八頁

43　中河與一「イデオロギーから芸術は出来ない」『文芸レビュー』昭和五・二

44　中河與一「新芸術派の勝利と危機」『新潮』昭和五・七、四八頁

45　前掲、中河「新芸術派の勝利と危機」四七頁

46　稿者訳。*Œuvres complètes de Voltaire, Paris, Librairie Hachette, 1866, t.7*

47　「シャトレー公爵夫人」『新科学的文芸』昭和五・八、三三頁

第六章　戦時下日本浪曼派言説の横顔——中河與一の〈永遠思想〉、変奏される〈リアリズム〉

一、戦後における〈戦争協力者〉の黙殺

雑誌『日本浪曼派』（昭和一〇［一九三五］・三－昭和一三・八）同人であった中河與一は、他の同人の多くと同様に、戦争を支持する戦時中の発言や反米英的な発言を繰返した文筆活動のために、昭和二三年三月二〇日、G項（「その他の軍国主義者および超国家主義者」）に該当するとして公職追放の仮指定を受けている。その後、中河が異議申し立てを行なわなかったことで、そのまま公職追放該当者に指定され、事実上言論の表舞台から姿を消すこととなる。竹内好は「近代主義と民族の問題」（『文学』昭和二六・九）において、そのような日本浪曼派の黙殺＝「民族主義との対決」の回避によって出発した戦後の「近代主義」を相対化しようとした。その後実際に、日本浪曼派の言説に内在的に向き合うことで批判的に分析しようとする試みも、橋川文三『日本浪曼派批判序説』（未来社、昭和三五・二）以降少なくないが、そのほとんどは日本浪曼派の中心人物として常に目されてきた保田與重郎に限定されてきたといえる。むろんそのことは、例えば中河の生前に編まれた『中河與一全集』（全一二巻、角川書店、昭和四一・一〇－昭和四二・九）に戦時下における発言のほとんど全部が載録されなかった、あるいは載録された部分も大きく加筆修正が行われたという事情とも無関係ではないだろう。しかし、周知のように中河は昭和一四年八月に雑誌『文芸世紀』を創刊し（－昭和二一・一）、雑誌内外で旺盛な全体主義的言論活動を行なったのであり、中河の〈全体主義〉を精緻に分析するということは、日本浪曼派と全体主義との関わりを考える上でも不可欠である。

こうした中河の戦時下の発言を問題にしないという状況は中河與一研究の場においてもまた同様である。笹淵友一は、中河の戦時下言説を下支えした思想を「民族的浪曼主義」とし、「この浪曼主義は「偶然と文学」『天の夕顔』などにおける浪曼精神の延長線上のものである。ただそれが時代環境と古典、とくに万葉集などの影響の下に、個人的浪曼主義から民族的なものに発展したのである[1]」と、戦時下以前の〈文学的〉活動に見られる「個人的浪曼主義」から戦時下言説の「民族的浪曼主義」へという連続した「発展」の見取り図を示している。

ここで「民族的浪曼主義」は、「発展」が他ならぬ「万葉集」という〈文学〉を媒介として達成されたとすることで、全体主義とは意味内容や成立過程において完全に異質な、政治性が徹底的に脱色されたイデオロギーとして措定されることになるのだが、笹淵の言うような「発展」に類する何らかの質的変容が中河言説の上に観察されるのであれば、むしろここでなされるべきは、その変容の経路を分析することで、これまで事実上等閑視されて来た中河における〈民族〉〈全体主義〉等の問題を具体的に検討することではないだろうか。

ただし本章では、それらの問題を直接検討の対象にするのではなく、昭和一〇年ごろから少なくとも『中河與一全集』刊行前までの昭和三七年に書かれた『近代はもう終つた』（雪華社）に至るまでの間、中河が脈々と一貫して主張し続けた〈永遠〉という事象をめぐる言説編成を軸にみていく。なぜなら、そうした〈永遠〉概念の変容の背後にこそ、〈民族〉〈全体主義〉等の問題が中河の中で浮上してくる契機を観察できるからである。

しかし、この〈永遠〉についてはこれまで、世界各地の浪漫派一般にみられる〈永遠〉への志向性として扱われたり、また中河の小説「愛恋無限」（『東京・大阪朝日新聞』昭和一〇・一二・一一 - 昭和一一・四・二〇）や小説「天の夕顔」（『日本評論』昭和一三・一）といった小説テクストの主題としての「愛の永遠」という形でしばしば問題化されてきたに過ぎない。管見の限りでは、森安理文「中河文学の美学――特に絶望浄化の倫理について」が唯一、「中河が常時口にする「永遠」として、「永遠」を中河の文学や思想を語る上でのキーワードとして注目している。森安は「永遠につながる新しい美の発見と創造は、科学の無限の可能性を信ずるが故に、科学的な方法によらざるを得ないとするのである。従って、中河の用いる「永遠」の根拠は、かつて戦時中に使われた、たとえば「悠久」というように、精神を主体とした概念とはやや違うのである[2]」とし、最終的に中河文学を「「偶然」と「形式」と「永遠」、更に「科学」まで持ちこみながら、「すでに近代は終つた」とする氏の超時代的な巨大なロマン[3]」とする。中河の「永遠」に「科学」という事柄を引き合いに出すこと自体は、中河の〈偶然論〉との関係性も感じさせるゆえやや示唆的な指摘といえるかもしれない。しかし、「永遠」という事象に時代的な質的変容を一切見ようとせず、むしろ「超時代的」な側面のみを積極的に読み込むことには、歴史性を顧慮した場合に発生する方法論的問題があるだろう。さらにそうした「永遠」を戦時中の「悠久」と唐突に比較した上で、それらの間の断絶が指摘されているが、本章ではむしろ、日中戦争開戦前後に戦争を強く意識しながら「永遠」ということが組織化されていく様相を析出してみたい。

分析の射程範囲は、「永遠」という言葉を使用し始める昭和一〇年頃から、その後の〈永遠の思想〉の基礎的枠組をほぼ完成させたと考えられる昭和一三年までで、中心的な分析対象となるのは、その間に刊行された三つの単行本、すなわち『偶然と文学』（第一書房、昭和一〇・一二）、『万葉の精神』（千倉書房、昭和一二・七）、『日本の理想』（白水社、昭和一三・五）である[4]。

二、文芸復興の呼び声と〈偶然文学論争〉

いわゆる〈偶然文学論争〉の発端となったのは、昭和一〇年二月九日から一一日までの三日間に亘り『東京朝日新聞』に連載された「偶然の毛毬」という文章である。同文章は、岡邦雄・三枝博音・戸坂潤・森山啓といったマルクス主義系の文学者・思想家による批判を惹起したが、〈文壇〉という枠を超えて、石原純といった科学者らによる賛同を得るなど、各分野の論者を巻き込みながら賛否両論入り混じった論争へと発展する。中河はそれらに対して持論を繰り返し、同年七月には「偶然文学論」(『新潮』)に至るが、それらの基本線は、「偶然の毛毬」におけ る主張を超えるものではなかった。論争は同年一〇月ごろには収束するが、翌一一月に中河は、自らの一連の〈偶然論〉を纏めた『偶然と文学』を刊行しており、これに対しては、九鬼周造・成瀬無極・萩原朔太郎・三木清・保田與重郎らが好意的な意見をよせている。

では中河の〈偶然論〉とはどのようなものであったか。「偶然の毛毬」ではまず次のように述べられている。

それは単にマルクス主義作家のみならず、ひとしく芸術派と称する作家までが、必然論といふものに何の疑ひもさしはさまなかつたのである。かくて吾々の文学は明らかに不思議といふものを喪失してしまつた。日常微温の小説に専念し、観念の絶望に耽溺し、創造的気力を見失つてしまつた。もともと必然思想といふものの中に不思議といふものの存在のしやうがないからである。

周知のように、当局による共産主義思想への弾圧の激化に伴い、昭和八年一〇月にナルプ(日本プロレタリア作家同盟)の機関誌『プロレタリア文学』が終刊する一方で、同月には『文学界』『行動』が、翌月には『文芸』が創刊したことに顕著なように、当時はプロレタリア文学の後退と純文学への志向性の高まりとを基調とする〈文芸復興期〉の只中にあった。「「文芸復興」の陽気なラッパ手」(橋川文三「「文芸復興」と転向の時代」『昭和文学史』至文堂、昭和三四・三、一一九頁)とも言われることになる林房雄は、〈文芸復興〉の動向を語るなかで「最近では、「純粋小説論」「偶然文学論」を契機として「小説復興」のことが考えられつゝある」(「文芸復興第二期　文学の世界的水準へ!」『読売新聞』昭和一〇・九・二二）といい、〈偶然論〉を横光利一「純粋小説論」（『改造』昭和一〇・四）とともに〈文芸復興〉を象徴するものとして認識している。

事実中河の〈偶然論〉は、唯物史観に基づく歴史的「必然思想」を奉じる「マルクス主義作家」だけでなく、再び勃興しつつあった「芸術派」にも「必然思想」が蔓延しているとし、両者による「創造的気力を見失つ」た危機的な「文学」的状況を一転させる方途として〈偶然思想〉を対置させるというものだった。その際、「ベルグソンの偶然説」＝「流行哲学と創造的進化説」や、三木清「シエストフ的不安について」（『改造』昭和九・九）を媒介としたレオ・シエストフ『悲劇の哲学』（河上徹太郎・阿部六郎共訳、芝書店、昭和九・一）の影響がみられるとともに、「ハイゼンベルク」の「不確定性原理」を引き合いに出すことで科学性が呼び込まれ、持論を補強することが試みられた。

中河の〈偶然論〉に関する最初期の研究である笹淵友一「「偶然文学論」とその文学史的意義」は、中河の〈偶然論〉には「思想的欠陥」があるとしながらも、「中河の「偶然文学論」の意義を正しく捉えるためには横光の「純粋小説論」と関連させ、両者をつなぐ線上に近代小説の問題を読みとる必要がある」とするのだが、笹淵はさらに「横光の「純粋小説論」が今日でも文壇人の間に問題とされることがあるのに反して、中河の「偶然文学論」が回想されないのはなぜか」と訝しみ、その理由を「この論（稿者注―中河の「偶然文学論」）を戦時中の非合理な国家主義思想の素地をつくつたものと見る」向きがあることに求め、それを否定している。(5)しかし、横光の「純粋小説論」が結論として「日本から日本人としての純粋小説が現れなければ、むしろ作家は筆を折るに如くはあるまい」として「民族の問題」に言及し、中河もまた「戦時中」に向けて積極的に〈民族〉に言及していくのだとすれば、同時代に書かれた二つの言説がその底流において〈民族〉の問題で共振していたという事態の方に注目すべきではないだろうか。

むろん、〈偶然論〉は〈民族〉には言及せず、〈文学論〉としてあったわけだが、ここでは時代状況に応じて容易に民族主義的なものへと豹変してしまう言説構造を内蔵していたことを問題化してみたい[6]。繰返しになるが、その際鍵語となるのが「永遠」である。

三、〈リアリズム〉論としての〈偶然論〉、あるいは「永遠」論

先述したように、〈偶然文学論争〉の発端となったのは昭和一〇年二月の「偶然の毛毬」である。中河の〈偶然論〉に関する先行研究は、それゆえ同文章以後の言説を対象としてなされてきた。だが、『偶然と文学』として単行本化された際、「偶然の毛毬」以前の昭和九年に発表された「リアリズム」に関する論考が多数載録されたことは見逃せない。ただし、これは中河一人に内在的な問題であったわけではなかった。

昭和九年の論壇では「リアリズム」の話柄がクローズアップされていたが[7]、それは昭和七年にソビエト連邦共産党中央委員会によってなされた、芸術全般に亘る基本的方法としての「社会主義リアリズム及び革命的ロマンチシズム」の提唱、及び昭和九年に開催された全ソ作家同盟大会における同盟規約の採択ということと直接的な関係がある。「芸術は現実の反映であるがゆえに写実的でなければならず、ソビエト国内で開花すべき唯一のリアリズムは共産主義の精神にあふれたものでなければならない[8]」との理念を基調とする「社会主義リアリズム」への賛否についてはプロレタリア文学陣営内部で論議が起る一方、〈文芸復興〉と関係した問題とする認識の布置が共有されることにより昭和九年に大きく取り上げられることになるのである。

さて、この「社会主義リアリズム」に対してかなり早い段階で反応し、独自のリアリズム論を展開した一人に保田與重郎がいる。保田は『コギト』昭和八年四月号において、「作家の危機意識と内在の文学」・「文学時評㈠——

レアリズムの意識――」・「文学時評(二)――『唯物弁証法的創作方法』についての一批判――」と三回に亘り、「社会主義リアリズム」のイデオロギー優先型の政治主義的方法論への批判を展開する。この執拗な批判はしかし、島田昭男が正しく指摘しているように、批判のための批判ではなく創作上の「自身の方法意識の確立[9]」という大きな目的のために不可欠な作業であった。だがここでは、これより一年後の保田のリアリズム論に対するスタンスが、方向性において大きく転換していることに注意したい。

「文学時評 文学のリアリズムに関連して」(『コギト』昭和九・四)では、「リアリズムとは、描法でも又もの、考へ方の区別でもない。一つに感動の表現に他ならない。(中略)作家が感動を実践したものが作品であるとき、そのさきにあるものがとりもなほさず芸術である。それはどんな作品的な規範をも意味しない。要は、良心で生きることにあり、そこに今日のリアリズムの精神がある」と、方法論的問題を追究することは完全に放棄され、むしろ否定される。また「作品」「芸術」は「感動を実践したもの」とされ、そのためには「良心で生きる」ことが要請される。

すなわち「リアリズム」とは、創作の際の「方法」ではなく、創作態度とでもいうべき「作家」に内在的な「精神」の問題として扱われることになるのだ。ゆえに、「社会主義的リアリズム」との対立軸も、いかなる方法論かという水準から、そもそもリアリズムは方法論なのかという水準へスライドすることとなる。余談だが、このようなリアリズムをめぐる対立の構図が、後の日本浪曼派と人民文庫派の対立の構図の原型であることは言うまでもないだろう。

このような保田のリアリズム論は、この時期の日本浪曼派一般に流通した共通認識であり、ここではそれを浪曼主義的リアリズムと呼称するが、この浪曼主義的リアリズムを時期的に保田に先行して展開していたのが、他ならぬ中河だった。中河は『東京日日新聞』において昭和九年三月二五日から三一日までの間、六回に亘ってほぼ連日

「文芸時評」を連載しているが（『偶然と文学』にも所収されている）、その前半三回をリアリズム論に充てており、既に後の〈偶然論〉にも連続する浪曼主義的リアリズムに関する議論がなされている。ただしここでは、それらより発表時期においてはやや下るが、より纏った形で〈リアリズム〉に言及した文章「真実とは」[10]を以下で見ていく。

中河は「真実とは」において、三木清「シエストフ的不安について」（『改造』昭和九・九）における「不安の文学、不安の哲学は、その本質に於て、非日常的なリアリテイを探求する文学、哲学である。それ故に若しも斯様な文学や哲学の批判がなさるべきものであるとすれば、批判は何よりもリアリテイの問題の根幹に触れなければならない」等の箇所を引用した上で、「偶然論によるリアリズム論と或る点でふれあ」う、とする。「非日常的なリアリテイを探求する」こと、これを三木は別の箇所で「日常的なものへの憤怒、抗議」と言い換えもするが、この「日常的」ということを中河は、「安価な日常的描写を歓迎」する〈文壇文学〉における題材の問題として引き付ける。というよりもむしろ、「リアリテイ」ということを表層的な題材の問題として処理してきた現行の〈文壇文学〉を相対化しようとしているといえるだろう。ここでは「リアリテイ」乃至「リアリズム」ということが分割して思考されているが、そのような分割の仕方は次の中河「小説礼讃」[11]においても顕著に見られる。

私は文学上の真実とは「正確に見ることによつてものの不思議にまで到達する」ことであると嘗て書いた。これは従来の単純な真実を否定して、隠された真実を見ようとする文学上の新精神である。即ち作者は常に真実といふものを真実につかまへなければならない。真実の不思議を捕へなければ、それは文芸上の発見とはいへない。／だがここでいふ不思議とは神秘主義ではない。真実の真実である。宇宙の本質を偶然と見る事によつて起るところの新らしい驚きの立場である。（中略）吾々が常に心懸けるものは真実といふものの持つてゐる不思議な相貌である。吾々は常に一見平凡の中から輝く真実を見つけなければならない。これ芸術が永遠になり得る理由であつて、このなかにこそ流行と時代とを越えたものが常に横たはつてゐる。

ここで「真実」は、〈従来の単純な真実／隠された真実〉というように、峻別すべき二つの顔があるとされる。前者は、先述したような何を描写するかという題材選択上の技術的な問題に属する「真実」であり、「日常」の「ありのまま」（中河「真実とは」）と換言可能な題材のことに他ならない。

それに対し後者は、「作者」が「発見」したり「捕へ」たりする対象であって、「宇宙の本質」とも呼称されるものだが、この「真実」ということは、むろん題材のような実体的・表層的なものでない。では、いかなる経路で「芸術」は創造されるのか。第一に、「作者」が「真実」を「発見」する、第二に「発見」したことで「作者」に「不思議」＝「驚き」が起る、第三にその「不思議」を「芸術」として昇華する。このプロセスで重要なのは、「真実を見ようとする」「作者」の意思であって、それは「文学上の新精神」「新しい驚きの立場」と言い換えられるような、「作者」に内在的な「精神」・「立場」の問題であり、これは「偶然の毛毬」において「創造的気力」と換言されていくものである。

ゆえに、中河「ロマン心情と偶然論[12]」における「薔薇の花が薔薇の花を開くのは必然の法則であるよりも一つの驚きとして吾々の心の眼に訴へると考へる」というような発言を例にとれば、「薔薇の花が薔薇の花を開く」という出来事に「驚」くこと＝〈「真実の不思議」の「発見」〉はもちろん重要なことだが、そのような一見瑣末な出来事に「驚」かんとする心構えが、「驚」く主体の側に先行して内在することの方が重要視されているのであり、中河はこの心構えを、〈リアリズム〉と呼ぶのだ。

こうした〈リアリズム〉をめぐる論理が、保田の浪曼主義的リアリズムと構造的類似性を持つことはいうまでもない。それゆえ、中河のいう「浪曼主義」が「リアリズム」と結びつく、というよりも結び付けられたことに対し、一般的にそれらが二律背反的な関係にあることを根拠に疑問を持つことは不毛である。むしろ、それら矛盾するものが調和するイロニーにこそ、中河の〈偶然論〉の核心があるのである。

私は嘗て「現代のリアリズムとは真実のもつ不思議を追及することである」といつた。／だがこの言葉は同時にロマンチシズムの主張にも変化するものである。／なぜならば、この命題は、不思議を強調すればロマンチシズムになり、真実を強調すればリアリズムになるからである。だがもつと適切にいへば、今日ではこの二つのイズムが偶然論において強力に結びつけられなければならなかつたのである。（中河「偶然の毛毬」）

すなわち、「真実」を追求する「リアリズム」と「不思議」を追求する「ロマンチシズム」とは、一般的には交差することはないとされるが、「宇宙の本質」＝「真実」が「偶然」に支配されている場合、「真実」の追求は常に、必然的思考では辿り着けない「不思議」に最後には到達せざるを得ず、その時「二つのイズム」は矛盾なく並存しうる。この「宇宙の本質」＝「偶然」という前提こそが中河の〈偶然論〉の根幹であるが、このアプリオリへの〝信仰〟は先述した「ハイゼンベルク」の原理等によって強固に保証されているのだ。そして、中河の「偶然の毛毬」が、彼自身のそれまでの〈リアリズム論〉＝〈偶然論〉における主張と比較して、然したる進歩もなかったにもかかわらず注目された理由も、そうした科学的原理を援用した話題性に起因したものだったのかもしれない[13]。いずれにせよ、この「隠された」「文学上の真実」＝「不思議」の「発見」こそが「芸術が永遠になり得る理由」（中河「小説礼讃」）であり、中河は「文学」あるいは「芸術」の最も優れた境地として「永遠」性の獲得ということを主張するのだ。

ここでの「永遠」とは「流行と時代とを越え」るという意味に他ならないが、「永遠」性を獲得した作品としてゲーテの『ヱルテルの悲しみ』『ファウスト』を中河は挙げて、「彼（稿者注—ゲーテ）は永遠を見て、倭小の法則や必然には安住出来なかつたのである」（中河「ロマン心情と偶然論」）とするが、ベンヤミンが「ロマン主義者たちが芸術を把握するカテゴリーは、〈理念〉（die Idee）である。理念とは、芸術の無限性及び芸術の統一性を表わすものである。というのも、ロマン主義的な統一性とは、ひとつの無限性であるからだ」[14]として「ドイツ・ロマン主義」者の一般的傾向を述べるときに用いた「無限性」と、中河のいう「永遠」性とはさして変わらぬものだっただろう。しかし、「自序」（『偶然と文学』）に「思へば今日ほど永遠の思想に欠乏し、しなやかなる思考に枯渇して、無味と乾燥との中にゐる時代はない」としたように、中河の〈偶然論〉は危機的な文学情況を「永遠の思想」により打破しようとしたものであり、しかもそのような文学状況を「社会主義的リアリズム」によって超克しようとする動向の盛り上がりに対し、浪曼主義的リアリズムの立場から批判する急先鋒としての中河の存在の意味は小さくなかったといえるだろう。

中河はこれ以後も生涯に亘って〈偶然〉という語を批評的言説において用いていくことになるが、小説「愛恋無限」の執筆期間を挟むとその頻度は激減し、その代わりに〈永遠〉という語の使用頻度が急激に増大していく。すなわち、中河の批評活動における〈偶然論〉としての「永遠」論の時代から〈永遠〉論の時代へという変遷を辿ることができるのだが、〈永遠〉という言葉の意味内容は、〈偶然論〉における「永遠」と比較して、より複雑なものへと編成されていくだろう。次章では、『万葉の精神』（昭和一二・七）、『日本の理想』（昭和一三・五）という、相次いで刊行された二冊の単行本を分析することで、新たな意味を充填されていく〈永遠〉の様相を概観したい。

四、「永遠」論から〈永遠〉論へ——『万葉の精神』『日本の理想』

中河は『偶然と文学』（昭和一〇・一二）刊行の翌月から約四ヶ月間に亘って小説「愛恋無限」を『東京・大阪朝日新聞』に連載し、昭和一一年五月には第一書房から同小説を単行本として刊行している。中河はこの小説で翌年九月に設立された透谷会より、第一回透谷文学賞を授与されているが、その辺りの事情は本書第八章で詳述する。宮坂覚「『愛恋無限』試論」は、この小説には直前まで展開されていた〈偶然論〉の「実験的実践の意図が籠められていたのは明白」だとし、横光利一もまた「純粋小説論」の実験的実践として「『家族会議』を朝日の競争紙でもある東京日々、大阪毎日新聞に連載中」であったとする。[15] すなわち、この昭和一一年代初頭というのは、〈文芸復興期〉のそれまでに提出された様々な理論の実践期にあったといえるのかもしれないが、ここではむしろ、中河の場合小説「愛恋無限」が契機となって思想的転回が行われたという事態が観察されることの方に注目したい。

中河は小説「愛恋無限」執筆後から昭和一二年七月一〇日付の「自序」が書かれるまでの約一年間に執筆した文章を『万葉の精神』として刊行している。昭和一二年七月七日には盧溝橋事件が起り、日中戦争へとその後突入していくが、「自序」を除けば戦争の直接的な影響下にはなかったと一応いえるだろう。さて、同書に載録された「万葉ギリシヤ」[16]において、中河は次のように述べている。

ある小説の中に人麿の歌を引き、それが機縁になつて、私は再び万葉集の中に這入つてしまつた。この驚嘆すべき歌集の中にこそ、日本人の本当の芸術と生き方とがある事をいよいよ信念しだしたからである。

ここでいう「ある小説」とは小説「愛恋無限」のことで、同小説の最終章「孤島の人々」には柿本人麻呂の歌が引用されている。それらの歌は、この小説の最後の舞台であり、中河の出身地でもある香川県坂出町（現坂出市）にある佐美島において人麻呂が詠んだ歌であるという。昭和一一年一一月には、中河は佐美島に「柿本人磨碑」を建立するが、その碑文には「人来たりてわが民族の血統を思ふべし」と刻み、その時既に「今日の事変を予想してゐた」と、「文学賞を受けて」[17]という文章のなかで回想している。同文章に依れば「十一年の初め頃から」「民族」への関心を急激に強めていったといい、そのことは彼の「永遠」論の質的変容を誘発することになるだろう。

中河は、昭和八年七月から『翰林』という雑誌を主催しているが、「民族」への関心はこの雑誌の発行所の変化によっても裏付けられるかもしれない。すなわち、創刊号から第一巻四号までは「スヰート美容室」、同五号から二巻一号は「スヰート美容室内翰林社」、二巻二号からは「金星堂」、二巻九号から四巻三号（昭和一一年三月）までは「スヰート美容室内翰林編輯部」というように、昭和一一年三月までは概ね「スヰート美容室」に置かれていた発行所は、四巻四号（昭和一一年四月）からは「民族社」に変更され、そのまま終刊号（昭和一一年九月）に至っている。この「民族社」なる出版社については、その所在地が「東京都麹町区飯田町一ノ二三ノ二」であったこと以上の情報を現時点で把握できてはいないが、この発行所の変更は中河の思想上の変転の表象として意味付けられないだろうか。

ところで、「ギリシヤ」と「万葉」とを意味論的な区分として接続させる仕方については、「従来の万葉学者の云はなかつたところを云ひ得た卓見」[18]とする同時代評も見受けられるが、既に「有羞の詩」（『コギト』昭和一〇・八）、「主題の積極性について（又は文学の曖昧さ）」（『日本浪曼派』昭和一〇・一〇）などにおいてしばしば提示されていた保田與重郎の発想に由来するものと推測される。保田は「有羞の詩」において「芸術とは古典時代から今日まで一貫して流れてゐる血統である」[19]とし、「ギリシヤ」や「万葉」の時代としての「白鳳・天平」をそれとして挙げていた。その一方で、保田は、「今日のミュトスは自体としてファッシヨの性格をもたねばならぬと要求」[20]（「セント・ヘレナ」『コギト』昭和一〇・五）されているとの時代状況を指摘している。すなわち、「近代」においては「ミュトスの希求的完成のため」に「民族と国家」が求められているということであるが、それは「古代ギリシヤの再生」に他ならなかった。それゆえ、保田にとって美の系譜を遡及することは「民族と国家」を「再生」することであって、日本の場合、「万葉」に至る、それ自体が「芸術」としての美の「血統」を辿ることが、「民族」の自覚ということと、当然のことながら連続していた。

そして、後に保田の人物評を依頼された際、殆ど全ての紙幅を保田の「有羞の詩」の感想に充てた中河[21]が、保田の「万葉」観の影響下にあったことは容易に想像できる。ただし、例えば中河「万葉ギリシヤ」の次の箇所などを参照すれば、当初の中河の「万葉」への関心が、必ずしも「民族」への関心に偏重したものではなく、それまでの「文学」論的性格が依然支配的であったことが理解される。

> 私は今日の文学が何よりも取りかへさなければならぬものは、万葉にあつた精神であると思つてゐる。（中略）これらの歌の持つてゐる精神は海への驚きである。（中略）今万葉人の性格の中にある直情を思ひ、熱意を思ひ、彼等の切実な生活の中にある驚きの心情に思ひ至つて、私は自分の偶然論に於ける性格を其処に見た。（中略）吾々は何人の名前を列ね、何人の原理を述べずとも、自らの性格を自覚し、熱情によつて生き、熱情によつて行動すればよいのである。

そもそもこの文章には全文通してみても「民族」という言葉は見うけられず、ここに提出されている問題は、中河が「偶然論に於ける性格を其処に見た」と言っていることからも明らかなように、昭和一〇年頃までに展開された〈偶然論〉の焼き直しの段階にあるといえる。ここでは、「万葉人の性格の中」にある「直情」「熱意」「熱情」という「万葉にあつた精神」＝「驚き」を「取りかへ」すことが「今日の文学」における課題として認識されているが、ここで主張されている「驚き」とは言うまでもなく、〈偶然論〉で主張されていた「不思議」に他ならない。「万葉人」はその「性格の中」に〈リアリズム〉を内在させていることによって、「万葉」の「歌」は「永遠」性を獲得しているということになるのだ。それゆえ、保田の行なった「ギリシヤ」と「万葉」との接続は、「民族」の自覚という問題意識に立脚するものだったが、中河においてはそうした意識はあくまで潜在的なものでしかなかった。(22)

だが、「民族と文化」(『万葉の精神』、初出『日本浪曼派』昭和一二・三、原題「民族文化主義」)を分水嶺として、論の性格は民族主義的なものへと傾斜していき、新たな意味を内蔵した〈永遠〉論が起動するだろう。この時点に至って初めて、「万葉」や「ギリシヤ」は、「万葉といふものは、既に単なる日本ではなく、ギリシヤと共に世界の古典に於て、最も光栄ある美の伝統を屹立してゐる。(中略)万葉こそ、吾々を生かす力であり、吾々自身であり、日本であり民族である」(昭和一二年七月一〇日付「自序」)という認識コードによって遂行的に再解釈されることになる。

ヒューマニズムといふ事がよく云はれてゐる。大変結構な論理と思つて何時も読んでゐる。然し一度もそれがどういふ意味で現代に適切であるのか、それを読みとつた事が無かつた。(中略)一体今日は人間を如何に新しく発見し、今吾々は何を開放しなければならないのか。私は今日の状態に於てその意味が充分に理解しがたい。(中略)人は人間発見の意味を、今日は開放ではなく、寧ろ謙譲と犠牲の中に見なければならないからである。(中略)これは人間が、新しい無限への確信と、永遠への憧憬とを持ちだしたからで、彼は自己を何かに捧げる事に、本当の自己を見出してゐるからである。即ち時に現在を堪へても、永遠につながらうとする思慕を新しく抱きだしたからである。／永遠と全体を思ふ時、吾々は時に現在と自己の利益を捨てても崇高なものにつながらうとするのである。（中略）犠牲とは自己を殺すことではなく、征服者としての自己を屹立し、自らを最も偉大なるものに連結することである。個人を否定するのではなく、個人を知る事であり、個人を全体との関係に於て最も生かす事である。（中河「民族と文化」）

昭和一一年の四月頃から三木清はヒューマニズムに関し継続的に発言しているが、そのことを契機として思想界・哲学界を中心にヒューマニズムということがクローズアップされていく。そのような〈ヒューマニズム論議〉の目立った動きとしては、昭和一一年九月の『文学界』が掲載した、森山啓・阿部知二・岡邦雄・三木清らによる連評《ヒューマニズムの現代的意義》や、同年一〇月の『思想』における特集《ヒューマニズム》がある。

三木が「非文化的な野蛮に対してヒューマニズムは単に文化のためにのみでなく、実にヒューマニティのために戦はねばならぬ。かくてヒューマニズムは特に今日のファッシズム的野蛮に対立せざるを得ないであらう」（「ヒューマニズムの現代的意義」『中外商業新報』昭和一一・一〇・二、三、四）としたように、〈ヒューマニズム論〉は「ファッシズム」の台頭という時勢を反映した動向だった。だが中河はそのような「ヒューマニズム」をめぐる動向を、「人間発見の意味」を「犠牲」＝「個人を全体との関係に於て最も生かす事」ではなく、「個人」の「開放」に求める「思ひあがつたなまやさしい思想」（中河「民族と文化」）と断じ、「切迫」した時勢に「適切」ではないと「憤慨」[23]するのだ。

第一に、先に引用した「民族と文化」執筆の以前に新たな理論的枠組と接することで「切迫」した時勢に「適切」な〈永遠〉論が中河に胚胎していた、第二に、折から盛り上がりを見せていた「ヒューマニズム」の思想が〈永遠〉論と相反するものであるばかりか時勢に逆行するものと認識される。このような経路に添って沸き起こった「憤慨」の感情が、その後の〈永遠〉論を噴出させる原動力となっていったといえる。

では、中河の〈永遠〉論の転換を準備した理論的枠組とはいかなるものであったか。中河は「永遠への思ひ」で[24]「私が永遠に就いて云つたのは、何時かの読売新聞の座談会の時で、私はその頃フイヒテを読んでゐた」と述べているが、ここでいわれている「読売新聞の座談会」とは、昭和一二年一月一日から同年同月二四日までの間、ほぼ毎日一七回に亘って連載された「時代と文芸思想の行くべき道」のことで、これは昭和一一年の年末に行われたという。中河は同座談会で初めて「永遠に就いて云」い、それにはまさにその頃読んでいた「フイヒテ」からの強い影響があったことを告白している。このことは、それ以前に使用されていた「永遠」という言葉との意味内容上の偏差が中河においても意識されていることを示しているといえる。中河は先の「民族と文化」でも、本間謙三なる人物がドイツ哲学の主流を「ニイチエ」と「フイヒテ」に見たという批評に賛同する発言をしていた。

ヨハン・ゴットリープ・フィヒテ（Johann Gottlieb Fichte, 1762-1814）は周知のようにドイツ観念論を代表する哲学者の一人であり、『全知識学の基礎』（*Grundlage der gesamten Wissenschaftslehre, 1794*）に始まるいわゆる知識学の構築で知られ、同書の翻訳は昭和六年に木村素衛訳で岩波書店より出版された『全知識学の基礎 其他』がある。また、同書における弁証法的自我哲学、すなわち、自我の定立は自我を制限し、非我を定立することであり、ゆえに自我の抑制は絶対自我確立の契機であるとする主張は、ドイツ浪漫主義の決定的な思想基盤となる。[25]

しかし、この『全知識学の基礎』には〈永遠〉に関する直接的言及はなく、結論から言うと中河は『独逸国民に告ぐ』（*Reden an die Deutsche Nation, 1807*）を読んでいたと思われる。同書はやはり岩波書店から昭和三年に大津康訳で出版されたが、昭和一三年六月に第一五刷まで版を重ねており、日本では『全知識学の基礎』以上に広く読まれていたといえる。一八〇六年、プロイセン（ドイツ）はナポレオン率いるフランス軍の支配下に置かれたが、その際行われた祖国再生を訴える講演録を翌年刊行したものが『独逸国民に告ぐ』だった。秋澤修二「フイヒテ哲学とファシズム」（『唯物論研究』昭和一〇・九）によれば、『独逸国民に告ぐ』における思想は、一九三二年九月二二日に開催された「マイッセンの国民社会主義（ナチス）教育家同盟」主催の「ライプチイッヒ大学教授エルンスト・ベルグマン」による講演以降、ナチス・ドイツ的ファシスト哲学へと改変されて一気に伝播していったという。秋澤に依れば、「日本に於いても、青年団の全日本聯盟本部の幹部達は、フイヒテを所謂『非常時』的な愛国主義的哲学者として紹介し、フイヒテの『ドイツ国民に告ぐ』のうちから『非常時』突破の国家主義的思想の原理を学びとらせねばならぬと全国青年団員に宣伝した」といい、同書の普及には、〈非常時〉であるという時代認識の下、大日本連合青年団などを始めとする団体による、広範な組織的運動が関与していた可能性もあるだろう。

中河がそのような事情に関する知識を全く持っていなかったとは考えにくく、〈民族〉の問題への関心の一環として、ナチス・ドイツ的な民族的全体主義及びフィヒテ哲学に接近したと推測される。事実、「民族と文化」においても、ナチス・ドイツの焚書について「何か決意に通ふものがあつた」としてこれを擁護し、「彼等は奉仕と犠牲による新しい世界を樹立しようとしてゐる」とナチス・ドイツを容認していく。

中河が、自らの〈永遠〉論の理論的枠組を抽出していった直接の箇所と考えられる、『独逸国民に告ぐ』第八講「真の国民とは何ぞや祖国愛とは何ぞや」をここで簡単に確認しておこう[26]。

さて高尚なる人の事業の永遠不滅に対する要求と信仰とに保証を与へ得べきものは何であらうか。それは明らかに斯くの如き人々が、永遠と認め又永遠なるものを取り入るゝ力ありと認めたる事物の秩序である。斯くの如き秩序は素より概念に依つて補足することは出来ないけれども、実際に存在せる人間環境の特別なる精神的世界で、そはかゝる高尚なる人の思惟、行為及び永遠の信仰の源泉となるもの即ち、国民である。（中略）されば彼は、彼の達し得たる進歩発展が彼の国民の有らん限り其処に残つて、その後の進歩発展を永続的に規定する原因となる可きことを確信し得るであらう。

フィヒテは、「高尚なる人」が自らの「事業」を「永遠」なものにしたいという欲望を「保証」するものを、「永遠と認め又永遠なるものを取り入る、力ありと認めたる事物の秩序」とし、その一つの具体例として「国民」を挙げている。なぜなら「高尚なる人」の「事業」が、「人間環境の特別なる精神的世界」の「自然法則」に適合してはじめて目に見える「感覚的表現」たりえたのだとすれば、「国民」が存続する限り「自然法則」も保存せられ、すなわち「事業」の「永遠性」も保証されるからだというのだ。

不朽のものを植付けんとする彼れの努力、彼れをして彼れの生命を永遠なりと解せしむる所の概念、この二つのものは先づ第一に彼れの国民と、次いでまたこの国民の媒介に依て全人類とを、彼れと密接に結合せしめ、又彼等すべての欲求を彼れの拡大されたる心の中に永遠に導き入る、所の紐である。そは彼れの国民に対する彼れの愛であつて、第一には、国民を敬し信頼を喜び、又その国民の中より生まれたることを矜りとするの心である。（中略）自己の国民に対する愛は、第二にはその国民のために活動し、またその国民のために自己を犠牲にせんとするの心である。（中略）彼れは只不朽の泉としての生命を希うたのであつた。併しながら斯くの如き不朽の望みを彼れに与ふるものは彼れの国民の独立的存続を措いて外にはない、自己の国民の独立的存在を救はんがためには、彼れは己れの生命を捨つることをさへも欲せずにはゐられない。

それゆえ、「高尚なる人」は「国民」を愛するのであって、「国民の独立的存続」のためには自らの「生命」をも「犠牲」にすることを希求するのである。むろん、ここで主張されている「犠牲」の概念が、絶対自我確立のための非我の定立＝自己制限に繋がる弁証法的自我哲学に基礎付けられていることはいうまでもなく、またフィヒテのいう「国民」が、「精神の自由」を信じ、「精神の永遠」を欲する者全てを意味するコスモポリタニズム的概念であったとすれば、ナチス・ドイツのように単一の「国民」や「民族」の優秀性を主張する排外主義的全体主義とは直接的に繋がるものではなかった。

ここで中河のフィヒテ受容の経路を整理すると以下のようになるだろう。まず、「偶然」に支配された「宇宙の本質」＝「真実」を活写した「芸術」は「永遠」なものとなるとする〈偶然論〉的「永遠」思想を展開していた。第二に、保田ら日本浪曼派による〈古典回帰〉の動向と期を同じくし、「万葉精神」に「宇宙の本質」＝「真実」を見出し、同時に「民族」への関心を潜在化させる。第三に、そうした関心から、一部に〈非常時〉にその原理を学ぶことが推奨されていたフィヒテ『独逸国民に告ぐ』に接近する。「事業」の「永遠性」の成就のために「国民」の永続の必要性を説くこの書の言説構造は、「文学」の〈永遠〉性と「民族」という二つの事象への関心を連絡する「犠牲」の観念を中河に提供した。

このように、フィヒテ『独逸国民に告ぐ』は、「切迫」した〈非常時〉において、〈ヒューマニズム論〉よりも現実感のある対蹠的言説として中河の〈永遠〉論に深い痕跡を残し、意味を充填していく。以下では改めて中河〈永遠〉論の内実を析出していくが、先に挙げた『読売新聞』紙上の座談会「時代と文芸思想の行くべき道」をまず見ていきたい。

五、「作品」から「民族」へ

座談会に参加した中河は、ヒューマニズムが話柄の中心となった「ヒューマニズムの進展性」（第一二回）においてもやはり「切迫」という言葉を用いながら「民族と文化」におけるのと同様の主張を展開している。そこで同座談会の論題を見ていくと、「日本ファッショの特質」(第一回・第二回)、「迫りつゝある統制」(第三回)といった迫り来る戦争を意識したものが冒頭に並び、その後も「文学者は如何に時代に処すべきか」(第八回)、「時代と文学者の苦悶」(第九回)といった「文学者」が息苦しくなってくる情勢を主題としたものが続く。こうした論題が連続することに「切迫」の内実は説明されるのかも知れないが、そうした「文学」的実践と〈非常時〉的な情勢との矛盾に関するテーマが、中河の「今日の文芸思想の中で何が最も欠乏して居るかといふと永遠といふ観念が最も欠乏して居る」とする〈永遠〉論を展開した「永遠性を持つ文学」(第七回)がきっかけとなって提出されたことは注目に値する。

中河の発言を受けてやはり同座談会に出席していた三木清は「今の中河氏の話は、一方には後世にまで残るといふ標準を持つて書きたいといふ気持がある、併し他方にはそんなことをしてゐられない、生活的にもさうだし、社会情勢からしてもさういふことはして居られないといふ矛盾があるといふことにはならないか」(「文学者は如何に時代に処すべきか」第八回)として、〈文学〉をいわば〈食う〉為の職業とする観点、及び戦争という「社会情勢」に対する〈文学〉の実効性の観点、これら二つの観点と「文学」における〈永遠〉性を追求する志向性との「矛盾」を指摘する。この発言を中河は「現実の問題として、永遠を思つてばかりやれるか、どうか、といふ事」(同前)と要約し、「出来る」と即答している。

この何気ない会話において、実は中河の〈永遠〉論の根幹ともいえる「現実の問題」と、それに付随する「文学」の社会的役割に関する主張とが同時に表明されている。というのも中河はこの座談会の印象記を直後に草して次のように述べていたのだ。

昨年末、読売新聞の座談会で『永遠』について論じた事がある。するとこの問題に対する批評は、『永遠などといふ何の腹のたしにもならぬものより、もつと腹のたしになる文学を論じてくれ』と書かれていた。（中略）永遠などといふと、彼等はすぐ抽象の情熱だといふ。現実から遊離した観念だと非難する。然し現代では永遠を考えてゐる者こそ、最も現実主義者であるといふ不思議な結論に到達するのである。現代の現実に本当に生きんとすれば彼は永遠の観念を持たざるを得ないのである。（中略）寧ろ今日は民族の自覚といふ事ほど吾々にとつて烈しい現実はないのである。（中河「万葉浪曼」[27]。二重傍線・波線は稿者による）

ここで「現実」は、「現実」と「現実」という二つの意味内容を持つシニフィアンが同一表記されながら、実は峻別して用いられている。中河は「現実とは何か」[28]において、「単なる現実主義といふものは常に功利の観念につながる思想である」とするが、「現実」主義とはまさに「腹のたしになる」ことを第一義とする「功利」主義的価値観として措定される。ここでの批判の矛先は、〈ヒューマニズム論〉者から一転して「現実」主義者としての「彼等」に向けられるが、〈永遠思想〉を「抽象の情熱」とする「彼等」とは、同座談会で「永遠といふものを抽象的に取出して、その観念にあまえて生きるといふやうな情けないことではなしに」（「時代と文学者の苦悶」第九回）などと主張した、武田麟太郎率いる『人民文庫』同人に他ならなかったであろう。

日本浪曼派がマルクス主義系の〈作家〉最後の牙城としての人民文庫派に噛み付く構図は、大宅壮一が「まるで良家のお嬢さんが、粗野で逞しい田舎出の女中をさげすんでゐるやうで愉快である」（「『日本浪曼派』と『人民文庫』」『文芸』昭和一一・一二）などと、それ自体差別的な階層化を助長する表現で揶揄したように、昭和一一年代後半には表面化することになるが、これは先述したように、昭和九年頃のリアリズムをめぐる対立構図の再演に他ならないだろう。

話を戻せば、その一方で「現実」主義とは「民族の自覚」を第一義とすることであって、それこそが「現代の現実」であるというのだ。ゆえに、中河が先の三木発言を「現実の問題」とした時、三木を含め座談会のメンバー達は当然のことながら「現実」の「問題」として解釈していたであろうし、中河もその意味で問われていることを知りつつ、「現実」の「問題」と「文学」における〈永遠〉性の追求とが矛盾しないと即答したのだと考えられる。

では「民族の自覚」にとって「文学者」とはいかなる存在であったか。中河は「ドイツへの関心その他(29)」において「吾々が民族を自覚せんとして美の系譜を樹立せんとしてゐるのは、その為であつて、それは今日の政治を啓発し、指導するところの最も文学的態度である。吾々は政治を云つてゐるのではない。更にそれ以上の民族の系譜に就いて述べてゐるのである」とする。ここでいう「美の系譜を樹立」することとは、「万葉にあつた精神」を「取りかへ」すことで、それは「民族の自覚」を目的とする。この「民族の自覚」は実は中河の〈永遠思想〉そのものといってもいいが、これは「民族」の〈永遠〉のためならば、「現実」を捨てる＝「自己の利益」を「犠牲」にすることを人々に厭わせない〈思想〉である。その際、「文学者」の役割は、第一に「美の系譜を樹立」すること、第二に「民族の自覚」＝〈永遠思想〉をもって、「現実」主義＝「功利主義」＝「自己の利益」を徹底的に排した「作品」を創作することであり、第三に、そのような「作品」によって「政治」を高所から「啓発」「指導」することである。

ただし、「作品」は民族主義を鼓吹するような啓蒙的な物語内容である必要性はなく、ゆえに直接「政治」に関与することを意味しない。昭和一二年一一月から昭和一四年一月までに執筆された文章を載録した『全体主義の構想』（作品社、昭和一四・二）で、中河はしばしば「国策文学」を批判し、自らの主張する「文学」との差異を強調するが、そうした場面においてそれは先鋭化する。

例へば昨今の国策にこれ順応せんとする態度なども、決してこれは祝すべきものではなく、寧ろ日本主義に於ける最初の頽廃として吾々はこれを見てゐるのである。それは往時の左翼時代のやうに文学を一種の道具にするばかりでなく、それは真の精神の樹立と、民族の決意とを、安易なる浅薄に導く危険が余りに多いからである。（中河「日本世界の観念――文壇の諸卿に寄す――」）(30)

ここで言われている「国策文学」を考える上で、補助線となるのが保田與重郎「「全体主義の構想」読後」（『国民評論』昭和一四・五）である。同論で中河は「文学に於ける、伝統と血統の国民主義を予知し、そのためにたゝかつてきた果敢な先駆の戦士」と卓越した「文学者」として表象される。その一方で保田は、「文学に於てかつて尊重された人間的価値といふものが今日変革されねばならぬ」「それは文学素材が、戦線をうつすやうになつたとか、非常に政治政権に接近したといふこととは、全然別な、発想の変化が要求されてゐる」としているが、ここで保田が批判的な眼差しを向ける、国家の意図に沿うようなイデオロギーを喧伝するために「戦線」を「文学素材」とするような「文学」は、中河の言う「国策文学」に重なり合うものだっただろう。

ではなぜそのような「国策文学」を中河は否定せねばならなかったのか。その理由は、イデオロギー優先型の「社会主義リアリズム」と同様、「文学」を目的にではなく、「道具」すなわち手段にしてしまったからであり、「真の精神の樹立と、民族の決意とを、安易なる浅薄に導く危険が余りに多いから」だった。だが、この二つの理由には中河の「文学」における目的と手段とをめぐる矛盾が内包されている。同文章では「吾々文学者の任務は今日の軍が生死を賭して進軍するが如くに、悲痛の決意をもつてみづからを深め、同時に日本の文化を世界に光被せしめなければならぬのである。／吾々の文学運動は眼前であるよりも、永遠のものとして考へられ、永遠の精神を鼓舞するものでなければならない」と主張されるが、ここでは「永遠の精神を鼓舞する」という「文学者」の役割が、応召する兵士のそれと癒着して認識され、両者は表象の位相で同列化される。このことは、もはや「作品」の「永遠」性などということは第一義的な問題にはならず、〈民族〉という「全体」の〈永遠〉という大きな目的の前に、「文学者」という存在の固有性が捨象されたことを意味するだろう。

そしてこうした一連の議論における言説構造が、昭和九年ごろの〈リアリズム〉論におけるそれを変奏したものであることは言を待たない。

より簡潔に述べれば、中河は常に「真実」を求め続けたのだ。

だが、「真実」という言葉に代入する意味が、時代状況に応じて転換するとすれば、中河の〈リアリズム〉論は容易に変容せざるを得ない。〈偶然論〉においては「不思議」、その後「万葉精神」=「驚き」がその内実とされ、最後には「民族の自覚」がそこに代入されたのだ。

だが問題なのは、「民族の自覚」が代入されたことそれ自体にあるのではなく、「真実」追求の目的が、「作品」の「永遠」性の獲得から、「民族」のそれへと転換したことにあるだろう。中河の「永遠」論は、フィヒテ『独逸国民に告ぐ』の読書体験を経て獲得した「犠牲」の観念を媒介として〈全体主義〉的な〈永遠〉論へと変容していくわけだが、「事業」の「永遠性」の保証のために「国民」の「永遠性」が希求されたフィヒテの主張とは無縁の、中河本人が否定した「国策文学」と機能的に何等かわらぬものへと接近していったのである。

中河の『文芸世紀』などにおけるその後の言説は、硬直した皇国史観イデオロギーへとさらに閉塞化していくわけだが、盧溝橋事件の直後に書かれた『万葉の精神』の「自序」を見るとき、フィヒテの置かれていた状況と中河が置かれていた状況との共通項が見えてくると同時に、それが極度に歴史的なものであったことが見えてくる。中河は「自序」で次のように述べる。

『日本的』といふ事がしきりに論じられてゐる。だが『日本的』とは鎖国といふ事ではない。／世界の中にあつて日本を見るといふ事であつて、日本を世界との関連にあつて自覚するといふ事である。今日まで吾々を支配したものは外国への拝跪であり、外国への従属でありすぎた。

フィヒテの『独逸国民に告ぐ』はフランスに支配されているとの被植民地的意識に起因するものだったが、中河が表明しているのも西欧を意識した「外国」に征服されているとの被植民地的意識であり、中河のいう「切迫」した情勢とは、あるいはこのようなアポリアに直面した状況のことだったのかもしれない。むろん両者の意識はまったく異なるものであっただろうが、そのような対西欧への被植民地的意識は中河一人のものではなかった。昭和一二年の初頭に〈日本的なるもの〉に関する論議が巻き起こるが、同論議を先導した浅野晃は次のように述べる。

われわれはその「現在」の文化的表現を有つてゐない。つまり現代日本文化を有つてゐない。換言すれば「日本的なもの」は現代の文化の中にまだ充分な生きた表現を見出してゐない。そこでわれわれは一体日本人なのか西洋人なのか、と云ふような一見背理な問ひさへ発せられると云つた始末になる。より適切に云へば、われわれは日本人でも西洋人でもない。（中略）そこで日本的なるもの、自覚が要求されざるを得なくなる。われわれの知性といふものが現代の自覚的な表現になつていない。つまりそれが現代日本の文化を作り出すまでに行つてゐない。そこでそれは民族の意識的な主体としての資格を欠いてゐる。（浅野「国民文学論出でよ」『新評論』昭和一二・三）

すなわち、「日本的なるもの、自覚」と言う問題は、〈西欧的なるもの〉の専制状態からくる、〈民族的〉な自己同一性を確立し得ない不安に起因するものだったのだ。それは、中河が〈日本的なるもの〉の追究過程で、万葉時代には存在などしない〈永遠〉という die Idee に連なる観念に執着し、また誤読したとはいえフィヒテの理論的枠組に依拠したことに、逆説的に象徴されるであろう。〈日本的なるもの〉に関する論議については本書第八章で考察するが、中河の〈永遠〉論の転回それ自体に、「近代主義と民族の問題」（竹内）として戦後浮上することになる問題系の原初的形態を見出すことができるのではないだろうか。

注

1　笹淵友一「序にかえて」『中河與一研究』右文書院、昭和四五・五、序七–八頁

2　森安理文「中河文学の美学——特に絶望浄化の倫理について」『中河與一研究』右文書院、昭和四五・五、九七頁

3　前掲、森安「中河文学の美学——特に絶望浄化の倫理について」一一三頁

4　中河の言説については、可能な限り初出にあたったが、初出誌不明のものも多数あり、引用は原則として単行本から行なった。

5　笹淵友一「「偶然文学論」とその文学史的意義」『中河與一研究』（右文書院、昭和四五・五、四–五頁）。同論は、「偶然文学論とその反響」（『日本文学』昭和三七・一二）を加筆修正し再録したものである。

6　中村三春「量子力学の文芸学——中河與一の偶然文学論」（佐々木昭夫編『日本近代文学と西欧比較文学の諸相』翰林書房、平成九［一九九七］・一〇）は、同論を「横光と中河に共通する伝統回帰との関連は何か、それらについては改めて論ずることにしたい」（三〇三頁）と、両者における〈伝統回帰〉〈民族〉の問題が交差する地点の重要性を示唆している。

7　目に付いた特集・座談会を挙げると、『新潮』が昭和九年二月に、林房雄・中村武羅夫・河上徹太郎・阿部知二が寄稿した特集《リアリズム文学の提唱に就いて》を行い、同年七月には座談会「文芸界の諸問題を批判する」で「リアリズムの問題」を大きくとり上げている。また武田麟太郎編集による同年九月の『文学界』でも、「リアリズムに関する座談会」を掲載している。武田は、同年六・七月号の編集後記において、「リアリズム」の問題の重要性を指摘していた。

8　マーク・スローニム『ソビエト文学史』池田健太郎・中村喜和訳、新潮社、昭和五一・五、二八一頁

9　島田昭男「日本浪曼派とプロレタリア文学──その一つの断面」『国文学 解釈と鑑賞』昭和五四・一、四七頁

10　中河與一『偶然と文学』（第一書房、昭和一〇・一二）所収。初出は『読売新聞』昭和九・九・一四－一六。原題「リアリズム摘要㈠㈡㈢」。

11　前掲、中河『偶然と文学』所収。初出は『東京朝日新聞』昭和九・六・八－一〇。

12　前掲、中河『偶然と文学』所収。初出は『文芸』昭和一〇・一〇。原題「偶然文学論」。

13　真銅正宏「偶然という問題圏──昭和一〇年前後の自然科学および哲学と文学」（『偶然の日本文学 小説の面白さの復権』勉誠出版、平成二六・九）が、「当時の「偶然」をめぐる言説は、これら状況を打破すべく、様々な分野を交通する課題を提出した（中略）文学が、自然科学や哲学の界域に及ぶべく、その範疇を踏み出したこと自体の意義を見出だすことができよう」（五九頁）としているように、中河の〈偶然論〉が科学・哲学に言及したことは、同時代の〈偶然〉をめぐる言説に、単なる文壇内部の〈文学論〉以上の拡張性を持たせることに貢献したといえるだろう。

14　*Der Be-griff der Kunstkritik in der deutschen Romantik 1920.* ヴァルター・ベンヤミン『ドイツ・ロマン主義における芸術批評の概念』筑摩書房、平成一三・一〇、二四一頁

15　宮坂覚「『愛恋無限』試論」『中河與一研究』右文書院、昭和四五・五、二九〇頁

16　中河與一『万葉の精神』（千倉書房、昭和一二・七）所収。初出は『読売新聞』昭和一一・一二・三、四、六。原題「万葉ギリシヤ　肯定的な生活」。

17　『日本の理想』（白水社、昭和一三・五）所収。初出誌不明。ただし、『日本の理想』には「昭和十二年十一月二十一日　伊豆にて」と脱稿日が記されている。

18　本間久雄「日本的なもの――新著渉猟記㈢――」『東京堂月報』昭和一二・一二

19　引用は『英雄と詩人』（人文書院、昭和一一・一一）所収のものから行なった。

20　同前

21　中河與一「保田與重郎」『日本浪曼派』昭和一二・一

22　中河にとって「民族」の問題は、「僕は、文学といふものはインターナシ《ママ》ナルの要求を非常にもつてゐるけれども、その国の文学といふものはその国の歴史、民族といふものを背後にもつてゐる。これは自覚するとしないとに拘はらず持つてゐるが、この事実はその国の文学にとつては非常に大切なことだと、それだけはハッキリ言へると思ふ。しかし、だから民族主義がいゝ、といふことが言へるかどうか。そんな問題ではない」（「文学の指導性座談会」『行動』昭和九・一一）というように、当初から潜在的なものとしてあった。だが、この時点ではそうした意識が「民族主義」の肯定に必ずしも連続していなかったことは注目に値する。

23　前掲、中河「保田與重郎」

24　前掲『日本の理想』所収。初出誌不明。ただし、『日本の理想』には「昭和十二年九月二十日」とあり、これが初出誌の発行日か脱稿日と思われる。

25　中井千之『予感と憧憬の文学論――ドイツ・ロマン派フリードリヒ・シュレーゲル研究』（南窓社、平成六・一

二）を参照。

26　引用は『独逸国民に告ぐ』（大津康訳、岩波書店、昭和三・三）より行なった。

27　『万葉の精神』（千倉書房、昭和一二・七）所収。初出は『読売新聞』昭和一二・四・二〇、二一、二三、二五。

28　前掲『日本の理想』所収。初出誌不明。ただし、『日本の理想』には「昭和十三年四月十日」とあり、これが初出誌の発行日と思われる。

29　前掲『日本の理想』所収。初出は『新潮』昭和一二・一一。

30　『全体主義の構想』（作品社、昭和一四・二）所収。初出は『読売新聞』昭和一三・一二・七–九。

第七章　彷徨える〈青年〉的身体とロゴス――三木清〈ヒューマニズム論〉における伝統と近代

一、〈日本的なるもの〉に関する論議の〈起源〉

昭和八（一九三三）年半ばから昭和一二年にかけての、多種多様な文学的提唱がなされた文運隆盛の時期は、しばしば〈文芸復興期〉と呼ばれる。この〈文芸復興〉の呼声の有力な出所として林房雄を指摘する高橋春雄は、治安維持法違反で検挙されていた林が出獄後に執筆した「作家のために(上)(中)(下)」（『東京朝日新聞』昭和七・五・一九－二二）・「文学のために」（『改造』昭和七・七）・「作家として」（『新潮』昭和七・九）から「文学再建の意志(1)(2)(3)(4)」（『東京朝日新聞』昭和九・一・二二－二五）までの一連の主張を、「「文芸復興」への陽気で執拗な呼び声」とし、また〈文芸復興〉が「転向」の問題と表裏の関係で論じられてきたそれまでの文学史記述の方法を引き合いに出して、「その意味でも「文芸復興」のラッパ手が林房雄であったことは、やはり象徴的な意味を持っている」としている[1]。

この林房雄と〈文芸復興〉との関わりについては、猪野謙二が林の「文学再建の意志」における「文学的精神とは求道の精神である」というような発言を引用しながら、「やがて文芸復興のかけ声が、戦時下のいわゆる「国民文学」の提唱にまで屈折してゆく行く末を、この早い時期にすでに先取りしている」としている[2]。

だが、このような思想的変遷は、林房雄という人物一人に限定されるものではなく、プロレタリア文学が挫折し「国民文学」の提唱へと右傾化していくという昭和一〇年代の文学・思想界における大きな歴史的運動過程と符合し、〈文芸復興〉はまさにそうした運動過程において媒介的な布置にあったという文学史的見取り図が描けるのかもしれない。むろん、こうした見取り図を直ちに了承することは避けなければならないが、〈日本的なるもの〉に関する論議が〈文芸復興期〉の総決算的最終段階にあたる昭和一二年に興ってくるとすれば、そうした見方をいまいちど再検討してみる必要があるだろう。

〈日本的なるもの〉に関する論議が、文壇の話柄として肥大化していく原初的地点を探ることに左程意味はないが、この論議に積極的に参加していくことになる浅野晃（大正一五［一九二六］年に日本共産党に入党するも、昭和三年の三・一五事件で入獄後翌年に〈転向〉する）の回想集『随聞・日本浪曼派』（星雲社、昭和六二・六）に、「「新日本文化の会」というのができるんです。これは、昭和の文学史からまったく抹殺されているのですが、ぼく個人にとっては大きな意味のある集まりでした」（二二頁）、「その頃のことですが、ぼくが「日本的なもの」を提唱し、それを小林君が「朝日」の文芸時評にとり上げてくれたものだから、それ以来、あちこちで「日本的なもの」がはやるようになりました。（中略）昭和一二年に「新評論」という雑誌をぼくの友人の門屋博がはじめましてね。その中で「日本的なもの」について書いたのです」（二三頁）とあり、この証言と小林秀雄の「文芸時評⑵伝統の制約性 浅野晃氏の「文化の擁護」」（『東京朝日新聞』昭和一一・一二・二六）における「「新評論」という雑誌の創刊号に載つてゐた浅野晃氏の「文化の擁護」という感想文を面白く読んだ」との記述とは符合する。またそのことと、中島健蔵が「文学と民族性に就いて」（『改造』昭和一二・三）で、文学と民族性の問題を「正面から文学者のトピックとしたのは、昨年暮の小林秀雄氏の文芸時評であった」と発言していることなどから、〈日本的なるもの〉に関する論議は昭和一一年一二月創刊の『新評論』における浅野の論文「文化の擁護」とそれに呼応した小林の「文芸時評⑵伝統の制約性浅野晃氏の「文化の擁護」」以降のものとしてひとまず認識することができるだろう。

ただし、小林・浅野ら当人達によれば、「「日本的なるもの」の問題は新しい人間観念の確立といふ「ヒューマニズムの問題」とも関連してゐる」（小林秀雄「「日本的なもの」の問題」『月刊文章』昭和一二・四）、「現在に於けるヒューマニズムの要求と「新日本主義」の要求とは本来別個のものではない。（中略）「日本的なもの」と云ふよりはむしろ運動の核心はまさに此処にある」（浅野晃「現代日本の『西洋と日本』――「日本的なもの」の問題の所在に就いて」『改造』昭和一二・六）というのであり、三木清による継続的な発言を契機として前年に思想界・哲学界を中心にクローズアップされたヒューマニズム論を無視することはできない(3)。

それゆえ、水上勲の「〝日本的なるもの〟の再発見を唱える林房雄、保田与《ママ》重郎らの国粋的傾向の急速な台頭に押され（中略）ヒューマニズム論も慌ただしく舞台の表面から消え去ってしまう(4)」とする、いわば〈日本的なるもの〉に関する論議をヒューマニズム論からは切断された、復古主義的な日本主義者らによる言説の暴力と断定する仕方は正確ではない。むしろ、林房雄や浅野晃らの〈日本的なるもの〉を要求する主張は、彼ら自身によって〈新日本主義〉という記号で表象されていくが、そのような従来の日本主義の封建的・非合理的な要素を清算したかのような振る舞いは、ヒューマニズム論とその言説構造を分有しているとする身振りともパラレルであったのではないか。

そのことについては本書第八章で述べるが、本章ではそうした議論の前提となる昭和一一年前後のヒューマニズム論、殊に三木の〈ヒューマニズム論〉における伝統と近代に関わる言説構造を析出するとともにその歴史性を検討したい。

そこで、まずは「迷ひ子」と題する諷刺画を見ていくことで、ヒューマニズム論の同時代的位置付けを確認しておく。

二、諷刺画「迷ひ子」

「迷ひ子」と題する諷刺画である（図参照）。これは昭和一二年二月二三日の『東京朝日新聞』に掲載された加藤悦郎の作品である。櫻本富雄『戦争と漫画』（創土社、平成一二［二〇〇〇］・四）によれば、加藤は「日本プロレタリア美術家連盟（稿者注—同盟の誤りであろう）のシンパで、左翼マンガを描いた。その後、転向して日本の侵略戦争を積極的に翼賛した。戦後は再度転向して日本共産党に入党し、『アカハタ』などに権力批判のマンガを描いた」という。二度に亘る「転向」の正確な時期は明らかにされていないが、これを描いた時期はおそらく一度目の「転向」の後であったであろう。過剰な意味付けはここでは避けるが、ヒューマニズム論の位置付けを考えるうえで示唆的ではある。

図　加藤悦郎「迷ひ子」（『東京朝日新聞』昭和12・2・23）

さて、その解釈については多言を弄する必要はないかもしれないが、少し述べておきたい。

「文壇街」の中心で、「ヒューマニズム」との名辞を与えられた、身なりの良い洋服の子供が、「パパ」の不在に気付き、泣いている。その存在を発見した、書物を小脇に抱え、眼鏡を掛けた知識人風の二人の男が、「珍しくないよ、この街の名物さ……」と、冷徹に分析し傍観している。ただし、傍観しているのは彼らだけではない。自転車を押しながら歩く職人体の男もまた、それを不思議そうに見物している。

この画に不在のものとして、しかしその中心的主題として描かれているであろう「パパ」、それはいうまでもなく子供を然るべき目的地へと引率し、成熟させる義務を負わされた、作家・批評家といった〈文壇人〉、あるいは〈文壇ジャーナリズム〉である。ここでは、そうした義務を放擲した、あるいは、もはや子供の所在を確認したくとも確認しえなくなった「パパ」が問題にされている。さらにはそうした〈文壇〉で常習化した義務の放擲という事態に対する関心の、〈インテリゲンチャ／大衆〉における遠近法も明確に戯画化されているといえるだろう。

このような諷刺画による二つの指摘は、一面において正鵠を射ている。なぜなら、是非はともかくとして、そのような批判乃至指摘の方法は、この諷刺画以前に実際に存在したからである。例えば、前者の問題に関しては、杉山平助が「文芸時評家」として自身が置かれている立場への現状認識について語った次の文章が参考になるだろう。

> その月の雑誌を――特に営業的雑誌を――万遍なく読み通す。しかる後に、それ等の雑誌が問題としてとりあげてゐるところのもの、或は奨励するところの創作等について万遍なく触れて行かねばならない。（中略）時評を掲載するところの新聞、雑誌の編集者も、そのことを望んでゐる。（中略）一方において、時評家の仕事は、絶えず浮動的であり、断片的であり現象追従的であることによつて、「真摯なる」文学愛好者からの非難と軽蔑を買つてゐるのである。（「文芸時評(1)時評家の現状」『東京朝日新聞』昭和一〇・一〇・二九）

杉山は、文芸時評家が「市場」原理を追求する編集者の意向を汲むことで、新鮮な文学的「問題」という「現象」に対し「追従的」であることを否定しない。当然「「真摯なる」文学愛好者」と「編集者」との間で「板挟」になることが意識上にチラつくのだが、杉山は「ヂヤアナリズムから除外されることを好まないから」、「ヂヤアナリズム」の論理も無視できないというのだ。

杉山ほど素直に語った批評家は他に見当たらないが、「現象追従的」であることに完全に背を向けられた批評家がどれほどいただろうか。実際、昭和一一年の〈文壇〉は、文学的「問題」を消費の対象としてしか見ていないと、「「真摯なる」文学愛好者」から批判されてもおかしくないほど、多くの「問題」が商品として提供されている。すなわち、学生論・知識階級論・サラリーマン論・青年論・恋愛論などが〈文壇〉の話柄として急浮上しては、深く掘り下げられることもなく消えていくことになるのだが[5]、ヒューマニズム論もまたそのバリエーションの一つとして当初理解されてしまっていたとしても不思議ではなかった。そうした歴史性を配慮したとき、「迷ひ子」は〈文壇ジャーナリズム〉への痛烈な批判たり得ていたことが理解される。

「迷ひ子」が批判の射程圏内に捕捉していると考えられるもう一つの問題、すなわち、〈インテリゲンチャ／大衆〉における遠近法についてだが、それについては次のような見方が前提となっていただろう。

素朴な、感傷的な「流行」ヒユーマニズムにたいして「問題の歴史的展望と理論的掘り下げ」を与へるのは此上なく大切なことに相違ないが、そのために折角のヒユーマニズムが上品で高価な燻製になつてしまつて、大衆の食膳に向かなくなつたら、もうお仕舞ひだ。（「ヒューマニズムの「燻製」」『読売新聞』昭和一一・一〇・二九）

ここからも一つの「流行」現象としての側面をヒューマニズム論が持っていたことが理解されるが、ここではむしろ、そのような「流行」に終わらないための「問題の歴史的展望と理論的掘り下げ」という評者らの試みが、逆に「大衆」性を失うことに繋がってしまうことが危惧されている。ただし、そのような「大衆」性の要求という主張自体は、少なくともプロレタリア文学以来の一つの定式であり、また近くは、「偶然」と「感傷性」に代表される「通俗」性を小説に求めた横光利一の「純粋小説論」（『改造』昭和一〇・四）にも変奏された形で見ることができる。

ヒューマニズム論を事実上提唱し牽引したといえる三木清の思想一般に対し、そのような「大衆」性という観点から執拗に批判し続けたのが戸坂潤だった。

三木思想は、一種の通俗性と一見大衆性に近いものとを持つことが出来る。所がこの通俗性の通用範囲、この大衆性の持主である大衆らしきもの、之は実は凡庸で鋭さを欠いた或る種のインテリ層だつたのだ。三木思想はだから、元来真の思想的根柢とはなれないのではないかと私はひそかに思つてゐる。三木的ヒューマニズムに就いても亦私は、その本当の大衆性を信じることが出来ない。之は優れたイデーである、だがどこかに鮮やかでないものがある。（戸坂「三木清論」『中央公論』昭和一一・一一）

戸坂は「三木的ヒューマニズム」を「優れたイデー」であるとし、またそれが多くの人々に積極的に受容されているがゆえに「一種の通俗性と大衆性に近いものとを持つ」とするが、その受容層は実は〈インテリゲンチャ〉に限定されていて、その性質は「大衆性」そのものとは峻別されるものであるとする。すなわちここで問題となっているのは、三木言説の思想的精度についてではなく、言説を「大衆」に向けて広範に伝播させる構造を言説の内部に構造化する方法論についてであるといえる。

同様の懸念は、仏文学者の小松清が「今われわれにとつて切実な関心は、（中略）現代のヒユマニズムを如何にして実生活のうちに展開してゆくか、また如何にして文芸の世界に具現してゆくかにある。即ち行動として表現としてのヒユマニズムである」（「ヒユマニズムを限定せよ」『日本評論』昭和一一・一二）としていたように、ヒューマニズムの議論が「大衆」と無縁な所で展開していることにしばしば向けられることになるだろう。では、小松や戸坂がヒューマニズムに要求した実効性とはいかなるものであったのか。

それは、小松が先の論で「ヒユマニズム」を「人民戦線精神の肉体」とし、また戸坂が「ヒューマニズムをフロンポピュレールの観念的な支柱にしようとして様々に論じていることは決して誤っているのではない。（中略）だが夫がスローガンであるためにはヒューマニズムという言葉が真に民衆性を有っていなければならない筈だ」（「現代日本のヒューマニズムと唯物論」『唯物論研究』昭和一二・二）としていたように、反ファシズム人民戦線の精神心的支柱として十全に機能するような意味での実効性である。

一九三五年七―八月にモスクワで開催された第七回コミンテルンで、共産党と反ファシズムを主張する会派との大同団結が承認されたことにより、フランスでは翌一九三六年四月二六日、五月三日の二回選挙制で行われた総選挙で、フランス社会党（第一党）・急進社会党・フランス共産党らからなる人民戦線派が政権を奪取している。そしてこの時、作家・芸術家の発言が、特にその当初において極めて大きな役割を果したという。

ハーバート・R・ロットマンによれば「一九三〇年代を通じて、フランスでは多くの人が、政府と対立するというよりは、政府と同盟していた。ソ連で文学界が政府と結びついていたのと同じである。この時代に支配的だったイデオロギーは急進社会主義だったといえるし、（急進社会党は政権を握りあるいは大部分の内閣に参加した）、深く尊敬されていた作家、例えばジイド、ジャン・ジロドゥー、ジュール・ロマンといった人々は政治的方向としては急進社会主義に与するものと見なされていた」[6]という。

急進社会党は、フランスの中部および南部の農民層の支持を集める中道政党だったが、対抗すべきファシズムの中心が国外のナチズムにあったため、国内で人民戦線派として共闘することは自然な流れでもあった。作家・芸術家らのヒューマニズムを基調とする呼びかけは、それまで第一党であった急進社会党政府の主張とも矛盾することなく、必然的に大きなうねりとなって「人民」を動かしていったのである。

当然のことながら、ヒューマニズムを当時の日本の体制下においてそのまま適用することは不可能であった。それゆえ、「この人民戦線はわが国において可能であるか」（大森義太郎「人民戦線・その日本における展望」『中央公論』昭和一一・九）との問いが早い段階で発せられていた。大森は労農派のイデオローグのひとりとして、翌昭和一二年一二月一五日のいわゆる人民戦線事件で検挙されることになるが、ここでは「本来のプロレタリアートの政治勢力の伸長がまづ企てられねばならぬと思ふ。ファッシズムに対して徹底的な闘争を遂行しうるのはプロレタリアートである。（中略）このことは、フランスやスペインの場合について、充分によく理解されるであらう」として、後述するように、この時壊滅状態にあった無産階級による「政治勢力」の拡大を企図することを「進歩的分子の第一の仕事」としていた。

同時期に戸坂は、「大衆」という言葉には、「観点の規定上色々の困難が伴つてゐる」としながら、「人民といふ言葉は一つの新しい解答を意味してはゐる」として、「人民」という言葉を採用することの妥当性を指摘している（「文芸時評㈣人民派と人民戦線」『東京日日新聞』昭和一一・六・二六）。むろん、その後も「大衆」という言葉も戸坂は用いていくことになるのだが、ここで行われた集団を指示する呼称の変更は、人民戦線を呼びかける大森らの希求した集団概念へと、戸坂のそれが変質し始めたことを意味していたといえるのかもしれない。少なくとも戸坂の人民戦線という運動そのものへの接近と見ることができるだろう。

だが、戸坂が「インテリ意識とインテリ階級説」（『文芸』昭和一〇・一）で、〈インテリゲンチヤ〉を、「無産者階級でもなければブルジヨア階級でもない」「この二つの階級に対立する」「一種の「階級であるかのようなもの」」、すなわち「知識階級」として自己措定する人々と規定し、そうした「知識人」の提出する「不安」「行動」といった「新しいインテリ論」のことを「転向主義」「転向的逸脱」として排斥したあり方は、戸坂が人民戦線に接近していく時期に書かれた「不安の二種類」（『中央公論』昭和一一・六）にも通底していく。これは人民戦線を主導する大森の〈インテリゲンチヤ〉に対する考えとは大きく異なるものだった。大森が「立ち返つて、もういちど、日本において、人民戦線の建設は可能であるか」（「人民戦線・その日本における展望」）と、論の中盤で再び問い直した時、それを可能にするのは、「学芸」に携わる、そして一般の「インテリゲンツィヤ」だとした。大森は「インテリゲンツィヤ」が「近年絶望と懐疑の精神に囚はれて」いることを見逃さず、人民戦線は、「インテリゲンツィヤ」を「土台とすること」で「一応樹立を見ることができよう」との目算すらあったのだ。

すなわち、「大衆」から「人民」へと希求する集団の表象の仕方の変更が見られた戸坂だったが、それは反ファシズム人民戦線への接近の意志の表れ以上の意味はなく、集団の内実は依然として無産階級ということを強く意識したものだった。一方で、人民戦線を主導した大森の意図した「人民」概念は、無産階級を当然念頭に置きながらも、人民戦線を樹立するためには不可欠なものとして〈インテリゲンチヤ〉を包含するものだった。そのため、戸坂により「大衆」性の欠如という観点から〈インテリゲンチヤ〉の思想として糾弾された三木のヒューマニズムはむしろ、フランスと同様に人民戦線を支える「土台」として機能することを求められていたのではないか。

すなわち「迷ひ子」という諷刺画による二つの正鵠を射た批判にもかかわらず、昭和一一年ごろの三木思想は、人民戦線という運動にとって極めて実効性の高いものとして認識され流通した、あるいは少なくともそのようなものとして期待されていたと考えることができるだろう。

そこで次節ではまず、昭和一一年二月二六日の二・二六事件を一つの区切りとして、それ以前における三木思想を概観したい。

三、「主体的中心」の喪失と不安

藤原定は三木の「文学論的活動」の期間について、昭和八年から昭和一一年までの三年間とし、その終息の原因を、「一九三七年の日中戦争の勃発と、それ以前からの言論弾圧」だと指摘している(7)。このことと、「文学論的活動」の事実上の第一作といえる「不安の思想と其の超克」（「改造」昭和八・六）において、三木が次のように述べていたことを想起したい。

丁度昨年あたりから一般インテリゲンチヤの精神的状況にかなり著しい変化が現はれて来たのではなからうか。ひとはそれを一の事件に従つて特徴付けて満州事変の影響と呼ぶことができる。この影響によつて一般インテリゲンチヤの間に醸し出されつつある精神的雰囲気はほかならぬ「不安」である。

昭和六年九月一八日の柳条湖事件をきっかけとして勃発した、中華民国との軍事紛争である満州事変が、塘沽協定の締結で停戦に至るのは昭和八年五月三一日のことである。それゆえ、三木の「文学論的活動」は、中華民国との間で繰り広げられた二つの武力衝突に挟まれた、三年という短い〈停戦期間〉に集中的に行われたものだということも可能だろう。戦争と来たるべき戦争への予感がもたらす精神的恐慌状態としての「不安」が、三木を「文学論的活動」に向かわせたのであり、この「不安」にたいする「処方箋を用意すること」[8]、すなわち、〈不安の超克〉ということが常にその中心的課題として据えられていたとひとまずいえるだろう。

周知のように、翌年の〈文壇〉では、レオ・シェストフ『悲劇の哲学』(河上徹太郎・阿部六郎共訳、芝書店、昭和九・二)刊行をきっかけとして、「不安」乃至「シェストフ的不安」がトピックとなり、一大流行現象となるなかで行動主義(=能動主義)をめぐる議論も出現するのであるが、「インテリゲンチヤ」に浸透し始めた「不安」をいち早く感受し、問題領域として先鞭を着けたのが他ならぬ三木の「不安の思想と其の超克」であった。

ただし、三木の同論においては、「不安」を惹起する直接的要因として、満州事変が取り上げられるということはなく、また「日本では昨年あたりまでかやうな不安の思想の影響は局部的であつた。青年の心を圧倒的に支配したのはマルクス主義であつた」と述べたからといって、昭和七年三月から始まった日本プロレタリア文化聯盟（コップ）幹部の一斉検挙、同年二月の小林多喜二の虐殺、同年六月の日本共産党最高幹部佐野学・鍋山貞親の転向声明の発表を契機とする転向現象、これらのことに代表されるようなマルクス主義の思想・言論への官憲の弾圧それ自体が、「不安」の直接的な原因なのでもない。

フランスの批評家であるバンジャマン・クレミューの、*Inquietude et reconstruction:essai sur la litterature d'apres-guerre*[9]における主張を三木は「不安の思想と其の超克」において紹介している。クレミューは、一九一八年から一九三〇年までの時期を、「不安の精神」に性格づけられた「ペリオード」だといい、それまでの「如何に活動すべきか」という「行動の悲劇」に、「人間とは何か。生活とは何か。何故に生きるべきか」という「知識の悲劇」がとってかわったとした。そしてこのような「悲劇」の交代劇の背後には、第一次世界大戦の直接的影響ではなく、戦後の社会動乱の影響がみられるというのだ。

三木は、満州事変後の日本の状況をこの「ペリオード」のフランスに重ねながら、その一方で「インテリゲンチヤ」が「知識の悲劇」に陥った経路の特殊性についても言及している。

> 行動は固より、思想の自由も外部において抑圧されてゐる。外部に阻まれたる青年知識人の心はおのづから内部に引込まれるであらう。拡大することをやめない社会的不安は精神的不安となり、しかも「内面化」される。（中略）外的世界の破産を宣言して人間生活の内部を追求した人々は、然しここでも自己のうちに不動の基礎を見出すことに失敗したのである。外的世界の破産に内的世界の破産が附け加はる。人格の不動性と統一性とは把持されなかつた（三木「不安の思想と其の超克」）

それまで「青年の心を圧倒的に支配したのはマルクス主義であつた」というが、「如何に活動すべきか」、あるいは、いかなる小説を書けば良いかなどという、自動化した行動原理となっていたマルクス主義への昭和七年以後の弾圧はしかし、この場合「社会的不安」乃至「外的世界の破産」に過ぎない。重大な問題となるのは、「青年知識人」から「行動の悲劇」を回避させてきたマルクス主義に代表される「思想」という「外部」が抑圧され、「自己」の「内部」にそれが求められるも、発見できないという事態の方である。そして、この「内的世界の破産」＝「知識の悲劇」というアイデンティティを脅かす問題こそが、三木のいう「不安」として定式化されるであろう。

ところで、日本でも小松清が翻訳したラモン・フェルナンデス「ジイドへの公開状」（『改造』昭和九・六）を端緒として行動主義の議論が起こったが、本国フランスではこれに反応したジイドを巻き込みながらヒューマニズムが広範に喚起され、反ファシズムを標榜するフランス知識階級連盟の結成を誘発することで人民戦線の運動を準備したことは周知のことであろう。

しかし、横光利一が「能動主義も、作家が何かせずにはゐられない衝動主義と見えても、我ら何をなすべきかを探求する精神であつてみれば、知識階級を釘付けにした道徳と理智との抗争問題の起点となるべき、自識の整理に向はなければ、恐らく何事も今はなし得られるものでもない」（「純粋小説論」『改造』昭和一〇・四）として、「ここ三四年来巻き起つて来てゐた」「心理」「道徳」「理智」といった「知識階級」に起こった「自識の問題」＝「現代的特徴の新しい自我の襲来」の危機を、解決しないまま行動主義を主張することの不可能性に言及したが、いうまでもなくここでの「自識の問題」とは、三木的「不安」の問題の圏域にそのまま収まるものだったとすることもできるだろう。

日本の論壇に起こった行動主義は、横光が「何をなすべきかを探求する精神」としてしか理解していなかったことや、また反ファシズム陣営の大森義太郎からも「およそいかなる理論体系も持つてゐない」（「いはゆる行動主義の迷妄」『文芸』昭和一〇・二）として批判されたことからも明らかなように、明確な枠組を持たないままに〈能動性〉という記号が喧伝され流通してゆくことで、各論者の「精神」論的言説や関心に引っ張られた言説が量産される結果に陥ったといえる。

むろんこのような言説編成のあり方自体は、同時代に提出された他のトピック、例えば青年論のようなものが「〈青年〉に託された様々な欲望の投影＝表象だった」[10]との指摘が既にあるように、あるいはまた、「ヒュウマニズムの問題はそれ自体としてはナンセンスである。それはたゞそれが何ゆゑに主張されるに至るかの対立的条件のうちに、そしてそれとの関係のうちに、意味をもつてゐるにしか過ぎないのである」（室伏高信「ヒユウマニズム」『読売新聞』昭和一一・一〇・一三）として、ヒューマニズム論もまた論者の問題意識との相対性において把握されていたように、この時期のあるひとつのトピックに特殊な現象と考えるよりは、トピックを超えた普遍性をもつものだったとする方が妥当であろう。またこのことは、多くのトピックスが次々に消費されていく〈文壇ジャーナリズム〉に対し、諷刺画「迷ひ子」が展開した批判の裏面に起こった問題として理解することができそうだ。

いずれにせよ三木の行動主義論もまた、彼の関心としての〈不安の超克〉という枠組で語られていくこととなる。三木はまず「行動的人間について」（『改造』昭和一〇・三）において、行動主義の「使命」を「不安を克服」することにあると規定するが、行動主義の提唱者のいうところの「不安」が「単純」な「現実逃避、厭世観、虚無主義、等々に他ならない」ことに満足できない。三木は「不安」を「如何なる代償を払つても無くさねばならぬものでもない」といい、それどころかむしろ「与へられた現実に服従しないで、これに反抗する」原動力となるような「能動的精神を含んで」いる、「不安の人間が立直つて真に能動的になるためには人間論の設定が要求される」というのだ。この三木の行動主義論は、「能動論議の二態」（烏丸求女「能動論議の二態」『読売新聞』昭和一〇・四・一七）の一翼としてクローズアップされたように注目度は高かったが、当然のことながらそれゆえに反発も強かった。その対蹠的言説群の構造は「能動論議の二態」の別の一翼として挙げられた三枝博音「『行動的人間論』と能動精神」（『行動』昭和一〇・五）におけるそれと共通するものだったといっていいが、三枝は「形而上学的不安論にもとづく行動的人間論は、或る少数のインテリゲンチヤのための問題である」「インテリゲンチヤは自己の不安を人間論的にでなく、社会的不安を歴史的に洞察しこれを処理することへの方向づけに努力せねばならぬ」とした。三枝の立論の仕方は、〈形而上学的・人間論的不安／現実的・社会的不安〉の二分法を基礎とし、三木の不安論を前者を扱う「果てしのない不安論」として斥けるというものだった。

ただし、こうした二分法自体は三木の側から提出されていたことに注目したい。「もしもマルクス主義が全くの虚妄であるとしたら不安はないかもしれない」（三木「行動的人間について」『改造』昭和一〇・三）とつぶやいた後に続けて三木は次のように述べていた。

従来の如く社会的見方即ち客観的見方にほかならない限り、人間性の問題はどこまでも取残されねばならぬやうに思はれる。なぜなら人間性は主観性（主体性）の問題を除いては考へられない。

三木は、昭和五年の入獄後マルクス主義から「一種の転向」[11]をしたとされる。同時代における彼の「転向」への批判に対しては[12]、彼自らが再批判しているが、「転向」を否定したというわけではない[13]。それゆえこの三木の「転向」問題は議論の余地があるわけだが、少なくともここでは、マルクス主義について「社会的」＝「客観的」なものの見方しかしないとして批判している。その意味で行動主義者のいう行動主義をマルクス主義的だというのだが、こうした議論はいうまでもなく「不安の思想と其の超克」の議論を継受している。すなわち「然し現代的不安はただ気分や感情のことでなく、知的な、思想的なものであつた筈だ」（三木「行動的人間について」『改造』昭和一〇・三）

というとき、「内的世界の破産」＝「知識の悲劇」が意識されていたはずで、そのような「知的」で「思想的」な「不安」、乃至「自我の襲来」（横光）の危機の原因を、近場の問題、例えば満州事変やマルクス主義への官憲による弾圧といった「社会的」なものにしか求めないような、思考方法上のマルクス主義的誤謬が、ここでは批判されているのだ。

そして、〈不安の超克〉のためには、「社会性と人間性の統一」＝「客観的必然性を主体化」することが要求されるのだが、「人間性の問題」が手つかずのままになっていること、すなわち「主体的中心」＝「存在論的中心」が「確立」されず、いわば〈空虚〉のままであることによって、「現代的不安」は解消されずに放置されているということになる。

それゆえ、〈空虚〉に代入されるべき「主体的中心」としての「新しい人間性の発見」こそが三木の目論見であったと言い換えることができるだろう。

四、「乖離」する〈青年〉の〈身体／精神〉

だが、そうした「新しい人間性の発見」の主張は、二・二六事件を契機として別の様相を呈することになる。昭和一一年二月二六日に起こったこのクーデター事件を三木が知ったのは、同日午後四時半であった。その日の三木の日記を見ると、次のようにある。(14)

帝都の騒擾を避けるため一時田舎へ行くことにし、夜十時半の鳥羽行の汽車に乗る。新橋まで義兄が見送りに来てくれた。

事件を知って、その六時間後には新橋駅のプラットホームにいたということになるが、彼を避難という行動に駆り立てたものとは何だったのだろうか。

ところで、事件に際し戸坂潤は次のように述べている。

不安は社会的なものではなくて個人や自我のものだといふやうな考え方を覚えた方が偉いと考へ出してゐた連中も、少し気の付く人間は、この時ハツト気が附いたのだ。（中略）かうしてインテリ文学的「不安」はケシ飛んだ。こんな不安は実は不安ではなくて却つて一つの安心であり、一つのポーズに過ぎなかつたことに気がついた。と同時にその時夫に代つてインテリを襲つたものは現実界の現実的な不安である。肉体保護上の不安、政治的不自由等々なのだ。（中略）で例の事件は、もう少しでインテリ向きの観念でゴマ化し去られさうになつてゐた不安の権利を、大衆的に再び確立した。（戸坂「不安の二種類」『中央公論』昭和一一・八）

この発言は当然のことながら三木をも想定したものだったろう。むろん三木の主張していた「不安」に関する考えが全て「ケシ飛んだ」とは考えられない。だが、三木が「肉体保護上の不安」を感じたのは事実であったはずだ。そして、事件直後関西へと落ち延びた戸坂自身の体験が、この文章の内的実感を支えていたことだろう。阿毛久芳は三木的ヒューマニズムについて、「現実においてどれほど有効であったろうか。むしろヒューマニズムの提唱は、ファッシズムの台頭の絶望的な状況にあって、個として退却できる生命線としての意味合いが濃かったのではないか[15]」としている。すなわち、全体主義から「個」の防衛のための「退却」可能な空間創出の企てとして三木的ヒューマニズムを解釈しながら、その同時代的「有効」性を疑問視しているわけだが、そうした「退却」のための空間創出の実践は、三木における「肉体」的「退却」に連接したものだったといえるかもしれない。事実、三木の前節で見たような「主体的中心」探求に伴う不安に関する論考は、事件がもたらした「肉体保護上の不安」＝「社会的不安」の発生を契機として変質していくからだ。

しかしその変質は、それまでの不安論が「社会」という外部を無視し、「個」という内部にだけ拘泥していたが、事件という等閑視できない外部的問題が発生したことによって、自ずと「社会」に目が向くようになっていったとする、戸坂の見取り図に描かれた経路を辿るものではない。

そうではなくむしろ三木的不安論の変質は、「社会的不安」を直接的要因として、不安に襲われた人々が、不安解消のために「主体的中心」を探求した結果、それが「発見」されてしまうことへの恐怖に起因している。

そして、本章における狭義の三木的〈ヒューマニズム論〉とは、その意味での「発見」に対する警戒という性格の濃厚な、極めて逆説的なものに他ならない。

当然のことながら、ここでいう「発見」の対象とは何だったのかということを見ていく必要があろうが、その前に事件についての三木の考えを一度概観しておきたい。

> かくて今度の事件の影響として第一に考へられることは、我が国におけるファッシズムの「合理化」の促進乃至強化といふことである。これまで我が国のファッシズム的思想及び運動は、封建的な非合理的な要素をあまりにも多く内包してゐる。（中略）ここに謂ふ合理化とは、封建的非合理的なものを取り去ることによつてファッシズムを資本主義の現在の段階に一層よく適合したイデオロギーたらしめることである。（三木「時局と思想の動向」『改造』昭和一一・四）

三木は、「日本主義」＝「日本ファッシズム」は「非合理主義を本質」とするという前提に立ちながらも、「封建的な非合理的な要素」が「資本主義に適合され整頓されていく」という意味での「ファッシズムの「合理化」」が、事件を契機に高進すると予測している。これはナチス・ドイツが「資本主義」を理念としては排斥しながら、現実においてはその擁護者になっているという事態を敷衍したものだった。

ただし、三木のいう「合理化」は、このような経済機構の組織化にまつわる問題に留まるものではなかった。それに連関する形でおこると予測されているのは、「封建的な非合理的な要素」を胚胎した「旧い型の日本主義者」の淘汰であり、これに替わる「西洋哲学」「ファッシズム理論を身に着けたイデオローグ」の台頭である。この様な〈旧ファシズム〉から〈新ファシズム〉への「イデオローグの交替」という事態の予測について、古田光は「軍部内部における皇道派から統制派へのヘゲモニーの移行を、三木は日本におけるファシズムの合理化ないし強化と見たのである」[16]と正しく指摘している。

しかしその一方で三木が恐れていたのは、その「非合理」性ゆえに「日本の知識階級の多くの者が従来の日本主義に共感し得なかつた」にもかかわらず、「自由主義者」としての「日本の知識階級の多くの者」が「合理化」された〈新ファシズム〉へと大量に〈転向〉していくことである。それゆえ三木は「ファシズムは本質的に非合理主義である」ことを繰り返さねばならなかったのであり、「真の合理性の追求」を「我々に課せられた最も重大な問題」とした。

そして、この来たるべき〈新ファシズム〉との対決を、三木的〈ヒューマニズム論〉と再び換言することも可能であろう。

三木のいう「非合理」性という要素は、「ファッシズムと共に次第に我々の間に甦つてきた東洋的封建的人間に対する批判のうちにヒューマニズムは現代的意義を見出すであらう」(三木「ヒューマニズムの現代的意義」『中外商業新報』昭和一一・一〇・二、三、四)ともされていくように、「東洋的」「封建的」なものとして規定される。これは、「西洋諸国に比して日本には多くの封建的要素が現在も存在するといふことがそれ自身一つの日本的性格を形成しゐると考へ得る。かかる意味に於ける日本的性格を問題にすることは、ファッシズムと日本的性格、乃至はファッシズムの日本的性格について考へる場合、特に必要なことでなければならぬ」（三木「日本的性格とファッシズム」『中央公論』昭和一一・八）とされるように、日本の「ファッシズム」の思想的基盤としてその性格を根源的に規定する「要素」として提出される。特にそれは「東洋的自然主義」という名辞でしばしば指示されるが、「その自然主義は東洋的世界観の根本的特色とされてゐる形而上学的な「自然」従つてむしろ我が国の精神とされてゐる「あはれ」「さび」「わび」「しをり」「幽玄」「風雅」等の根柢となる「自然」に関係してゐる」（三木「ヒューマニズムへの展開」『文芸』昭和一一・八）とされるものものであって、明治以来の文芸思潮としての自然主義とは直接的な関係はない。

この「東洋的自然主義」については、「日本的思想の特性は寧ろ主観的即客観的、動即静といふ如き「即」といふ字をもつて現はされる考へ方であり、そこに私はこの自然主義の一つの本質を見てゐる」（三木「東洋的人間の批判」『文学界』連評《ヒューマニズムの現代的意義》昭和一一・九）とされるように、その「本質」は「即」の弁証法にある。そして、この「即」の弁証法は、「この無はあらゆる客観的に矛盾したものを心の上で統一する不思議な力を持つてゐる。そのために客観的矛盾に対して客観的に働きかけることをしないで、結局それをそのまま承認することになつてゐる。客観的矛盾が客観的に追及されない故に、無の弁証法は過程的弁証法とはならず、その意味において歴史的とはなり難い。動即静、静即動と云ふも、その動は過程的、歴史的意味は乏しく、従つてそれは、その深さはどこまでも認めねばならぬにしても、つまり自然主義になるであらう」（三木「仏教の日本化と世界化」『教学新聞』昭和一一・一・一）とする仏教への批判的言説の中で、ヘーゲル的な「過程的弁証法」とは峻別されるべき「無の弁証法」として記述されていた。この「客観的矛盾に対して客観的に働きかけることをしない」という弊害を人間に強いる「無」については、「西洋的教養が身に着き始めた現代の青年にとつては最早伝統的な無に安住することも不可能になつてゐる」（三木「日本的性格とファッシズム」『中央公論』昭和一一・八）というように、「安住」の場所を強奪された「青年」論として具体的に展開されることになるだろう。

ここで三木が「青年」論を蒸し返しているのは、マルクス主義への弾圧により「青年」達が「知識の悲劇」を体験しているからに他ならないが、問題なのは、というよりも三木が警戒しなければならなかったのは、「主体的中心」を喪失したはずの「青年」達が、それを「発見」しようと、「無」といった方法に目を向け始めたことである。

こうした事態を三木は次のように説明している。

今日一般の青年の間に次第に深く浸潤してきたのは特殊なリアリズムである。それは凡ての問題を客観的社会的に説明して自己自身の責任において引受けようとはしない悪しき客観主義である。（中略）かやうな客観主義は唯物弁証法が常識化され、従つてまた俗流化されて一般に普及されることによつて甚だしくなつたやうである。悪しき客観主義、悪しきリアリズムに対して今日ヒューマニズムが力説しなければならないのは主体性の昂揚である。主観主義といふ現在最も嫌悪される言葉を我々は引受けることに躊躇しないであらう。（中略）然るにかやうなリアリズムの傾向が我が国の伝統的なリアリズムと特殊な仕方で抱合してゐることに注意しなければならない。一括して東洋的自然主義と呼び得るものはそれ自身の意味におけるリアリズムである。このものと西洋的な客観主義との内密の結合が現在のリアリズムの特殊性を形作つてゐる。（三木「ヒューマニズムの現代的意義」『中外商業新報』昭和一一・一〇・二、三、四）

すなわち、第一に、マルクス主義の弾圧後も「青年」達の間には、マルクス主義的思考方法上の性格としての「客観主義」＝「悪しきリアリズム」が残澱していた。第二に、それに対しては「主体性の昂揚」＝「主観主義」

が叫ばれる。しかし結果として、「青年」達が依拠していたのは、「東洋的自然主義」という「伝統的なリアリズム」であった。

この東西「リアリズム」の「内密の結合」に対しては、当然のことながら警戒が必要であった。なぜならば、それは「東洋的」「封建的」ということを思想的基盤としつつ「合理化」された〈新ファシズム〉という、混成的なイデオロギーの誕生の可能性を示唆していたからだ。

しかし、この時点で発生した東西「リアリズム」の「内密の結合」は、いまだ堅牢な構造体として、「青年」に「安住」の地を提供したわけではないと三木には判断されたようだ。というのも、先に引用した三木「日本的性格とファッシズム」（『中央公論』昭和一一・八）における「青年」と「無」との関係に関する記述の直後には、「固より今日彼等の体験する所謂新しい無に伝統的な無に類するのが全く存しないとは云ひ難いであらう。否、伝統の所在が怪しくなつてゐるところに現代的日本人の悩みがある。今日の日本主義が彼等の帰著し得る伝統を指示してゐるとは云ひ難ひ」と、完全に喪失したわけではないが拠るべき「伝統」を見失った「青年」、しかも「西洋的教養が身に着き始めた現代の青年」の「悩み」が指摘され、しかも、「日本主義」＝〈旧ファッシズム〉が「青年」に「伝統の所在」を開陳しえていないとしているからだ。

また、三木の「青年日本」（『読売新聞』昭和一一・一〇・七）というレトリックが示すように、三木において「現代」の「青年」の様態とは、他ならぬ「日本」「日本人」そのものの姿を代行するものとして認識されている。「日本」は、明治以来の〈近代化〉の過程にあって、常に「西洋的教養」にも「伝統」にも「帰著」し得ずに、自己同一性をめぐって葛藤する〈青年〉的身体として表象されていくのだ。

三木は「知識階級と伝統の問題」（『中央公論』昭和一一・四）において、「民族といふのは謂はば身体の如きものである。我々の身体は社会的身体としての民族の分身と見られることが出来る」として、「民族」を身体的なものとして認識するわけだが、そこでは実体的な身体に対応する「社会的身体」としての隠喩関係が見出される。その一方で、「いまもし民族と文化とを区別して考へるならば、民族の身体に対する文化はその精神の意味を、従つてまたパトスに対するロゴスの意味を有すると見られることができる」というように、「文化」もまた、同様の思考回路によって実体的身体に宿る「精神」との隠喩関係によって接続され、〈民族／文化〉＝〈身体／精神〉＝〈パトス／ロゴス〉という二項対立的なものとして分類・整理される。その上で、「かやうにして明治時代の日本人は西洋文化を移植して自国の文化を発展させることができた。かくして作られた文化と民族との間に何等かの乖離が存在するやうに感ぜられるとすれば、それは西洋文化がなほ身体化され、パトス化されてゐないことを意味してゐる」と、〈文化〉の「移植」という明治以降になされた動向に起因する第一の「乖離」、これは先述した「西洋的教養」と「伝統」とをめぐる〈文化・精神〉的葛藤だが、それらを綜合するかどちらかに一元化するかしなければ、当然第二の「乖離」という問題が生じることになるというのだ。

五、「心境」という「心の技術」の超克――「伝統」の二つの側面

それは〈身体／精神〉の「乖離」性という病理現象として問題化されているといえるが、このような病身としての〈青年〉、すなわち「日本」乃至「民族」が抱える問題を、三木は「日本」の「文学」の〈近代化〉の軌跡を通して見出していくことになるだろう。

三木は「ヒューマニズムへの展開」（『文芸』昭和一一・八）において、現在進行形の日本の〈近代化〉の過程を「ナチュラリズムからヒューマニズムへの展開」過程として捉え、「日本文学の展開」過程もこれを踏襲するべきだとしているが、そこにはそうした「展開」を阻む「文学と生活との距離」の問題が発生しているという。三木によれ

ば、そもそも「伝統的な自然主義」的立場において、人々は「文学と生活との距離」を感じずに生きていたが、〈西洋的〉な新しい「文学意識」が流入してきたことによって、「文学と生活との距離」が意識されるようになってしまったのだという。

むろんここで問題となっている「距離」とは、先の〈民族／文化〉、あるいは〈身体／精神〉の「乖離」ということと密接な連関があることはいうまでもないが、当初はこの「距離」の問題を解消するために「新しい仕方における解決」、すなわち様々な文学的理念・手法の導入による解決が試みられたものの、「その問題の解決が決して容易でないところから、新しい仕方で解決することを放棄され、（中略）伝統的な文学理念に、そこでは文学と生活との距離が謂わば最初から問題になり得ないやうな自然主義の理念に、文学の純粋性の名において、復帰することが試みられる」ようになったというのだ。

同論で三木は、この「自然主義の理念」への「復帰」が試みられた結果に現れた〈文学〉として「私小説」を挙げ、また「文学の方面でも心境小説からの転換の努力が日本の新しい世代によつて絶えず続けられてゐる」（三木「日本的性格とファッシズム」『中央公論』昭和一一・八）としたように、「心境小説」もまたそのようなものとして取り上げられる。

この「心境小説」について三木は、「日本的知性に関係して最も重要な意味を持つてゐるのは心境といはれるものである。心境についてはこれまで文学の問題としていろいろ論じられてきたが、それは固より単に文学にのみ関するることでなく、日本的知性の問題であり、そして同時に日本的モラルの問題である」（三木「日本的知性について」『文学界』昭和一二・四）といい、「日本的知性」の根幹的特徴に「心境」を配置する。三木はこの「心境」ということを説明するために「技術」という概念を導入するが、この「技術」に関する論考は、管見の限りでは「技術の精神と文学のリアリズム(上)(中)(下)」（『読売新聞』昭和九・七・二〇、二一、二三）に始まり、『技術哲学』（岩波書店、昭和一七・九）の刊行に至って一応の完結を見ている。

三木「日本的知性について」ではこの「技術」を説明するにあたり、次のような具体例が取り上げられる。

指物師の技術は木材といふ客観的なものを人間化し、人間に適合したものとなして机を作り、逆に人間の欲望や観念といふ主観的なものはこの机において客観化され、客観に適合したものとされる。

このように「技術」とは、「主観」と「客観」とを「媒介的」に「統一」するものであり、その「統一」を「物」の側ですることとは「物の技術」、「心」の側ですることは「心の技術」と名付けられ、前者は「西洋的」、後者は「日本的」というようにひとまず分類される。ゆえに「日本的知性」とは「心の技術」を研鑽することであって、それは「西洋」の「科学的」「技術」の発達に対し、「人間修行」とされるものであるが、三木はこれを「心境」と位置付ける。

重要なのは、「心境」は「主観と客観との統一が主観の側において実現されてゐるといふ意味において主観的」なのだが、「却つて客観的なものによつて媒介されることが必要」という意味においては「客観的」＝「リアリズム」だということであり、そこに「東洋的自然主義」が「伝統的リアリズム」とされる所以がある。

ではなぜこの「心境」を三木は執拗に批判し続けねばならなかったのだろうか。「心の技術」は、外部から入ってくる〈文化〉を「何でもそのまま呑む」という「日本的知性」の性格であり、それは「無形式の形式」（三木「日本的性格とファッシズム」『中央公論』昭和一一・八）として日本の「進歩的」というポジティヴな一面でもあったのではないか。だがこの「心の技術」は同時に、「客観に従つてどこまでも心を砕いてゆく」（三木「日本的知性について」『文学界』昭和一二・四）ことであるという。

明治以来の〈近代化〉の過程で「西洋文化」という〈ロゴス〉を「心の技術」によって摂取してきた〈青年〉の「心」は傷ついていた。だが、それでも「主体的中心」は充足しているかのようだった。しかし、そうした「主体的中心」が「社会的不安」という外圧によって強制的に失効させられてしまったとき、〈青年〉は〈空虚〉を知覚しそれをしかるべきもので充填しようとするだろう。そのとき〈青年〉が秘かに接近したのは、「心」を破壊される心配のない――〈身体化＝パトス化〉に困難や不安を抱える必要のない、そのように思われた、「伝統」という〈ロゴス〉であった。この「伝統」とは、「主体的中心」に代入される〈ロゴス〉という意味に留まらず、「心境」というその〈身体化＝パトス化〉の麻薬的方法論それ自体でもあったのだ。

だがもはや〈青年〉的身体は、「伝統」を受け入れるには、あまりに〈西洋化〉し過ぎていた。

六、〈日本的なるもの〉に関する論議へ

三木は、「現代」の〈日本〉が抱える〈不安〉を、〈西洋／日本〉〈近代／伝統〉という弁証法的構図における自己同一性をめぐる葛藤であると認識する枠組を提出しながら、明治以来の〈近代化〉の過程を説明した。その際三木は「心の技術」「物の技術」いずれの〈身体化＝パトス化〉の方法も「客観的」として斥けるだろう。だが、「真の合理性の追求」のための「主体性の昂揚」を主張する彼の〈ヒューマニズム論〉が、〈ロゴス〉としての「伝統」、〈身体化＝パトス化〉における「伝統」的方法、いずれへの回帰も否定したとすれば、〈身体／精神〉いずれの意味でも〈日本〉の〈西洋化〉を企てる言説として流通してしまう危険性を孕んでいた。

現在のファシズム的な政治的圧力にひしがれた人々は現実から退いて自分自身に還つて来る。（中略）現実とは

我々がそこへ出て来て闘つてゐる場所である。そこから人々が還つて行く故郷とは民族的なもの、伝統的なもの、日本的なものである。（中略）この「還る」といふ気持は日本的伝統的なものである、それは東洋の「自然」の形而上学に基いた一つの根本的な生活感情である。かくの如く伝統的なものへ還つて行くといふことに対して理論的支持物となつてゐるのは、近頃の「教養」の思想である。（中略）かくして伝統的なものへの帰還は、単に実践の回避であるのみでなく、知識人にとつてはまた知的闘争からの撤退である。（中略）闘ひを見棄てたものが還つて来る場所は故郷であり、それは民族と伝統である。（三木「知識階級と伝統の問題」『中央公論』昭和一二・四）

三木は「ファシズム的な政治的圧力にひしがれた人々」が絶望的な「現実」から退避し「帰還」していく場所としての「故郷」を「伝統」とし、この「伝統」をしばしば「日本的なるもの」と換言した。そして、そうした「帰還」が「知識人」によって行われる場合、「知的闘争からの撤退」として厳しく非難されるだろう。それは「ファシズム」に対抗すべき立場にある〈インテリゲンチヤ〉による、「合理的」な「ファシズム」の合成というように三木には映ったに違いない。

だが翌昭和一二年ごろにもなると、本章冒頭でも述べたように、これまで見てきたような「日本的なるもの」への「帰還」を否定する三木的〈ヒューマニズム論〉の枠組だけを継受し、あくまでも「合理的」な形で「伝統」回帰を主張する〈日本的なるもの〉に関する主張が、浅野晃や林房雄といった人物によって展開されていくことになる。そうした三木が恐れた〈新ファシズム〉的動向は、彼らも含め、佐藤春夫・中河與一・芳賀檀・萩原朔太郎・三好達治・保田與重郎ら多くの『日本浪曼派』同人を中心として結成される新日本文化の会（昭和一二・七・一八）の動向や、「尚この透谷賞が、新日本文化の会と全然無縁の別物であることも一言しておかう」（萩原朔太郎「透谷文学賞の設立について」『読売新聞』昭和一二・九・二四）とされるものの、そのメンバーの顔触れにおいてかなりの重複が見られる透谷会（昭和一二・九―）の結成の動向と、軌を一にするだろう。また「故郷を失つた文学」（『文芸春秋』昭和八・五）において、「故郷」＝「伝統」の喪失について語った小林秀雄が、「伝統は何処にあるか。僕の血のなかにある。若し無ければ僕は生きていない筈だ。こんな簡単明瞭な事実はない。（中略）これは原理だ」（「文芸時評(1)伝統性と近代性 佐藤春夫氏の鷗外論」『東京朝日新聞』昭和一一・一二・二五）として、「伝統」の所在を「血のなか」に発見していくのもこの時期である。

昭和一二年前後のそうした動向に隣接する言説編成の場に、本章で析出した〈ヒューマニズム論〉の言説構造を再配置し捉え直す時、文学・思想の歴史的転換点としての様相を初めて照射することができるだろう。

注

1 高橋春雄「「文芸復興」の意味」『近代文学6 昭和文学の実質』有斐閣、昭和五二・一〇、三二頁

2 猪野謙二「昭和文学のルネッサンス」『日本文学の歴史12 現代の旗手たち』角川書店、昭和四三・四、二五八頁

3 ヒューマニズム論の目立った動きとしては、昭和一一年九月の『文学界』が掲載した、森山啓・阿部知二・岡邦雄・三木清らによる連評《ヒューマニズムの現代的意義》や、同年一〇月の『思想』における特集《ヒューマニズム》などがある。

4 水上勲「阿部知二論覚え書㈣――ヒューマニズム論の周辺――」『帝塚山大学紀要』昭和五八・一二、八三頁

5 新居格「最近論壇の傾向［3］青年論の台頭拡化」（『報知新聞』昭和一一・七・二四）、戸坂潤「I概観 2思想界の動向」『文芸年鑑 一九三七年版』（文芸協会編、第一書房、昭和一二）が挙げていた、昭和一一年の〈文壇的〉トピックスを列挙した。

6 ハーバート・R・ロットマン『セーヌ左岸 フランスの作家・芸術家及び政治 人民戦線から冷戦まで』天野恒雄訳、三陽社、昭和六〇・一、六七頁
7 藤原定「三木清と「不安の文学」」『文学』昭和四二・一、七八頁
8 宮川透「不安の超克からネオ・ヒューマニズムへ」『近代日本の思想家第10 三木清』東京大学出版会、昭和三三・一〇、八六頁
9 同書は『不安と再建 新らしい文学概論』（増田篤雄訳、小山書店、昭和一〇・一）として邦訳もされた。
10 松本和也「第三章 青年論をめぐる〈太宰治〉の浮沈」『昭和十年前後の太宰治〈青年〉・メディア・テクスト』ひつじ書房、平成二一・三、一〇三頁
11 宮川透「人間学のマルクス的形態」『近代日本の思想家第10 三木清』東京大学出版会、昭和三二・一〇、七六頁
12 本田謙三「哲学の新動向――三木氏の「歴史哲学」について」『思想』昭和七・八
13 三木清「拙著批評に答う」『思想』昭和七・九
14 『三木清全集』（第一九巻、岩波書店、昭和四三・五）所収の「日記」（一五四頁）。
15 阿毛久芳「三木清と戸坂潤――昭和十年前後、一断面――」『日本文学』昭和五六・一二、四四頁
16 古田光「同時代人が見た二・二六事件　三木清 1897–1945」『環』特集《二・二六事件とは何だったのか》平成一八・一、三三七頁

第八章 〈偉大な敗北〉の系譜——透谷・藤村・保田與重郎

一、藤村のアジア主義

雑誌『中央公論』に連載されていた島崎藤村の小説「東方の門」は、昭和一八（一九四三）年八月二八日の藤村の逝去を受け、未完のままに終わった。連載回数はわずか四回であったが、その創作ノートである「雑記帳」(い)(ろ)の記述を参照すると、小説「夜明け前」（『中央公論』昭和四–一〇）を継ぐ時点（明治二〇年代）から〈大東亜戦争〉に至るまでの時代を背景とした壮大な長編歴史小説が構想されていたことがわかる。

この「東方の門」に対する戦後の評者は、それが未完であるにもかかわらず——つまり、物語の〈終り〉がそれまでの展開を相対化し物語全体を意味付ける契機が永遠に失われているにもかかわらず、巨大な〈空白〉を各自埋めながら、「大日本帝国主義」（服部之総「青山半蔵——明治絶対主義の下部構造——」『文学評論』昭和二九・一）[1]や「民族主義」（猪野謙二『島崎藤村』要書房、昭和二九・一二、八八頁）などのイデオロギーを読み込み、「祝詞小説」（吉本隆明『文芸読本　島崎藤村』瀬沼茂樹編、河出書房新社、昭和三七・一〇、五八頁）などと評した。昭和一七年一一月三日（明治天皇の天長節）に帝国劇場で開催された第一回大東亜文学者大会（日本文学報国会主催）において、藤村の発声により聖寿万歳三唱がなされているが、そうした戦時体制に抗する姿勢を示さなかったという事実は、戦後の評者が「東方の門」の〈空白〉をそのような形で埋めていく格好の材料とされてもきた。

だがそれにもかかわらず、マイケル・ボーダッシュが指摘しているように、昭和一〇年代に形成された「近代日本文学の巨人としてのイメージ」は、藤村とファシズムとの関係性が忘却されながら継受され、藤村研究は戦後、次第に日本近代文学研究の中心へと迫り上がっていく。[2]「東方の門」についても単に断罪するような論調は後退し、むしろ日本ペンクラブ会長でもあった藤村の「東西文化交流」を主題とする小説として肯定的に評価する動向も見られるようになっている。[3]とはいえ、目野由希が「藤村の場合でいえば、彼の日本ペンクラブ会長としての行動と、軍部に協力的であった姿勢は、当時の日本においてはことさらな矛盾ではなかったし、むしろ国際協調主義の自然な帰結との解釈も可能[4]」としたように、肯定／否定という対蹠的評価が生成されてきた要因は、「夜明け前」の完成以後「東方の門」執筆に至る期間の、すなわちアジア・太平洋戦争という時局下における藤村の思考の両義的性格によるのかもしれない。とはいえ、藤村はこの時期にまとまった発言を行っていないこともあり、その思考を画定することは容易ではない。例えば、この時期の藤村のあり様をアジア主義という言葉で表象しようとする議論をしばしば見ることがあるが、アジア主義という思考の多義性により依然としてその〝不確かさ〟は解消されない。

アジア主義について考える際に必読の文献・竹内好「アジア主義の展望」（『現代日本思想大系9　アジア主義』筑摩書房、昭和三八・八）について、中島岳志は竹内が同論でアジア主義を三つの類型に分類しているとして、それぞれ「政略としてのアジア主義」「抵抗としてのアジア主義」「思想としてのアジア主義」と命名している。[5]各「アジア主義」の類型を順に要約すると、資源の確保などのためにアジアを膨張的に侵略するそれ自体帝国主義といえるもの、欧米列強の帝国主義により抑圧されているアジア諸国を救抜しようとする義勇的精神、そうした義勇的精神を支える理論（岡倉天心のそれに代表される）、となる。そして竹内は、後者二つの「アジア主義」が出会えなかったことでアジア・太平洋戦争は植民地主義的側面を持つに至ったと分析するのだが、[6]そこには戦後のアメリカ型民主主義・資本主義に併合されていく現状を打破するための後者二つの「アジア主義」の有機的結合の可能性が模索されていたといえるだろう。

竹内が重視したアジア主義者の一人である岡倉天心は、「蹂躙されたる東洋にとつては、ヨーロッパの光栄はアジアの屈辱に過ぎぬ」(「日本の覚醒」『岡倉天心全集』天之巻、聖文閣、昭和一〇・一二、二二七頁)という現状認識に基づき、あの「アジアは一つである」(「東洋の理想(アジアは一なり)」『岡倉天心全集』天之巻、聖文閣、昭和一〇・一二、一頁)とのテーゼに到達するが、松本健一はそうした「(稿者注―天心の)現状認識は、その三十数年後の昭和戦前の「近代の超克」論議にまで着実に引きつがれてい[7]」くとする。事実、〈近代の超克〉論議が日米開戦後の昭和一七年七月に開催された座談会「近代の超克」を契機に前景化するのと、天心の先のテーゼが〈大東亜共栄圏〉思想へと転用されていくのとは、同時並行的な事態だった。しかし、柄谷行人が指摘しているように、「近代の超克」をめぐる思考は「一九三〇年代にさまざまな思想家において出そろってい[8]」たのであり、昭和一一年一二月の『新評論』創刊号における浅野晃の評論「文化の擁護[9]」に小林秀雄や保田與重郎らが呼応し文壇の話柄へと肥大化していく〈日本的なるもの〉論議も、近代主義批判を基調とする〈近代の超克〉論議の前哨戦と位置付けることができる[10]。

ところで、浅野の評論発表に先立つ昭和一一年九月一七日、藤村は日本ペンクラブ会長として赴いたアルゼンチンの地で「最も日本的なるもの」と題する講演を行い、理念的基盤の大部分を天心に依拠しながら、日本の〈近代化〉について論及している。すなわち、昭和一二年の日中戦争開戦前後から晩年にかけての藤村の議論は、松本健一が指摘した天心と〈近代の超克〉論議とを結ぶ思考の系列を扱いながら、日本やアジアの自律性を問題にする側面を持っていたと考えられる。実際、渡辺一民が「『夜明け前』の磁場[11]」と呼称し、中山弘明がその実態を明らかにしている昭和一〇年前後の「夜明け前」受容の問題、すなわち多くの知識人が「近代日本における文化的アイデンティティの危機[12]」を脱する〈処方箋〉として「夜明け前」を理解しようとし、藤村に接近するという現象が存在していた。

だが、〈近代の超克〉論の一翼を担った日本浪曼派の保田與重郎[13]もこの時期藤村に接近し、藤村イメージの卓越化に大きく貢献していたことについては、あまり知られていない。さらに、日本浪曼派同人が中心となって昭和一二年九月に設立された透谷会に、藤村が会員として参加していくとすれば、双方向的な思考の交流という事態をそこに見ることもできそうである。

本章は、〝不確かさ〟の残る藤村晩年の思考の解明ということを遠望しつつ、これまでほとんど議論の俎上に載ることのなかった藤村と透谷会、あるいは藤村と日本浪曼派、殊に保田與重郎との思想的連関について考察する。その際、文学史の空白地帯となっている日本浪曼派の〈透谷〉を観察するという方法を採ることになるが、その目的はやはり、〈透谷〉を「鏡」として日本浪曼派の人々がそこにいかなる自己を鏡映させようとしたかを検証することにある。すなわち、序章で述べた意味での〈想像的蘇生／想像的同一化〉のあり様を丹念に見ていきたい。次節ではまず、透谷会の双生児的組織といえる新日本文化の会の設立事情を見ていきたい。

二、文芸懇話会・新日本文化の会

後に文芸懇話会として発足することとなる団体についての第一報は、『東京朝日新聞』の「警保局の後押しで／帝国文芸院の計画／まづ右翼大衆作家達を集結／非常時の文筆報国」（昭和九・一・二五）だった。ここでいう〈非常時〉とは、昭和六年九月の柳条湖事件以降に現出された鬱屈した現状変革の雰囲気それ自体と言っていいが、この記事の四日後、内務省警保局長松本学は、直木三十五や国維会の酒井忠正らと懇談している。国維会は、陽明学者安岡正篤のもとに集まった新官僚によって組織された革新右派系の団体であり、松本もメンバーの一人だった。懇談会では「「文芸院」を創設すること」、「日本精神の作興に貢献する作品」を選奨することなどが話し合われたという（「三つの集ひ「文芸院」問題　懇談の夕」『東京朝日新聞』昭和九・一・三〇、七面）。この当時、松本は警保局長として共産主義運動に対する苛烈で執拗な弾圧を行っていたが（熱海事件、小林多喜二・野呂榮太郎の拷問致死事件）、今度は「右翼作家」「日本主義者」と呼称される人物達と結託し「日本精神」発揚の運動を開始したと報じられたのだ。三木清なども「『帝国文芸院の計画批判」（『読売新聞』昭和九・一・二七）において、弾圧の当事者が新手の統制を始めたと直ちに警戒している。しかし、松本が結成を主導した日本文化聯盟傘下の団体として文芸懇話会は設立され、昭和九年三月二九日には第一回会合が日本橋偕楽園で開催されている。会員を列挙すると、大仏次郎・加藤武雄・川端康成・菊池寛・久米正雄・島崎藤村・白井喬二・近松秋江・徳田秋声・豊島与志雄・中村武羅夫・長谷川伸・広津和郎・正宗白鳥・三上於菟吉・山本有三・横光利一・吉川英治（計一八名。その後宇野浩二・上司小剣・岸田國士・佐藤春夫・室生犀星が入会している）。この一八名の内、メディアによって「右翼作家」と名指しされたメンバーは、菊池寛・白井喬二・三上於菟吉・吉川英治の四名だけだった。そのためか、松本・直木・国維会ラインで構想されていたであろう「私設文芸院」案は簡単に否決されてしまう。メンバー構成は松本の意のままであり、「私設文芸院」案に肯定的なメンバー構成にすることも可能だったはずである。

この辺りの事情については、海野福寿の「文芸懇話会結成の過程は、学芸自由同盟が三木清・中島健三・小松清・田辺耕一郎らだけとなり、解散のための総会も開けず、立ち消えになったという衰退過程と並行する」[14]との指摘が極めて示唆的である。学芸自由同盟は、ナチス・ドイツの焚書への三木や長谷川如是閑らの抗議活動を契機として昭和八年七月一〇日に結成された団体で、翌年には同盟員が四二一名に達していた。そして、このような文芸統制の障壁となる「人民戦線の可能性を連想させる」[15]反ファシズム団体解体のために、同盟参加者である「自由主義者」を引き抜き、目の届く範囲に配置しておくことが、文芸懇話会を設立した松本の真の目的だったというのだ。実際、文芸懇話会会員の内、加藤武雄・川端康成・菊池寛・徳田秋声・豊島与志雄・中村武羅夫・広津和郎・横光利一の八名は同盟員で、全体の半数近くに上っている。

だとすれば、松本のシナリオは以下のようなものだったのではないか。学芸自由同盟を解散に追い込むために、同盟員を含む自由主義的な所謂〈純文学作家〉を集めて、既に集中的にメディアに喧伝させていた統制とプロパガンダのための「私設文芸院」案を会合で批判させ、それにあっさりと屈服する。そうすることで、文芸を統制することも、文芸を利用して「日本精神」を発揚することも不可能であると自覚させられたという態度を示す。そうすれば作家達はみな、心を許して参加してくるだろう。

こうしたシナリオが事実としてあったかは不明である。だが、その後の実際の展開は、それにかなり近似したものとなる。第一回会合の席上、徳田秋声が「われわれとしては、このままほって置いて貰いたい」と「喉のかすれたような渋い声」で述べると、その他の〈純文学作家〉は皆それに同調したが、それに関して松本側が直ちに引き下がり、月に一度松本の招待により会合を行う団体として出発するという提案を行なったことに対しては、だれ一人拒む者はなく、全員参加という形で出発することとなったというのだ[16]。

しかし、松本がこの一件で自らの構想を放棄したとは考えられない。昭和九年九月一九日、文芸懇話会は〈物故文芸家慰霊祭〉という明治期以降の物故文芸家を慰霊するという奇妙な儀式を開催しているが、これについて副田賢二は「「近代文学」という系譜性の内に自らを歴史化しようとしていた当時の〈作家〉達における自己顕示的な文学〈展示〉の願望[17]」の具現化を見いだす。すなわち、〈物故文芸家慰霊祭〉とは、〈作家〉が自身の身体性を文学史へと痕跡化するために自らが企画したイベントだったというのである。だが一人白装束を身に纏って〈物故文芸家慰霊祭〉の会場に現れ、イベント終了後、「初めてのことだから世間に衝動を与へた[18]」とプロジェクトの成功に歓喜した松本の願望とは、そうした作家の願望とは逆行するものだったのではないか。坪井秀人は「戦時下」における詩表現について「マテリアリスティックな《個》と言葉の表出（《言語上の唯物主義》）は抑圧され、そこでは《肉体を紛失した者》達は画一的な〈国体〉という肉体＝制服が支給され、同じ方向に向けて《整列》させられ[19]」ていったとする。これと同じように、白装束に冠をかぶった祭主松本学が祭文を読み上げることで始まった厳かな神式の祝祭において、作家達は、文字通り《肉体を紛失した者》である物故文芸家という〈死者〉の祀られた祭壇に向かって《整列》させられることによって、自らも《肉体を紛失した者》に知らぬ間に参入させられようとしていたのではないか。

文芸懇話会という月に一度会合を行うだけのはずだった団体が、最初に行なったのがこの〈物故文芸家慰霊祭〉というイベントだったという事実は、それが作家と松本どちらの側からの提案だったにしろ、そこには〈身体性〉の奪還と剥奪という「肉体」をめぐる攻防戦が繰り広げられていたといえるのではないか。このような攻防戦は幾度となく繰り返されただろうが、松本の方では自らの方に分があるという手ごたえを着実に得てゆく。

昭和一〇年二月二二日付の松本の日記には「徳田氏が文芸院に賛成した。宇野正志君・佐藤君等が材料を蒐集しておるので早速調査を命じておいた。とう〳〵こゝまで来た」（『松本学　日記』八九頁）とある。この不気味な実感は、第一回の会合で「私設文芸院」案に反対した徳田秋声が「文芸院に賛成した」こと、そして実態は明らかではないが、「調査」を「命じ」られた佐藤春夫がその命令に従い始めたこと、に由来していた。それはこれまでばらばらに行動していた作家達が、文芸懇話会という共同体の範囲内で整序化され、松本の指し示す方角へと自発的に歩み始めたと松本には理解された。むろん、この段階でこの全体主義的方向性が特定のイデオロギー的磁場を帯びる必要性はなかったのであり、また特定のイデオロギー性を持つことができないというのが文芸懇話会の限界だった。そうした限界は、はしなくも佐藤春夫という〝従順〟な作家の脱会という事態によって露呈することになる。

昭和一〇年七月一七日、第一回文芸懇話会賞を決定する会合が開かれた。これより二日前、推薦カードによる投票が行われ、横光利一『紋章』、島木健作『癩』への授賞が決定していたが、「左翼のシンパ」（昭和一〇年七月一七日付松本学日記、『松本学　日記』一〇八頁）であるということで松本が『癩』への授賞を握り潰してしまう。これに憤慨した佐藤は脱会するのだが、〝従順〟なはずの佐藤のこの行動は、松本にとって意外なものだったに違いない。そんな佐藤が「「日本的のもの」の台頭して来た」「此気運に乗ずべく、文士、詩歌、学者達のグループを作るべきだ」（昭和一二年六月七日付松本学日記、『松本学　日記』二二二頁）と松本に持ちかけてきたとき、松本の喜びはひとしおだった。この時の様子を佐藤は「松本氏に説を発表すると松本氏は案を拍たんばかりに賛成し」（「近時夕語」『定本佐藤春夫全集』第二一巻、臨川書店、平成一一・五、三六九頁。初出は、『報知新聞』昭和一二・八・三一―六）たと回想している。

松本にとっての文芸懇話会の終極の目的とは、作家自身が自発的に「日本精神」の発揚という同じ方向に整列する共同体となる事だった。ゆえに林房雄が「「文芸懇話会」は明らかに松本学氏主導者として働いた。（中略）だが、今度は逆である。作家の方が先に動いた。（佐藤春夫、中河與一氏が肝煎りであった。）」（「新日本文化の会　その成立と目的への私見(上)」『読売新聞』昭和一二・七・二七、五面）と、新日本文化の会が佐藤・中河という作家主導で成立したことを誇らしげに主張する時、文芸懇話会設立から足掛け四年、選奨時を除きイデオロギー的な口出しをすることなく、作家の自発的服従を勝ち取ったと松本には理解されただろう。

この直後の昭和一二年七月一七日、文芸懇話会は解散し、翌日には同じく日本文化聯盟傘下の団体として新日本文化の会が設立されるのである。翌年一月には機関誌『新日本』が創刊されているが、中核的な役割を担ったのは、同年八月に解散する『日本浪曼派』同人達だった（佐藤春夫、中河與一、芳賀檀、萩原朔太郎、林房雄、三好達治、保田與重郎の七名）。編集委員全七名のうち『日本浪曼派』同人は、佐藤、中河、林、萩原、保田の五名に上り（他二名は浅野晃、藤田徳太郎）、また第三号からは三好、芳賀も編集委員に加わっている。すなわち、参加した『日本浪曼派』同人全てが編集に携わったことになるが、『日本浪曼派』が解散した八月には伊東静雄・山岸外史・亀井勝一郎・神保光太郎ら旧『日本浪曼派』同人がさらに加入している。いわば、〈日本的なるもの〉という理念のもと、新日本文化の会という団体を間借りする形で、『日本浪曼派』同人達は組織の再構築を図ったと考えられるのである。

本節では、文芸懇話会を設立した松本学の視点から、新日本文化の会の設立に至る経緯と、作家達が〈日本的なるもの〉という標語のもとに整列＝統合されていく様子を見てきた。しかし、〝従順〟に見えた佐藤・中河を含め日本浪曼派周辺で議論された〈日本的なるもの〉は、松本がイメージしていたような非合理的・封建的な「日本精神」発揚のイデオロギーとは様相を異にするものだった。そのあたりのことは本章第四節で述べるが、透谷会についてもここで言及しておく必要があるだろう。

三、透谷会――設立の主導者中河與一の理念

問題の透谷会が発足するのは、新日本文化の会設立の二か月後の昭和一二年九月である。委員を列挙すると、佐藤春夫・島崎藤村・戸川秋骨・中河與一・萩原朔太郎・武者小路実篤・吉江喬松・与謝野晶子・保田與重郎（保田は昭和一三年より）。このうち、佐藤・中河・萩原・保田は『日本浪曼派』同人、かつ新日本文化の会会員である。

後述するように、透谷会の設立を主導したのは、やはり新日本文化の会の設立に携わった中河與一だったことに加え、設立時期の近接性とメンバーの重複の度合からみても、新日本文化の会と透谷会の関係の深さは明らかである。萩原朔太郎が反語的に「尚この透谷賞が、新日本文化の会と全然無縁の別物であることも一言しておかう」（「透谷文学賞の設立について」『読売新聞』昭和一二・九・二四）と述べているように、これら二つの団体は〈日本的なるもの〉という旋律と通奏低音を繰り広げる双生児と見ることができるだろう。

「昭和12年11月12日　透谷会事務所宛晶子書簡[20]」を参照すると、「透谷会事務所」が萩原朔太郎の自宅に置かれていたことがわかる。ただし、萩原朔太郎は「一二三ヶ月前から、透谷会設立の話があり、今度、某篤志者の出資に

よって、いよいよ透谷文学賞が設けられる事になつた」（「透谷文学賞の設立について」）としているように、透谷会設立の主導者ではなかった。

設立を主導したのは、「透谷賞の事はどうなりましたか。九月になつたら帰京します。その上いろいろ御話し致しませう[21]」と記す萩原朔太郎の昭和一二年八月二八日付中河與一宛書簡が示す通り、中河與一である。このことは、「芥川、池谷、千葉賞のように、故人となった文学者の記念のための文学賞ばかりか、（中略）中河與一氏の尽力によって成立してその第一回受賞者は中河氏であった、大倉出資の透谷賞というものもあるようになった」（「今日の文学と文学賞」『懸賞会』昭和一四・八）とする宮本（中條）百合子の同時代的な認識とも合致する[22]。

ところで、ここで宮本が半ば呆れ気味に述べているように、透谷会が実施した第一回透谷文学賞を、『愛恋無限』を書いた中河與一が授賞している[23]。授賞者が受賞者でもあるという事態に対しては、戦後になって勝本清一郎が「透谷の像はゆがめられ、その醜悪化されたものがかえって神聖な像として、戦争協力の神がかり的な精神主義・ローマン主義に悪用された。（中略）透谷会なるものを作った中河與一は透谷の名で富豪に寄付させ、次には透谷賞という名でその金を自分のふところに入れた。透谷の精神とはおよそ正反対の精神の男に、透谷の名が盗用されたのである[24]」として断罪していくが、そうした断罪の動きは、同時代的にはほとんどなかったといってい い[25]。もちろん、そうした発想は潜在的に存在したはずであり、ゆえに中河は、それが〝お手盛り〟などではなかったことを強調しなければならなかった。

中河「文学賞を受けて」（『日本の理想』白水社、昭和一三・五）によれば、「殆ど全会の支持によつて決定せられた」と、授賞の基準の客観性が主張され、さらに、貰った「賞金」は即日「そつくりそのまゝ」陸軍省へもって行き、「「傷病兵諸氏へ」と書いて」「黙つてそれを出」したという。こうした行動に対しては、メディア・イベント的なパフォーマンスを疑いたくなるが、ここで問題にしたのは、〝お手盛り〟の真偽などではない。注目したいのは、直後に続く以下の箇所である。

私がとりわけ強く民族のことを考へ、国土のことを思ふやうになつたのは、十一年の初め頃からで、私が一人で人麿碑を佐美島に建てたのも、その気持ちからで、その碑文には私は人麿の事蹟を刻み、その文章の末尾に「人来たりてわが民族の血統を思ふべし」と書いた私は今日の事変を予想していたのである。（中略）民族など と言へば大抵笑はれた。然し私はその熱情を今日に持続し高潮した。／今度の賞が与へられたことは、私には何か不思議な廻りあはせと、私の行動への運命的なものがあつたやうな気がする。その意味で、私はとてもうれしい。（中河「文学賞を受けて」二二五－二二六頁）

ここでは、透谷文学賞受賞とは無関係に思えるような、人麿碑建設について唐突に語り出されている。人麿碑建設は、〈民族を思ふ〉という「熱情」に突き動かされてなされたものだというが、「今度の賞が与へられたこと」は、そうした〈熱情の高潮〉を持続させてきた結果であり、「不思議な廻りあはせ」＝「運命的」であるという。この〈熱情の高潮〉と「文学」という実践との関係については、透谷文学賞受賞直後の昭和一二年一一月一日に脱稿された中河「民族的全体主義の構想」（『全体主義の構想』作品社、昭和一四・二）に詳細な言及がある。そこで中河は、「文学」を〈熱情の高潮〉を言語によって「表現」する手段と定位し、そうした「文学」には、今日の悪しき〈現実主義〉へのカウンターとしての力が宿るとする。

中河にはそうした「文学」の実践者としての自負があったということになるが、中河が先人として卓越化し、自身の理想像として〈想像的同一化〉を行うのが、他ならぬ北村透谷である。透谷の「実利を否定した浪曼の精神」こそが、「今日の主知思想に対して最も必要」（中河「明治文学史」『日本の理想』一八七頁）であり、「今日の現実主義」

者達が失ってしまった「熱情」＝「永遠への思ひ」を、透谷は持っていたというのだ（中河「永遠への思ひ」『日本の理想』三六頁）。

この時期の中河が〈永遠思想〉を奉じていたことは本書第六章で検討した。中河の〈永遠思想〉とは、「民族」の〈永遠〉のためならば、「現実」を捨てる＝「自己」を「犠牲」にすることを人々に厭わせない〈思想〉のことであったが、「真に熱情を以つて描くといふことは、その背後に永遠があるといふ事であつて、熱情自身は瞬間のものであるが、熱情の背後にあるものは常に永遠である」（中河「永遠への思ひ」『日本の理想』三六頁）と説明されるように、〈熱情／永遠〉は表裏一体の相補的概念として措定される。そして、透谷の「浪曼の精神」がそのような〈永遠思想〉と等号で結ばれるとき、透谷の自死という行為は、「民族」の〈永遠〉のために行われた自己犠牲として理解されていくのである。

さらに、この「浪曼の精神」は、「全体のために自己を捧げるといふ態度は、明らかに浪曼の精神」（中河「民族的全体主義の構想」『全体主義の構想』六六頁）とされるように、同じ〈永遠思想〉として「民族的全体主義」と同質のものとされる。「民族的全体主義」とは、「精神の高潮を政治理論の形に於て表現したところのもの」であり、「今日のゆきづまつた社会状態を救ひ、且つ民族を強力に生かしめるためには、民族的全体主義しかない」という（中河「民族的全体主義の構想」『全体主義の構想』六一頁）。すなわち、〈熱情の高潮〉を〈文学理論／政治理論〉において「表現」したものが〈浪曼主義／全体主義〉であり、それらは「今日の現実主義」を超克し「民族」を救抜するという目的をも共有することになる。「日支事変が起つた。今日応召する兵士達は、みな民族の永遠を思つて自己を捧げてゐるのである」（中河「永遠への思ひ」『日本の理想』三四頁）などと、日中戦争に「応召する兵士達」もまた〈永遠思想〉の具現者として、透谷と無媒介に接合され、同列化されていくのは、そのような地点においてである。

このように透谷文学賞設立を主導した中河の理念とは、「民族」の〈永遠〉のため〈現実主義〉に抗し、自己を犠牲にした透谷を顕彰するとともに、そのような透谷の意志を継受した「表現」者を表彰することにあったといえる。そして、このような中河の理念は、次節以降で述べるような日本浪曼派周辺の〈日本的なるもの〉論と共通する言説構造を持っていた。第二回透谷文学賞を『戴冠詩人の御一人者』（東京堂、昭和一三・九）を書いた保田與重郎が受賞することにも、そうした事態の一端がうかがえる。保田は同書「緒言」において、兵士達の〈剣による変革〉と詩人の〈詩による変革〉とをその目的において同列化するが、これまで見てきた中河の透谷観は、後述するように、この『戴冠詩人の御一人者』に所収されることとなる「明治の精神」（『文芸』昭和一二・二、三、四）などで既に提出されていた保田の〈透谷〉を継承したものとすることもできるのである。

四、日本浪曼派周辺の〈日本的なるもの〉論

日本ペンクラブの創立（昭和一〇・一一）に際し主事に就任し、藤村の国際ペンクラブ大会出席にも同行した勝本清一郎は、先述したように、戦後、透谷会を『日本浪曼派』同人が設立したものと措定しながらその行為の罪科を追及し、その一方で、旧『日本浪曼派』同人の「戦犯的文士」によって藤村の全集が編纂されていることに憤慨している。[26]

勝本は、藤村と日本浪曼派との接点を否定することで藤村が〈犯罪〉に加担した事実などなかったと主張したかったのかもしれないが、「戦犯的文士」として名指しされた亀井勝一郎の方では、「晩年の藤村は、「夜明け前」をかきつつ、日本浪曼派を探求してゐたやうである」（『島崎藤村論』新潮社、昭和三一・一、二二一頁）と、藤村の日本浪曼派への接近に言及している。もっとも藤村が念頭に置いていたのは、上田秋成や本居宣長から透谷、天心に至る「浪曼派」の系譜のことだったが、透谷会と日本ペンクラブの運営資金が、いずれも藤村のパトロンである大倉

喜七郎の出資によるという事実は、単に藤村の日本浪曼派的思考への接近を示すのみならず、本章冒頭で述べた藤村の思考の両義的性格、あるいは〝不確かさ〟を象徴するようである。では、藤村は透谷会の理念のいかなる部分に共鳴し、可能性を見出していったのであろうか。

先述したように、透谷会は〈日本的なるもの〉という理念のもとに設立されたが、河田和子によると、〈日本的なるもの〉に関する文献は昭和四年から散見され始め、満州事変後の昭和七・八年頃のファシズム的傾向の昂進とともに文献数は増加し、昭和一二年にピークを迎えるという[27]。これは昭和初年代の建築界で〈日本的なるもの〉が主要なテーマとなっていたこととも関係しているだろうが、昭和一二年に噴出する〈日本的なるもの〉論議は、論者達のイメージする〈日本的なるもの〉が各々差異を孕んでいたにもかかわらず、既存の論議とは決定的に異なる共通した言説構造を分有していたと考えられる。

本書第七章で述べたように、〈日本的なるもの〉論議の原初的地点は、浅野晃本人や小林秀雄、中島健蔵らの証言から、浅野晃「文化の擁護」(『新評論』昭和一一・一二)が重要な転換点だったといえる。浅野「文化の擁護」の重要性は、昭和一一年の文壇ジャーナリズムの話柄の中心だった三木清の〈ヒューマニズム論〉への駁論の形を取りながら、三木的〈ヒューマニズム論〉が提出した思考の枠組を、自身の議論のプラットフォームとして採用し、日本人のナショナル・アイデンティティの問題へと昇華させた点にある。浅野は『日本浪曼派』同人に加わっていないが、新日本文化の会の機関誌『新日本』の編集委員に日本浪曼派の林房雄・中谷孝雄により推薦されたように、言論活動において日本浪曼派と濃密な関係を構築していた[28]。同論は小林秀雄の文芸時評「(2)伝統制約性　浅野晃氏の「文化の擁護」」(『東京朝日新聞』昭和一一・一二・二六)といった反響を呼び、以後の〈日本的なるもの〉論議が潜在的に三木的〈ヒューマニズム論〉への肯定／否定の表意を含むものとなる先鞭となる。そうした理由から、ここでは浅野の〈日本的なるもの〉論を概観し、日本浪曼派に共有された〈日本的なるもの〉という理念を演繹的に考察してみたい。ちなみに「故郷を失つた文学」(『文芸春秋』昭和八・五)で、「故郷」=「伝統」の喪失について語った小林秀雄が、「伝統は何処にあるか。僕の血のなかにある。若し無ければ僕は生きていない筈だ。こんな簡単明瞭な事実はない」として、「伝統」の所在を「血のなか」に発見していくのは、同じ連載中の文芸時評「(1)伝統性と近代性　佐藤春夫氏の鷗外論」(『東京朝日新聞』昭和一一・一二・二五)であり、そうした問題意識の延長線上に浅野の〈日本的なるもの〉論は位置付けられていたと考えられる。

三木的〈ヒューマニズム論〉の要点は、満州事変以後のパラダイム、すなわち国際連盟からの脱退表明(昭和八・三・二七)により国連的世界秩序ないしワシントン体制に背を向けた〝現在〟の日本・日本人が抱える〈不安〉を、〈日本/西洋〉という弁証法的構図における自己同一性の〈不安〉であると認識する枠組を提出した点にあった。すなわち、明治以降の〈近代化〉とは、〈日本民族—日本文化〉、〈日本人の身体—日本人の精神〉といった〈安定的〉な心身二元論的対応関係に、〈西洋文化〉〈西洋人の精神〉が闖入してくる過程であり、〈不安〉はそれによる〈パトス/ロゴス〉の「乖離」により齎されると説明したのだ。

その上で三木は、同時代の多くの知識人の日本回帰的動向を、日本人の〈パトス〉に適合的な〈ロゴス〉=「民族的なもの、伝統的なもの、日本的なもの」への帰還願望の表徴とし、そうした現状を「知的闘争からの撤退」であると批判するとともに、〈西洋的なもの〉のパトス化(西洋文化の積極的な受容)と、〈日本的なるもの〉に含まれる〈普遍性(世界性)〉の自覚とが必要であると、近代主義的な自己定位から主張した(三木「知識階級と伝統の問題」『中央公論』昭和一一・四)。

これに対し浅野は、「スペインの内乱」として顕在化した〈西洋〉における精神的危機=〈不安〉の原因を、「民族的」なるものの「特殊性」の喪失=「一般化」として定式化し、これを日本の状況に敷衍していく(浅野「文化の擁護」『新評論』昭和一一・一二、七九頁)。そして、〈日本的なるもの/西洋的なるもの〉が不調和に並存することで、

「現代日本文化」を持てない「われわれ」は、「民族としての意識的な主体としての資格を欠いて」おり、もはや「日本人でも西洋人でもない」というのだ（浅野「国民文学論出でよ」『新評論』昭和一二・三、四一頁）。だが浅野は、こうした「民族」としての自律的性格の〈欠如〉を憂う一方で、そうした〈欠如〉を逆手に取り、それを「民族」の優越性へと一気に反転させる「ロマン主義」的一手に出る。[29] すなわち、〈西洋的なるもの〉の侵犯を甘受することは「民族」としての自律性を手放すことに他ならないが、「インドや支那」といった他のアジア地域が西洋に植民地化される一方で、日本が「独立を保全」し「帝国主義国家にまで発展」できたのは、闖入してくる〈西洋的なるもの〉を取り込むことができるという〈日本的なるもの〉の性質の賜物であり、そこに「民族」としての卓越性があるというのだ（浅野「漱石の個人主義」『新評論』昭和一二・五、二九－三二頁）。酒井直樹は、「近代」を歴史的順序及び〈西洋／非西洋〉という地政的関係において認識しようとする「歴史――地政的図式」が、「西洋という仮想された同一性」を定立するために一九世紀の〈西洋〉で確立されたとするが、[30] そのような西洋的な要請＝言説装置が排除したかった〈近代的〉非〈西洋〉として、浅野は日本・日本人をイメージしていく。〈日本的なるもの〉は「多分に西欧的」（浅野「漱石の個人主義」『新評論』昭和一二・五、二九頁）だというのだ。

昭和一一年二月二六日に起こったクーデター事件の際、三木は事件を契機に「フアッシズムの「合理化」」が進むと予測している（「時局と思想の動向」『改造』昭和一一・四、一〇七頁）。すなわち、「封建的な非合理的な要素」を胚胎した「旧い型の日本主義者」の淘汰を伴う、「西洋哲学」や〈西洋〉の「フアッシズム理論」で武装した〈新日本主義〉イデオローグの台頭である。三木が想定したのは、おそらく保田與重郎を中心とする日本浪曼派の躍進だろう。

実際、日本浪曼派の林房雄は、プロレタリア文学の衰退後に興った「ヒューマニズム論議の正常にして当然たる発展が「新日本主義」」（「新日本主義論争の意義」『読売新聞』昭和一二・三・二八、五面）だという見取図を示している。

林は「プロレタリア文学」の「階級性と国際性の理論」による「人間性の擁護と解放」の不可能性の自覚が、「日本的なるもの」による「人間性の擁護と解放」の主張である「新日本主義」を生じさせたことの必然性を見るのである。その意味で〈新日本主義〉のイデオローグの登場に、三木も加担してしまったといえなくもないのだが、三木的〈ヒューマニズム論〉の枠組を顛倒させて踏襲し、「民族」の自律的性格の〈欠如〉と「民族」の優秀性とを同時に主張する反語的両義性の言説を携えて登場した、自称「ヒューマニスト」(浅野「明治七十年」『新評論』昭和一二・四、四一頁)の浅野もまた、〈新日本主義〉の新たなイデオローグに他ならなかっただろう。

では、日本浪曼派周辺の〈新日本主義〉イデオローグ達のいう〈日本的なるもの〉とはいかなるものであったか。浅野の評論「明治七十年」(『新評論』昭和一二・四)の表題が端的に示すように、〈新日本主義〉イデオローグ達が問題にしているのは、「明治維新」以後の日本についてであり、未了の「明治」としての〝現在〟についてであった。林は、「明治元年の劣等国」が「明治四十年に一等国」となり、「三大強国」となった「明治以来七十年間」を「世界歴史始つて以来の大飛躍」とし、「民族性の秘密」探求のための「明治時代の探求」を要求している(「日本主義論争の鍵」『文芸』昭和一二・五、七〇-七三頁)。保田もまた「日本的なもの」を主題とした評論の中で「「奇跡」は明治にある」(「「日本的なもの」批評について――文芸三号に現れた「日本的なもの」についての総括批評――」『文学界』昭和一二・四、八四頁)とする。

保田が「明治の精神」と呼んだ思考については次節で検討するが、いずれにせよ日本浪曼派周辺の〈日本的なるもの〉論議とは、常に「明治」を意識したものとしてあったのであり、それらの言説には、日本が近代国家として自律性を確保しようとする時に付随するジレンマが畳み込まれている。一方で植民地化に抗し列強に伍していくための〈西洋化〉を高らかに謳い上げ、その一方では常に〈ロゴス/パトス〉の「乖離」を知覚し、〈ロゴス〉が〈西洋〉に植民地化される意識を共有していた。

もっとも、日本浪曼派周辺の人々に共通する「明治」という時代への歴史認識は、急激に高進する物質的・社会的な〈西洋化〉にもかかわらず、〈世界文化性〉＝〈日本的なるもの〉が喪失される以前の時代とするものである。〈世界文化性〉が堕落＝植民地化するのは、例えば保田は日露戦争より後と見たのであり、亀井勝一郎は第一次世界大戦後の菊池寛に代表されるような現実主義の時代と見たのだが、ここでは日本浪曼派周辺の〈日本的なるもの〉論議を、「明治」以降の〈近代化〉を反語的両義性において捉えていく思考とひとまず結論付けておきたい。

五、透谷の闘った〈戦争〉――保田與重郎「明治の精神」

前節では、透谷会の理念的背景としての〈日本的なるもの〉論議の概要を整理したが、藤村の透谷会入会という事実の背後にある思想的共振という事態を捕捉するためには、もう少し掘り下げた議論が必要であろう。そこで本節では先に予告した通り、保田與重郎の評論「明治の精神」（『文芸』昭和一二・二、三、四）を核に据えながら、昭和一〇年前後の保田の〈近代化論〉を検討していきたい。

保田を検討するのは、彼が日本浪曼派を代表する論客だったからではなく、保田が「有羞の詩」（『コギト』昭和一〇・八）、「他界の観念」（『作品』昭和一〇・九）、「透谷に関して」（『文芸懇話会』昭和一一・一二）、及び「明治の精神」において繰り返し北村透谷の再評価を行っており、そこで成型された透谷表象が、透谷会設立の発起人であり実務を一手に引き受けていた中河與一の透谷イメージに決定的な影響を与えたからである。この頃の中河の思想は本書第六章や本章第三節で述べたように、「犠牲」の観念に裏打ちされた〈民族〉の「永遠」性を主張する全体主義的傾向を強めていたが、「彼（稿者注―保田）が「他界の観念」の中で述べてゐる事は、永遠思想への回帰といふ意味であつて、彼は透谷を説明しながら、この崇高の観念を説き明さうとした」（中河「保田與重郎」『日本の理想』白水社、昭和一三・五、一二〇頁。初出は『日本浪曼派』昭和一二・一）と興奮気味に語ったように、中河は保田の一連の言説と遭遇することで、自身が主張する「永遠思想」の実践者としての〈透谷〉を遡及的に発見し、透谷会の設立に乗り出すこととなるのである。いわば、藤村を含めた透谷会のメンバーが概ね共有することとなる透谷表象の原型を保田が創出したと考えられるのだ。保田の方でも、「今年の重要な事件としては、日本の浪曼主義文学のために透谷賞が設定され、その第一回が中河與一氏の「愛恋無限」に決定した。透谷賞が透谷の精神作風の継承を一部の主旨とするならば、この決定は可とすべきである」（「文芸時評」『新日本』昭和一三・一、六四頁）などと、透谷文学賞の設置と中河の受賞とを、昭和一二年の文芸界を飾る唯一の「事件」として歓迎している。さらに、先述したように保田の「明治の精神」を含む評論集『戴冠詩人の御一人者』（東京堂、昭和一三・九）が第二回透谷文学賞を受賞し、これ以降保田も透谷会委員に迎えられていくのである。

ところで、保田の一連の言説は、藤村を卓越化する装置としても機能していた。それゆえ、保田を委員に迎え入れるまでの過程は、藤村が自分に差し向けられた表象を受け入れる過程とすることもできるかもしれない。実際、保田が透谷や藤村を媒介としてイメージした〈近代〉は、次節で見ていくような藤村が描く〈近代〉と重なりあってもいくのである。すなわちここで実践しようとしているのは、藤村の透谷会入会という事実の背後にある思想的共振という事態を捕捉するために、一方に保田の〈近代化論〉を、他方に藤村の〈近代化論〉を据えるという作業であるとすることができる。

では、これより保田の〈近代化論〉を見ていくが、まず保田が提出した透谷表象を確認しておこう。

　透谷の子供つぽい主張に、僕は一般明治の精神が主張せねばならなかつたもの、彼らの詩的祝楽の日にさへ悲しくも周囲をつゝんだ野蛮への挨拶の、最も明白で勇敢で率直で男らしい現れの一つを見る。（中略）彼らは自分の詩情の昂揚をうたふべき日の中に於て、文化の防衛をその最低なもの、主張でなさねばならなかつた。さういふ露骨な一例として僕はこゝに透谷をひく。（保田「透谷に関して」）[31]

ここでイメージされている〈祝祭的空間〉は、保田が『校註 祝詞』（私家版、昭和一九年・四）で明確にその重要性を強調することとなる、神の「事依さし」（依頼）を受けて働く生活＝稲作による祭りの生活に連続していくような共同体であり、透谷が行なったとされる「野蛮への挨拶」とは、「明治維新」以後の混沌とした〈近代化〉の過程で、「文化の防衛」＝「系譜の樹立」を果たそうとしたことに他ならない。周知のように、保田の文業の主眼は、後に〈後鳥羽院以後隠遁詩人〉として体系化される系譜、これは『古事記』の時代から日本の文芸を内部から支えてきた精神の〈発生〉の系譜であり、そうした文芸を創出した〈詩人＝英雄〉の「血統」を樹立することにあった。[32]

ここで透谷は、〈近代〉における最初の〈詩人＝英雄〉として系譜付けられているのだが、『戴冠詩人の御一人者』の「緒言」で保田は、「戦争は一箇の叙事詩である」といい、「蒙疆や満州支那の大陸にゐる我らの若者」に対し「彼らは剣と詩によつて、知識と秩序の変革を始めた」として、兵士達の〈剣による変革〉と詩人の〈詩による変革〉とをその目的において同列化していく。[33] それは戴冠詩人の御一人者＝大和武尊が武人であり詩人であったように、詩人が〈俗世〉との抽象的な〈戦争〉を闘うことを常とする限り、本質的に武人でもあるというのであり、逆に「変革」のための現実の戦争を闘う兵士は「叙事詩」を謡う詩人であるというのだ。もっとも、「尊の悲劇は東征にある」とされるように、尊の〈征伐〉が「勝利」という形で結果するとき、その結果の内には常に「敗北」が準備されていた。保田は「勝利のもつ敗北の場所の熟知」という言い方をするが、「勝ち進むことは徹底した非情」を「敵」に示威することであり、そこには「悲劇」＝「敗北」が内在している。

こうしたイメージとしての〈戦争〉と実際の戦争とを無媒介に癒着させる認識や、「敗北は同時に人間の勝利のイロニー」といったイロニー観は、「この戦争が例へ無償に終っても、日本は世界史を画する大遠征をなしたのだ。（中略）今戦争が無償に終る時を空想しても、実に雄大なロマンチシズムである」などと主張する「蒙疆」[34]（『新潮』昭和一三・一二）において顕著になっていくのだが、尊にとっての真の「悲劇」は、こうした祭から遊離した〈征伐〉という行為が神を嘆かせ、それにより「神との同居を失ひ、神を畏れんとした日の悲劇」である。保田は尊の「詩」が発生する由縁を神人分離の「悲劇」に見出し、さらにあらゆる偉大な「詩」を「悲劇の上にのみ開くやうな花」と捉えることで、〈詩人＝英雄〉の「血統」を「偉大な敗北」の系譜＝〈後鳥羽院以後隠遁詩人〉として定位していく。そしてこの〈偉大な敗北〉の系譜に、透谷―藤村は据えられることとなるのである。

保田は「有羞の詩」（『コギト』昭和一〇・八）において、藤村の当初の「小説体系」には「大きな空所」があり不完全だったとする。読む者はその「空所」に「透谷の悲しい若い心情」＝〈悲劇〉を補塡し、「体系」を完成させる必要があったというのだ。

こうした保田の透谷―藤村の系譜性に関する考えは、その後、「明治の精神」（『文芸』昭和一二・二、三、四）においても展開されていく。ここからはしばらく、保田の「明治の精神」に沿ってその主張を概観しておこう。

藤村の小説が、あらゆる偉大な「詩」が胚胎する〈悲劇〉を獲得し、「西洋に対抗しうる国民文学」となるのは、「夜明け前」に至ったときである。「国民文学」としての「夜明け前」が「陰雨に湿つてゐ」たのは、そこに藤村自前の〈悲劇〉が明確に描かれていたからだが、保田はこの「夜明け前」に〝現在〟の日本は「支へ」られているとまで感覚していく。

保田のいう「明治の精神」とは、日本の〈文化〉を防衛してきた精神の「血統」に連なるものでありながら、「十八世紀の克服」＝〈近代化〉を履行する世界精神に他ならない。桶谷秀昭が『保田與重郎』（講談社、平成八［一九九六］・一二）において既に指摘しているように、保田はしばしば〈近代化〉否定論者と誤解されてきた。しかし、保田は「我国に新しい洋館を作るならば、その建築には一切「日本的なもの」を排して、専らすぐれた西洋を移し植うべきである」と、〈西洋〉への「崇拝と模倣とつひの建設と、この三位一体」の完成を主張していたのである。むしろ、日露戦後のパラダイムにおけるその挫折が、「剣と詩」による変革を要する〝現在〟、すなわち皮相的な「今日の文化的西洋化」＝文化的植民地状態を現出させたのであり、〈近代化〉を文字通りやり直すために「「われらインテリゲンチヤ」のもつ西欧」＝〈借用論理〉を「焼却」せねばならないとするのはそのためだった。ここに保田の〈近代〉批判が持つ原理主義的性格の根拠がある。

「国家と文化の建設」――明治という時代はこの二つの事業を成し遂げることで、〈近世／近代〉〈日本／西洋〉を「新しい日本の橋」で架橋し、〈近代的〉非〈西洋〉として自律しようとした。しかし、「国民独立戦争」として「勝利」せねばならなかった、日清・日露の二つの戦役に向け、高揚した皮相的精神である「実利主義」は、透谷らの「近代市民文化的浪曼主義」の建設という事業を駆逐していく。国家の被植民地化の回避のために、文化の被植民地化を選択したのが日本の〈近代化〉であり、その意味での〈近代化〉は否定されねばならない。透谷が闘い、「敗北」（自殺）を余儀なくされたのは、この植民地的知性を相手とする〈戦争〉であり、透谷亡き後、この〈戦争〉をたった一人で闘い続けてきたのが藤村だと、保田はいうのである。そして、当然のことながら、そうした透谷―藤村の意志＝「明治の精神」を、昭和という時代に蘇生せしめるのが日本浪曼派の命題ということになるだろう。

六、エトランゼエというイロニー――島崎藤村「海へ」

こうした保田の〈近代化論〉・透谷表象・自身に差し向けられた表象を、藤村は全面的に引き受けたのだろうか。先述した傍証があるとしても、藤村がそれについてどう考えていたかの記録はない。だが、保田の藤村表象が生成された要因は、藤村の〈近代化論〉の内に伏在していたのではないだろうか。

大正二（一九一三）年から大正五年までの渡欧体験が、藤村の〈近代化論〉に大きな転換を迫ったことはよく知られている。上海・香港・新嘉堡・スエズ運河などを船で経由しマルセーユに至る経路は、さながらアジア諸国が欧米諸国の植民地と化した惨状を回覧する旅だったが、帰国後に執筆された往復の航海記としての性格を持つ「海へ」[35]には、藤村の心に小さく燃焼したアジア主義の灯火となぜ日本だけが植民地化されなかったのかという思想的課題とが確認できる。

『僕は斯様な風にも考へる。印度や埃及や上耳其あたりには古代と近代としか無い、と言つた人の説には全く賛成だ。幸ひにも僕等の国には中世があつた。封建時代があつた。長崎が新嘉堡に成らなかつたばかりぢやない。僕等の国が今日あるのは封建時代の賜物ぢやないかと思ふよ。見給へ、日本の兵隊が強いなんて言つても、皆な封建時代から伝はつて来たものの近代化だ。（中略）まだ前世紀が自分等の中に生きて居るやうな気のすることも有る。（後略）』（第四章「故国を見るまで」一一）

ここで「僕」（地の文では「私」）は、日本が欧米からの植民地化を免れたのは「中世」＝「封建時代」の「賜物」であるとする。今谷明は、日清・日露戦争における勝利の結果、明治維新以降痛罵されてきた封建時代が、〈西洋〉諸国にも存在した歴史的一段階として歴史学者三浦周行・法学者中田薫・経済学者福田徳三らにより再評価され、また原勝郎『日本中世史』（冨山房、明治三九〔一九〇六〕・二）が初めて「中世」という語を用いて日本の歴史を構造化するなど、「中世」を「封建制」そのものと捉え顕彰する思考のモードがあったとし、藤村もそうした流れの中に位置付けられるとする。[36] 実際、藤村は昭和一六年一月に脱稿したとされる草稿「回顧（父を追想して書いた国学上の私見[37]」」の中で原の『日本中世史』に言及していくのであるが（藤村の読書体験の時期はわからない）、酒井一臣が指摘しているように、原の目的は「細部を演繹して日本と西洋の類似性を浮かび上がらせること」、「欧米諸国からの「遅れ」を常に意識していた当時にあって、日本の近代化は不可能ではないことを示す」ことにあり、いわば「実証性に欠けた「ショウヰニズム」」としての側面があった。[38]ゆえに〈中世の発見〉ということ自体は当時としても新鮮なものではなく、またともすれば排外思想の再生産に加担しかねないものだったのである。

しかし、藤村の〈中世の発見〉における重心は、日本にも〈西洋〉と同様に〈中世〉が存在したことにではなく、自身が抱いていた〈近代〉イメージへの懐疑＝否定ということに置かれていた。

すなわち、「私達が青年時代から次第に感知して行つた近代の精神は西洋の文物に接触して初めて開発されたものだといふ考へ」は誤りであり、〈近代〉は「元禄の昔にすでに〳〵その曙光を発して居」た、そして「芭蕉の詩と散文、西鶴の小説、近松の戯曲等」の芸文に「その精神のあらはれ」を見出すことができると自覚されたのである。[39]もっとも十川信介によれば、こうした藤村の自覚については亀井勝一郎『島崎藤村論』（新潮社、昭和二八・一二）が最初に注目していたというのだが、[40]そうした最初の指摘が『日本浪曼派』同人だった亀井によってなされたことの意味は小さくないだろう。なぜなら、自らが生きる〈近代〉、ないしそのイメージが仮象であると否定を繰り返し、未だ実現されていない真正の〈近代〉を想像＝創造的に表象し続ける方法こそ、保田に代表される日本浪曼派の性格を決定づける「イロニー」に他ならないからである。

保田の「イロニー」は、ヨハン・ゴットリープ・フィヒテ『全知識学の基礎』における弁証法的自我哲学の思弁を転用した、ドイツ・ロマン派のフリードリヒ・シュレーゲルの「イロニー」の影響下にあったとされるが、フィヒテにおいて、絶対的自我の定立は、経験的自我を制限し非我を定立することであり、ゆえに経験的自我の抑制は絶対的自我確立の契機であるとされる。すなわち、絶対的自我としての真正の〈近代〉の定立のために、経験的自我としての〈近代〉の否定が弁証法的に反復される必要があるとする主張と、保田の「イロニー」も要約可能である。

ところで、藤村の航海記「海へ」は、こうした保田の「イロニー」の構図を、日本浪曼派の登場以前に先駆的に描出している。

『(略) 多少なりとも僕等が近代の精神に触れ得るといふのは、あの阿爺達に強いものが有つたからだ。それに触れ得るだけの力を残して置いて呉れたからだ。僕は左様思つて来たよ……いえ実際、父の愛といふやうなものを喚起したのも、寂しい外国の旅だつた……』

エトランゼエは黙つてこの私の話を聞いて居たが、藤椅子を離れて起上る際に、『君もなか〳〵話せる、しかし君の言ふことは半分は寝言だ』といふ眼付をした。(第四章「故国を見るまで」一一)

「私」は、先の引用部分に続けて右のように、自分達の世代が「近代の精神」に触れることができた理由を、「阿爺達」世代の〈強さ〉にあったと分析し、それを対話相手の「エトランゼエ」(外国人)に披瀝している。ここでは「私」の発言内容にではなく、「私」がそれまで考えてきた〈近代〉イメージを「私」が懐疑＝否定し、新たな〈近代〉イメージ構築への契機としていることに注目したい。

重要なのは、「私」の〈近代〉イメージへの懐疑＝否定の言説に対し、「エトランゼエ」が「君の言ふことは半分は寝言だ」という「眼付」をこちらに差し向けていると「私」が知覚していることについてである。「エトランゼエ」は、「私」の言説は「寝言だ」などとは言っておらず、「私」が〈他者〉の眼差しという記号に一方的に「私」への批判の意味内容を付与することで、「私」は〈自己〉を相対化しているのである。この「エトランゼエ」について岩見照代は、「海から来たという人」という「海へ」のまえがきの記述をもとに〈エトランゼエ＝海〉とし、日本／異国、彼岸／此岸、生／死、自己／他者などの〈境界〉を表象する存在であるとしている。[41]「エトランゼエ」が自己／他者の〈境界〉的存在を擬人化した両義的存在者なのだとすれば、「私」と「エトランゼエ」との対話は、「私」が「私」の中に作り出したもう一人の「私」（「私」の鏡像）との自己内対話とすることもできるだろう。[42]「私」は自らが抱く〈近代〉イメージは仮象であると懐疑＝否定するが、そうした懐疑＝否定の言説をさらに懐疑＝否定する「エトランゼエ」というもう一人の〈自己〉を〈自己〉の内部に起ち上げ、いわば懐疑＝否定を増幅させることで、真正の〈近代〉イメージに接近しようとするのである。

野坂昭雄は、保田の「イロニー」を説明する際、「芸術家は自分の本心を偽る必要があり、それを自己の二重化と言うべき現象によって遂行するのである。外界における対立は内面（＝「僕のなか」）に転化され逆転されるが、ここには一種のねじれた関係が生じていると言える」[43]としているが、「海へ」の「私」が〈近代〉をイメージする際に行っているのは、正にそのような「自己の二重化」ということに他ならない。またそれは、仲正昌樹の「作品の中で語る主体が自己自身をより高みから見て自己相対化する動きは一般的に〈イロニー Ironie〉と呼ばれているものである」[44]とする要約とも正確に符合する。

こうした「私」の語りに内包された無限の自己相対化の契機は、もう一人の〈自己〉である「エトランゼエ」によってこれ以後も繰り返し齎される。

『試みに僕から離れて見給へ。それが君に出来たら、えらい。君は僕から離れたつもりでも、僕はもう絶えず君に働いて居る。一旦海の洗礼を受けたものが、どうして心に革命を引起さないで済むものか。』（第四章「故国を見るまで」一一四）

「エトランゼエ」のこの発言は直前の「愛国心」に関する「私」との対話を受けたものだ。ひとたび「海の洗礼を受け」る＝国境線を意識することで自己相対化が開始されてしまえば、いわば〈国家〉や〈近代〉というものの輪郭を意識しそれを懐疑した刹那、無限の自己相対化という否定を伴う〈心の革命〉が始動する。

『帰つて行つて見給へ――君の国の神戸が殖民地のやうに見えなかつたら仕合せだ。』
エトランゼエは半分私に調戯ふやうにして笑つた。（第四章「故国を見るまで」一七）

もう一人の〈自己〉である「エトランゼエ」は、数年ぶりに見る日本の風景が「殖民地」のようには映じて欲しくないという「私」の淡い期待を見透かし、それを「殖民地のやうに見えなかつたら仕合せだ」と、嘲弄的＝反語的《イロニカル》に否定する。実際、上海で「エトランゼエ」と別れ、帰国した「私」の眼前に広がった「お前」＝「隅田川」の両岸の光景は、「雑然紛々たること恰も殖民地の町」（第五章「故国に帰りて」二〇）を髣髴とさせるものだった。日本には〈中世〉があったことで、他のアジア諸国のように植民地化されることのなかったということを〈発見〉した「私」は、それでもなお〃ある地点〃において、他のアジア諸国と同様に〈西洋〉の〈植民地〉であることに突き当たるのである。

しかし吾儕日本人が余りにクラシックを捨て過ぎたと気付くことは決して遅いとは言へない。吾儕は広く知識を世界に求める程の鋭意と同情とに富んで居る。唯吾儕はそれを受納れるに当つて強い判断力を欠いた。言葉を更へて言へば歴史的の意志を欠いた。それが吾儕の欠点だ。吾儕は自己の支配者では無くなつて了つて居た。唯新しいものの入って来るに任せて居た。お前の岸にある不思議な不統一。（第五章「故国に帰りて」二〇）

「日本人」である「私」は、いつの間にか「エトランゼエ」（外国人）が自らの内に深く浸透していることに気付いてゆく。「エトランゼエ」が「試みに僕から離れて見給へ」とやはりイロニカルに予告していたように、「エトランゼエ」は「離れ」ることなどできない〈自己〉の一部となっていた。しかも「判断力を欠いた」知識の摂取のために、「日本人」は「自己の支配者」としての権限も既に失っている。

だが、こうしたジレンマが「私」を「ショウヰニズム」に走らせることはおそらくなかった。「私」は冷静に、もう一人の〈自己〉である「エトランゼエ」との対話を続けることで真正の〈近代〉を掴みとろうとしていたからである。

左様だ、吾儕日本人はまだ〳〵保守的だ。吾儕に必要なことは国粋の保存でなくて、国粋の建設でなければ成らないのではないか。吾儕はもつと〳〵欧羅巴から学ばねば成らない。そして自分等の内部にあるものを育てねば成らない。（第五章「故国に帰りて」一七）

「私」が「海へ」（大正五－七）で決意した〈心の革命〉を遂行するための〈中世〉探求の作業、いわば、「日本人」ないし「大和民族」自前の〈近代化〉の経路の考究は、これより四半世紀以上経過した「東方の門」（昭和一八）執筆段階でも継続されていくこととなる。そのような日本の真正の〈近代化〉のために「私」がここで誓約した〈心の革命〉への意志を、後に登場してくる保田は「明治の精神」と呼び、〝現在〟の日本の精神的支柱＝〈偉大な敗北〉の系譜と位置付けていく。

すなわち、「私」が獲得した、「私」を見るもう一人の「私」＝「エトランゼエ」の眼差しは、保田ら日本浪曼派が駆使することになる「イロニー」の到来を正確に予告するものだったといえるだろう。(45)

七、本書のおわりに——藤村の〝不確かさ〟に向けて

これまで、日本浪曼派の人々が、〈透谷〉を〈想像的蘇生／想像的同一化〉するあり様を中心に見てきた。中河與一は、自らが奉じる「犠牲」の観念に裏打ちされた〈永遠思想〉の先駆的具現者であるとし、保田與重郎は、明治以降の〈偉大な敗北〉の系譜の旗手とし、藤村や自身を含む日本浪曼派をその系譜に据えた。二人に共通するのは、「現実主義」（中河）や「実利主義」（保田）といった植民地的知性に侵蝕された日本の〈近代〉は仮象であり、真正の〈近代〉を生き直すために、植民地的知性を清算しなければならないとする思考である。そして、いち早くそうした〈近代〉の仮象性を知覚し、変革を企てた人として〈透谷〉を想像的に蘇生し、さらに〈透谷〉に自身を重ねることで、自らの思想的立ち位置の画定をはかったのである。

一方、「明治」という時代を、〈世界文化性〉＝〈日本的なるもの〉が植民地化される以前のピリオドと捉え、そこに回帰することを志向するような大きなうねりが、〈透谷〉の身体イメージを押し上げ、肥大化させたのであり、その象徴的出来事が、昭和一二年九月の透谷会の結成・透谷文学賞の設立という出来事だった。

もっとも透谷会の結成は、昭和一二年七月七日の盧溝橋事件に端を発する日中戦争開戦に後押しされたと見ることもできる。事実、このとき、「民族」や「文化」を守る防壁として、〈透谷＝兵士〉は癒着して表象されたのであり、逆に、自国の、あるいはアジアの「民族」や「文化」を防衛するという大義名分のもとに、大陸への侵攻を批准する論理に、透谷の〈近代〉批判の精神＝浪漫精神は置き換えられていったのである。

残された問題は、やはり藤村がこうした透谷会の委員に加わり、間接的にではあれ資金の全てを提供したという

こと、言い換えれば、日本浪曼派の〈自画像への意志〉により「鏡」とされた〈透谷〉を、藤村が承認した、少なくとも問題化しなかったという事態をどう考えるかということだろう。

本稿は、藤村の思考のそうした〝不確かさ〟の解明のため、日本浪曼派、特に保田與重郎が藤村を卓越化した論理と、逆に日本浪曼派が駆使することになる「イロニー」を、藤村が先行して提示したという、思想的共振を捕捉した。しかし、そうした藤村の思考の〝不確かさ〟が、保田の思考で代替させられるものではないことも明らかである。それが、欧州から帰国した藤村の言説に見られたアジア主義の萌芽が、非〈西洋〉的近代を構想する岡倉天心の思想に接近し、その後、戦時体制にことさら抗うことなく〈大東亜共栄圏〉思想の方へと漸近していく経路を明らかにしていくという作業なのだとすれば、それ自体は本章、そして本書の構想を遥かに超えるものである。

こうした経路の解明については、「藤村研究にとって難関[46]」とされてきたが、藤村の戦時下における状況追認ともとれる態度は、無限の自己相対化・自己否定を行うことで決断主体たりえないという、「イロニー」という方法に内在的な態度だったのだろうか。藤村は、内なる「エトランゼエ」の行方を見失うことなく最後まで対話を続けることができたのか、そのあたりを見極める作業が残されていることを、本書の最後に書き留めておきたい。

注

1 引用は『服部之總全集 絶対主義の史的展開』(第一〇巻、福村出版、昭和四九・一)より行なった。服部は同論において、「『東方の門』への転落」(三四三頁)ということを反復的に発言しているが、それが「大日本帝国主義」(「「大日本帝国主義」政治史についての覚え書(1)——絶対主義的侵略主義について——」『服部之總全集 日本帝国主義論』第一九巻、福村出版、昭和四九・一一、六〇頁。初出は『世界評論』昭和二四・五)と服部が呼称する思考に連接するものだったことについては、拙稿「歴史と歴史文学——服部之總「青山半蔵」を読む」(『島崎藤村研究』平成二六［二〇一四］・九、二五頁）を参照されたい。

2 マイケル・ボーダッシュ「転向と近代日本文学史という物語の成立」『近代の夢と知性 文学・思想の昭和一〇年前後 1925 ~ 1945』文学・思想懇話会編、翰林書房、平成一二・一〇、三五二頁

3 注4に示す目野論文によれば、剣持武彦「文明批評家・島崎藤村」（『島崎藤村 文明批評と詩と小説と』双文社出版、平成八・一〇）、細川正義「島崎藤村『東方の門』論――藤村における東と西――」（『日本文藝研究』平成一六・二）が代表的な論文であるという。

4 目野由希「「東方の門」執筆前の藤村」『島崎藤村研究』平成一九・一〇、三七頁

5 中島岳志『アジア主義 その先の近代へ』潮出版社、平成二六・七、三〇－三一頁

6 竹内は「近代の超克」（『近代日本思想講座7 近代化と伝統』筑摩書房、昭和三四・一一）において、アジア・太平洋戦争は「植民地侵略戦争であると同時に、対帝国主義の戦争でもあった」とその二重性を指摘している。引用は、『竹内好全集』（第八巻、筑摩書房、昭和五五・一〇、三三頁）より行なった。

7 松本健一『竹内好「日本のアジア主義」精読』岩波書店、平成一二・六、九八頁。竹内好「日本のアジア主義」は、竹内「アジア主義の展望」を改題したもの。

8 柄谷行人『〈戦前〉の思考』講談社、平成一三・三、一〇〇頁

9 浅野晃は、三・一五事件（昭和三年）で検挙され翌年転向、『日本浪曼派』同人にはなっていないものの、日本浪曼派に急接近している。本稿でも論じる保田與重郎「明治の精神」（『文芸』昭和一二・二－四）における岡倉天心論に感銘を受け、『岡倉天心論攷』（思潮社、昭和一四・一〇）を執筆した他、『東洋の理想』（創元社、昭和一三・二）など天心の英文著作を多数翻訳し、また『岡倉天心全集』（聖文閣、昭和一四）の編纂を通して、天心を紹介した。ただし、「アジアは一つである」というテーゼを国策スローガンとして転用していく同時代の有り様

に、日本浪曼派の天心観は対立していく。
10　河田和子『戦時下の文学と〈日本的なもの〉――横光利一と保田與重郎――』（花書院、平成二一・三）は、「〈日本的なもの〉の問題規制と戦時下の〈近代の超克〉論議を一続きのものとして捉える」（六頁）視座を提出している。
11　渡辺一民『林立夫とその時代』岩波書店、昭和六三・七、八五頁
12　中山弘明『戦間期の『夜明け前』現象としての世界戦争』双文社出版、平成二四・一〇、一〇頁
13　竹内好は、前掲「近代の超克」において、座談会「近代の超克」の出席者を「京都学派」、「日本ロマン派」、「文学界」の三グループに分類したうえで、実質的に「文学界」は「日本ロマン派」に統合されるとし、「京都学派」の主張を座談会を欠席・辞退した高山岩男のそれに代表させ、「日本ロマン派」の主張を同じく座談会を欠席・辞退した保田與重郎のそれに代表させている。
14　海野福寿「一九三〇年代の文芸統制 松本学と文芸懇話会」『駿台史學』昭和五六・三、一二頁
15　中島健蔵『回想の文学2 物情騒然の巻』平凡社、昭和五二・六、九四頁
16　広津和郎「続年月のあしおと」『広津和郎全集』第一二巻、中央公論社、昭和四九・三、三三〇－三三三頁。底本は、『続年月のあしおと』講談社、昭和四二・六。
17　副田賢二「痕跡としての「文学」――文芸懇話会における文学〈展示〉の様相」『展示される文学 近代文学合同研究会論集4』平成一九・一〇、五四頁
18　昭和九年九月一九日付の松本学の日記（『近代日本史料選書11　松本学　日記』伊藤隆・広瀬順晧編、山川出版社、平成七・二、六六頁）。以下、『松本学　日記』と表記する。
19　坪井秀人「第九章　声の祝祭――戦争詩の時代――」『声の祝祭 日本近代詩と戦争』名古屋大学出版会、平成

九・八、一七三―一七四頁

20 『与謝野寛晶子書簡集成』第四巻、八木書店、平成一五・七、一一三頁

21 『萩原朔太郎全集』第一三巻、筑摩書房、昭和五二・二、四〇五頁

22 引用は、『宮本百合子全集』（第一一巻、新日本出版社、昭和五五・一、三六四頁）より行なった。

23 中河與一「透谷文学賞と日本文化協会賞」（『セルパン』昭和一五・四）に、「会則によると「不遇にして然も時代に先駆せる作品にこれを与へる」と明記せられてゐる。賞金は一千円であつて、広く一般の投票に俟つた上、会員半数以上の会合、二回以上の会議によつてこれを決定する事になつてゐる」（五四頁）とあり、文学賞の趣旨がうかがえる。またこれにより、文学賞の趣旨や受賞者を決定する際の投票規定などが記された「会則」が存在したことがわかる。『朝日書林古書目録 第37号 特集・砂子屋書房本（北村）透谷会資料』（朝日書林、平成八・一一）を参照すると、「（北村）透谷会資料一括」として透谷会関係資料が掲載されており、複数の葉書や書簡の他に、「透谷会記録」なる冊子の存在を確認することができる。この冊子には、会の記録の他に、「透谷文学賞設立草案」が記されているらしく、これが中河のいう「会則」に当るものと推測される。ただし、この「（北村）透谷会資料一括」の購入は困難であり、現時点で未見である。なお、朝日書林の目録については、鈴木一正氏のご指摘により知ることができた。その後、氏は当該目録の提供までしてくださった。鈴木氏に、記して感謝したい。

昭和一二年に中河與一『愛恋無限』が受賞して以降の受賞作を列挙すると、第二回は保田與重郎『戴冠詩人の御一人者』（賞碑のみ：島木健作『生活の探求』）、第三回は岡崎義恵『日本文芸の様式』（賞碑のみ：山岸外史『人間キリスト記』）、第四回は萩原朔太郎『帰郷者』（賞碑のみ：太宰治『女生徒』、赤木健介『在りし日の東洋詩人たち』）、第五回は伊東静雄『夏花』、堀口捨己『利休の茶』、田中克己『楊貴妃とクレオパトラ』である。

24 勝本清一郎「透谷の文学的立場」『近代文学ノート1』みすず書房、昭和五四・七、一〇頁。初出は、『東京民

報』昭和二三・一・一五－一六。

25 次のような批判も、中河與一個人に向けられたものであった可能性はある。「事業蔑視者の透谷の名によつて賞金が与へられることは、それ自身、社会風刺になりさう」（正宗白鳥「透谷賞 文学と事業」『読売新聞』昭和一二・一二・七、夕刊四面）。すなわち白鳥は、〈文学賞〉なるものが、〈優れた文学作品〉に対して「賞金」を授与するという〈事業〉であるならば、それがいかなる理念に基づこうとも、〈文学賞〉という制度自体が〈文学〉と〈事業〉の一致を主張するものであり、〈文学／事業〉を峻別する透谷の主張と背反するとすれば、透谷文学賞はその設立の時点で既に矛盾を内包せざるを得ないとするのである。

26 勝本清一郎「藤村の憶い出」『近代文学ノート1』みすず書房、昭和五四・七、三二五頁。初出は、『東京新聞』昭二三・八・二二。

27 前掲、河田『戦時下の文学と〈日本的なもの〉――横光利一と保田與重郎――』所収の「昭和初年・一〇年代の〈日本的なもの〉に関する主要文献一覧」（二七五－二八六頁）を参照。

28 ケヴィン・マイケル・ドーク作成の「『日本浪曼派』同人一覧」（『日本浪曼派とナショナリズム』柏書房、平成一一・四、二三九頁）にも「関係者」として名が上がっている。

29 山田広昭は『三点確保　ロマン主義とナショナリズム』（新曜社、平成一三・一一）において、「ロマン主義はつねにある欠如のまわりに生まれる。（中略）ロマン主義とは欠如から価値をつくり出すシステムである。このシステムは通常、それを非常に単純な操作によっておこなう。欠如をさまざまな方策を用いて糊塗しようとするかわりに、それは、欠如それ自体を、一挙に、「想像的に」、積極的な価値へと反転させる」（一一八頁）としている。

30 酒井直樹『死産される日本語・日本人　「日本」の歴史――地政的配置』新曜社、平成八・五、四－五頁

31 引用は、『保田與重郎全集』（第四巻、講談社、昭和六一・二、三一五－三一六頁）より行なった。

32　保田の主張した近世までの後鳥羽院以後隠遁詩人の「系譜」については、渡辺和靖『保田與重郎研究』（ぺりかん社、平成一六・二）、前田英樹『保田與重郎を知る』（新学社、平成二二・一一）等を参照。

33　保田與重郎「緒言」『保田與重郎全集』第五巻、講談社、昭和六一・三、九－一〇頁。子安宣邦は『「近代の超克」とは何か』（青土社、平成二〇・五）において、保田の「我国に於ける浪曼主義の概観」（『現代文章講座6』三笠書房、昭和一五・九）における「肉体による詩的表現」との発想に注目し、「「肉体による詩的表現」という青年将校たちの軍事的叛乱と、〈肉体によらざる詩的表現〉という日本浪曼派の文学運動とを、保田たちはともに日本の頽廃に対する叛乱として同じ位置においたのである」（八四頁）としている。こうした詩人と兵士の表象の連鎖は、〈詩人＝英雄〉と考える保田においてしばしば反復されるが、同様の表象形式は中河與一の透谷表象へとそのまま継承されていく。

34　引用は、『保田與重郎全集』（第一六巻、講談社、昭和六二・二、一九一頁）より行った。

35　「海へ」は五章からなり、初出は以下の通り。「海へ」『中央公論』大正六・四。「地中海の旅」『中央公論』大正六・六、一〇。「燕のごとく帰る」『中央公論』大正六・九。「故国を見るまで」『中央公論』大正七・四。「故国に帰りて」『東京朝日新聞』大正五・九・五－一一・一九。引用は、島崎藤村「海へ」（『島崎藤村全集』第八巻、筑摩書房、昭和四二・六）より行なった。

36　今谷明『封建制の文明史観』ＰＨＰ研究所、平成二〇・一一、一三七頁

37　島崎藤村「回顧（父を追想して書いた国学上の私見）」『島崎藤村全集』第一三巻、筑摩書房、昭和四二・九。生前未発表。「昭和十六年一月雪の日脱稿」とある。

38　酒井一臣「「文明国標準」の南洋観――大正時代における一教授の認識――」『立命館言語文化研究』平成二二・三、七〇頁

39　島崎藤村「文学にあらはれたる国民性の一面」『島崎藤村全集』第九巻、筑摩書房、昭和四二・七、一一二－一一三頁。初出は、『解放』大正一〇・四。

40　十川信介「解説」『藤村文明論集』岩波書店、昭和六三・七、三六三頁

41　岩見照代「旅人をして旅の心を盡さしめよ――藤村における〈エトランゼエ〉体験――」『日本文学』平成三・一一、二五頁

42　歴史学者の小谷汪之は、「エトランゼエ」を、藤村に対して「懐疑の目を向ける、もう一人の藤村」と位置付け、その上で、フランスから帰国したあとの藤村の心中から、「エトランゼエ」は姿を消してしまったとしているが（『歴史と人間について――藤村と近代日本――』東京大学出版会、平成三・八、一六六－一六七頁）、本稿は、藤村が内なる「エトランゼエ」との対話をその後も継続することができたのかということ自体を問題としているのであり、日本浪曼派との交流という事態のうちに、むしろそうした対話の可能性を見ようとするものである。

43　野坂昭雄「保田與重郎試論――初期評論における「欠如」と「イロニイ」」『昭和文学研究』平成九・七、五〇頁

44　仲正昌樹『モデルネの葛藤　ドイツ・ロマン派の〈花粉〉からデリダの〈散種〉へ』御茶の水書房、平成一三・一〇、二一七頁

45　橋川文三は保田の思考を支えている有力な基盤として「マルクス主義、国学、ドイツ・ロマン派の三要因」（『日本浪曼派批判序説』未來社、昭和三五・二、三八頁）を挙げたが、ここに藤村の〈近代化論〉を重要なファクターとして加味する必要があるのではないか。保田が「未完成の日本の文へを（中略）後年の小説家（稿者注――藤村）に僕らの少年は味つた」（保田「明治の精神」）としていることが（保田は明治四三［一九一〇］年生まれである）、そうした考えの一つの根拠となるかもしれない。

46　平林一『島崎藤村／文明論的考察』暁印書館、平成一二・五、六一頁

主要参考文献一覧

＊【単行本】は、本書に引用したもの、及び特に参考にした二次資料を掲げる。
＊【論文】は、本書で言及した二次資料のみを掲げる。
＊年代表記は、元号と西暦を併記した。

【単行本】

アイザイア・バーリン『ロマン主義講義』田中治男訳、岩波書店、平成二二（二〇一〇）・一〇
浅野晃『随聞・日本浪曼派』星雲社、昭和六二（一九八七）・六
浅野晃『浪曼派変転』高文堂出版社、昭和六三（一九八八）・一〇
『朝日書林古書目録 第37号 特集・砂子屋書房本（北村）透谷会資料』朝日書林、平成八（一九九六）・一一
有山輝雄『徳富蘇峰と国民新聞』吉川弘文館、平成四（一九九二）・五
伊坂青司・原田哲史編『ドイツ・ロマン主義研究』御茶の水書房、平成一九（二〇〇七）・一
石田圭子『美学から政治へ――モダニズムの詩人とファシズム』慶應義塾大学出版会、平成二五（二〇一三）・九
磯崎新『建築における「日本的なもの」』新潮社、平成一五（二〇〇三）・四
磯田光一『比較転向論序説　ロマン主義の精神形態』勁草書房、昭和四三（一九六八）・一二
一條孝夫『藤野古白と子規派・早稲田派』和泉書院、平成一二（二〇〇〇）・二
猪野謙二『島崎藤村』要書房、昭和二九（一九五四）・一二
今井弘道『三木清と丸山真男の間』風行社、平成一八（二〇〇六）・七
今谷明『封建制の文明史観』ＰＨＰ研究所、平成二〇（二〇〇八）・一一
岩出貞夫編『東京堂の八十五年』東京堂、昭和五一（一九七六）・三

ヴァルター・ベンヤミン『ドイツ・ロマン主義における芸術批評の概念』筑摩書房、平成一三（二〇〇一）・一〇
W・V・O・クワイン『論理的観点から 論理と哲学をめぐる九章』飯田隆訳、勁草書房、平成四（一九九二）・一〇
臼井吉見『近代文学論争 上』筑摩書房、昭和三一（一九五六）・一〇
内川芳美編『日本広告発達史 上』電通、昭和五一（一九七六）・七
海原峻『フランス現代史』平凡社、昭和四九（一九七四）・九
海野弘『ロシア・アヴァンギャルドのデザイン アートは世界を変えうるか』新曜社、平成一二（二〇〇〇）・九
大滝朝春『三木清の存在論』早稲田出版、平成一八（二〇〇六）・七
大橋良介『日本的なもの、ヨーロッパ的なもの』講談社、平成二一（二〇〇九）・五
桶谷秀昭『近代の奈落』国文社、昭和四三（一九六八）・四
桶谷秀昭『永遠と亡びゆくもの』北洋社、昭和五一（一九七六）・一〇
桶谷秀昭『保田與重郎』講談社、平成八（一九九六）・一二
桶谷秀昭『浪曼的滑走 保田與重郎と近代日本』新潮社、平成九（一九九七）・七
尾崎秀樹『近代文学の傷痕 旧植民地文学論』岩波書店、平成三（一九九一）・六
小田切秀雄『私の見た昭和の思想と文学の五十年 上』集英社、昭和六三（一九八八）・六
五十殿利治『日本のアヴァンギャルド芸術〈マヴォ〉とその時代』青土社、平成一三（二〇〇一）・八
カール・シュミット『政治的ロマン主義』橋川文三訳、未來社、昭和五七（一九八二）・一一
カール・シュミット『政治的ロマン主義』大久保和郎訳、みすず書房、平成九（一九九七）・六
加賀野井秀一『メルロ＝ポンティ 触発する思想』白水社、平成二一（二〇〇九）・四
勝本清一郎『近代文学ノート1』みすず書房、昭和五四（一九七九）・七
加藤典洋『テクストから遠く離れて』講談社、平成一六（二〇〇四）・一

金子明雄・高橋修・吉田司雄編『ディスクールの帝国　明治三〇年代の文化研究』新曜社、平成一二（二〇〇〇）・四
亀井勝一郎『島崎藤村論』新潮社、昭和二八（一九五三）・一二
亀井勝一郎『島崎藤村論』新潮社、昭和三一（一九五六）・一
柄谷行人『〈戦前〉の思考』講談社、平成一三（二〇〇一）・三
柄谷行人『定本柄谷行人集2　隠喩としての建築』岩波書店、平成一六（二〇〇四）・一
川井良浩『安岡正篤の研究　民本主義の形成とその展開』明窓出版、平成一八（二〇〇六）・九
河田和子『戦時下の文学と〈日本的なもの〉――横光利一と保田與重郎――』花書院、平成二一（二〇〇九）・三
川原栄峰『ハイデッガーの哲学と日本』高野山大学、平成七（一九九五）・八
北村透谷研究会編『北村透谷とは何か』笠間書院、平成一六（二〇〇四）・六
木村毅『私の文学回顧録』青蛙房、昭和五四（一九七九）・九
木村直司『続ゲーテ研究』南窓社、昭和五八（一九八三）・二
清眞人・津田雅夫・亀山純生・室井美千博・平子友長『遺産としての三木清』同時代社、平成二〇（二〇〇八）・三
ケヴィン・マイケル・ドーク『日本浪曼派とナショナリズム』小林宜子訳、柏書房、平成一一（一九九九）・四
紅野謙介『投機としての文学　活字・懸賞・メディア』新曜社、平成一五（二〇〇三）・三
小谷汪之『歴史と人間について――藤村と近代日本――』東京大学出版会、平成三（一九九一）・八
小林修一『日本のコード〈日本的〉なるものとは何か』みすず書房、平成二一（二〇〇九）・二
小森陽一『構造としての語り』新曜社、昭和六三（一九八八）・四
小森陽一・紅野謙介・高橋修編『メディア・表象・イデオロギー　明治三十年代の文化研究』小沢書店、平成九（一九九七）・五
小森陽一・五味渕典嗣・内藤千珠子注釈『漱石全集全注釈9　門』若草書房、平成一三（二〇〇一）・三

小森陽一『ポストコロニアル』岩波書店、平成一三（二〇〇一）・四
子安宣邦『日本近代思想批判　一国知の成立』岩波書店、平成一五（二〇〇三）・一〇
子安宣邦『「近代の超克」とは何か』青土社、平成二〇（二〇〇八）・五
小山弘健『日本マルクス主義史』青木書店、昭和三一（一九五六）・四
酒井直樹『死産される日本語・日本人「日本」の歴史――地政的配置』新曜社、平成八（一九九六）・五
酒井直樹『日本思想という問題 翻訳と主体』岩波書店、平成九（一九九七）・三
櫻本富雄『日本文学報国会 大東亜戦争下の文学者たち』青木書店、平成七（一九九五）・六
櫻本富雄『戦争と漫画』創土社、平成一二（二〇〇〇）・四
笹尾佳代『結ばれる一葉 メディアと作家イメージ』双文社出版、平成二四（二〇一二）・二
笹淵友一編『中河與一研究』右文書院、昭和四五（一九七〇）・五
笹淵友一編『中河與一研究』南窓社、昭和五四（一九七九）・三
佐藤泉『戦後批評のメタヒストリー 近代を記憶する場』岩波書店、平成一七（二〇〇五）・八
佐藤千登勢『シクロフスキイ 規範の破壊者』南雲堂フェニックス、平成一八（二〇〇六）・七
塩田潮『「昭和の教祖」安岡正篤の真実』ワック、平成一八（二〇〇六）・八
柴田勝二『〈作者〉をめぐる冒険 テクスト論を超えて』新曜社、平成一六（二〇〇四）・七
清水文吉『本は流れる――出版流通機構の成立史』日本エディタースクール出版部、平成三（一九九一）・一二
ジュリアン・ジャクスン『フランス人民戦線史 民主主義の擁護 1934－38年』向井喜典訳者代表、昭和堂、平成四（一九九二）・七
真銅正宏『偶然の日本文学 小説の面白さの復権』勉誠出版、平成二六（二〇一四）・九
杉本邦子『明治の文芸雑誌――その軌跡を辿る――』明治書院、平成一一（一九九九）・二

鈴木貞美・岩井茂樹編『わび・さび・幽玄――「日本的なるもの」への道程』水声社、平成一八（二〇〇六）・九
鈴木登美『語られた自己　日本近代の私小説言説』大内和子・雲和子訳、岩波書店、平成一二（二〇〇〇）・一
伊達美徳編著『新編 山口文象 人と作品』アール・アイ・エー、平成一五（二〇〇三）・九
坪井秀人『声の祝祭　日本近代詩と戦争』名古屋大学出版会、平成九（一九九七）・八
坪谷善四郎『博文館五十年史』博文館、昭和一二（一九三七）・六
中井千之『予感と憧憬の文学論――ドイツ・ロマン派フリードリヒ・シュレーゲル研究』南窓社、平成六（一九九四）・一二
中河與一『天の夕顔前後』古川書房、昭和六一（一九八六）・六
中島健蔵『回想の文学2　物情騒然の巻』平凡社、昭和五二（一九七七）・六
中島岳志『アジア主義　その先の近代へ』潮出版社、平成二六（二〇一四）・七
仲正昌樹『モデルネの葛藤　ドイツ・ロマン派の〈花粉〉からデリダの〈散種〉へ』御茶の水書房、平成一三（二〇〇一）・一〇
仲正昌樹『日本とドイツ 二つの全体主義「戦前思想」を書く』光文社、平成一八（二〇〇六）・七
仲正昌樹『カール・シュミット入門講義』作品社、平成二五（二〇一三）・三
永嶺重敏『モダン都市の読書空間』日本エディタースクール出版部、平成一三（二〇〇一）・三
永嶺重敏『〈読書国民〉の誕生　明治30年代の活字メディアと読書文化』日本エディタースクール出版部、平成一六（二〇〇四）・三
中山弘明『戦間期の『夜明け前』　現象としての世界戦争』双文社出版、平成二四（二〇一二）・一〇
中山弘明『第一次大戦の「影」　世界戦争と日本文学』新曜社、平成二四（二〇一二）・一二
中山弘明『溶解する文学研究 島崎藤村と「学問史」』翰林書房、平成二八（二〇一六）・一二

日本近代文学会関西支部編『作家／作者とは何か――テクスト・教室・サブカルチャー』和泉書院、平成二七（二〇一五）・一一
野口武彦『日本思想史入門』筑摩書房、平成五（一九九三）・五
野村幸一郎『日本近代文学はアジアをどう描いたか』新典社、平成二七（二〇一五）・一一
H・R・ロットマン『セーヌ左岸　フランスの作家・芸術家及び政治　人民戦線から冷戦まで』天野恒雄訳、三陽社、昭和六〇（一九八五）・一
橋川文三『日本浪曼派批判序説』未来社、昭和三五（一九六〇）・二
橋川文三『〈新装版〉増補　日本浪曼派批判序説』未來社、平成七（一九九五）・八
服部之総『服部之總全集　絶対主義の史的展開』第一〇巻、福村出版、昭和四九（一九七四）・一
服部之総『服部之總全集　日本帝国主義論』第一九巻、福村出版、昭和四九（一九七四）・一一
土方定一『近代日本文学評論史』西東書林、昭和一一（一九三六）・六
日比嘉高『〈自己表象〉の文学史　自分を書く小説の登場』翰林書房、平成一四（二〇〇二）・五
平岩昭三『検証藤村操　華厳の滝投身自殺事件』不二出版、平成一五（二〇〇三）・五
平岡敏夫『明治文学史の周辺』文弘社、昭和五一（一九七六）・一一
平岡敏夫『北村透谷研究　評伝』有精堂出版株式会社、平成七（一九九五）・一
平野謙『文学運動の流れのなかから』筑摩書房、昭和四四（一九六九）・八
平林一『島崎藤村／文明論的考察』暁印書館、平成一二（二〇〇〇）・五
藤岡洋保『表現者・堀口捨己――総合芸術の探求――』中央公論美術出版、平成二一（二〇〇九）・九
藤岡洋保『近代建築史』森北出版、平成二三（二〇一一）・三
船木亨『〈見ること〉の哲学　鏡像と奥行』世界思想社、平成一三（二〇〇一）・一二

文学・思想懇話会編『近代の夢と知性　文学・思想の昭和一〇年前後 1925 ～ 1945』翰林書房、平成一二（二〇〇〇）・一〇
星野慎一『ゲーテと鷗外』潮出版社、昭和五〇（一九七五）・一一
堀口捨己『筑摩叢書 107　草庭　建物と茶の湯の研究』筑摩書房、昭和四三（一九六八）・三
マーク・スローニム『ソビエト文学史』池田健太郎・中村喜和訳、新潮社、昭和五一（一九七六）・五
マイケル・ゲルヴェン『ハイデッガー『存在と時間』註解』長谷川西涯訳、筑摩書房、平成一二（二〇〇〇）・一〇
前田愛『近代読者の成立』有精堂、昭和四八（一九七三）・一一
前田英樹『保田與重郎を知る』新学社、平成二二（二〇一〇）・一一
松村友視『近代文学の認識風景』インスクリプト、平成二九（二〇一七）・一
松本健一『竹内好「日本のアジア主義」精読』岩波書店、平成一二（二〇〇〇）・六
マルティン・ハイデッガー『「ヒューマニズム」について』筑摩書房、平成九（一九九七）・六
ミシェル・フーコー『作者とは何か？』清水徹・豊崎光一訳、哲学書房、平成二（一九九〇）・九
宮川透『近代日本の思想家第10　三木清』東京大学出版会、昭和三三（一九五八）・一〇
宗像和重『投書家時代の森鷗外　草創期活字メディアを舞台に』岩波書店、平成一六（二〇〇四）・七
村上信明『出版流通とシステム』新文化通信社、昭和五九（一九八四）・六
メルロ＝ポンティ『眼と精神』滝浦静雄・木田元訳、みすず書房、昭和四一（一九六六）・一
森本淳生『小林秀雄の論理――美と戦争』人文書院、平成一四（二〇〇二）・七
安岡正篤先生年譜編纂委員会・安岡正篤先生生誕百年記念事業委員会編『安岡正篤先生年譜』郷学研修所・安岡正篤記念館、平成九（一九九七）・二
保田與重郎『日本浪曼派の時代』至文堂、昭和四四（一九六九）・一二

八束はじめ『ロシア・アヴァンギャルド建築』INAX、平成五（一九九三）・一一
山田広昭『三点確保　ロマン主義とナショナリズム』新曜社、平成一三（二〇〇一）・一一
山本武利『近代日本の新聞読者層』法政大学出版局、昭和五六（一九八一）・六
山本芳明『文学者は作られる』ひつじ書房、平成一二（二〇〇〇）・一二
吉田精一『自然主義の研究　上巻』東京堂、昭和三〇（一九五五）・一一
吉田精一『浪漫主義の研究』東京堂出版、昭和四五（一九七〇）・八
吉本隆明『文芸読本　島崎藤村』瀬沼茂樹編、河出書房新社、昭和三七（一九六二）・一〇
ルイ・アルチュセール『マルクスのために』河野健二・田村俶・西川長夫訳、平凡社、平成六（一九九四）・六
ロラン・バルト『物語の構造分析』花輪光訳、みすず書房、昭和五四（一九七九）・一一
渡辺一民『林立夫とその時代』岩波書店、昭和六三（一九八八）・七
渡辺和靖『保田與重郎研究』ぺりかん社、平成一六（二〇〇四）・二
渡辺二郎『ハイデッガーの実存思想』勁草書房、昭和六〇（一九八五）・四
和田敦彦『読むということ　テクストと読書の理論から』ひつじ書房、平成九（一九九七）・一〇
和田敦彦『読書論・読者論の地平』若草書房、平成一一（一九九九）・九
和田耕作『石原純　科学と短歌の人生』ナテック、平成一五（二〇〇三）・八
和田利夫『昭和文芸院瑣末記』筑摩書房、平成六（一九九四）・三
和田博文『テクストの交通学』白地社、平成四（一九九二）・七
特集《昭和のロマン主義》『国文学　解釈と鑑賞』昭和四六（一九七一）・一一
特集《日本浪曼派とは何か》『国文学　解釈と鑑賞』昭和五四（一九七九）・一
特集《日本浪曼派とその周辺》『国文学　解釈と鑑賞』平成一四（二〇〇二）・五

【論文】

阿毛久芳「三木清と戸坂潤――昭和十年前後、一断面――」『日本文学』昭和五六（一九八一）・一二

磯田光一「〝遊民〟的知識人の水脈――屈折点としての藤村操――」『文学』昭和六一（一九八六）・八

猪野謙二「昭和文学のルネッサンス」『日本文学の歴史12 現代の旗手たち』角川書店、昭和四三（一九六八）・四

岩見照代「旅人をして旅の心を盡さしめよ――藤村における〈エトランゼエ〉体験――」『日本文学』平成三（一九九一）・一一

海野福寿「一九三〇年代の文芸統制　松本学と文芸懇話会」『駿台史學』昭和五六（一九八一）・三

小笠原克「大正末期の私小説論とその終焉」『国語国文研究』昭和三四（一九五九）・二

片桐禎子「透谷評価の跡をめぐって」『藤女子大学文学部紀要』昭和三七（一九六二）・三

片桐禎子「透谷評価のあと(続)」『藤女子大学文学部紀要』昭和四一（一九六六）・七

川副国基「島村抱月研究」『明治文学全集43　島村抱月・長谷川天渓・片上天弦・相馬御風集』筑摩書房、一九六七・一

剣持武彦「文明批評家・島崎藤村」『島崎藤村　文明批評と詩と小説と』双文社出版、平成八（一九九六）・一〇

紅野謙介「手紙をめぐるポリティクス――戦争と近代郵便制度」『現代詩手帖』平成一一（一九九九）・六

酒井一臣「「文明国標準」の南洋観――大正時代における一教授の認識――」『立命館言語文化研究』平成二二（二〇一〇）・三

酒井森之介「明治文学談話会の頃」『国文学 解釈と教材の研究』昭和四〇（一九六五）・四

笹淵友一「偶然文学論とその反響」『日本文学』昭和三七（一九六二）・一一

佐藤千登勢「形式主義とフォルマリズム――横光利一と中河与一にみるシクロフスキイの摂取」『比較文学年誌』平成一一（一九九九）・三

島田昭男「日本浪曼派とプロレタリア文学――その一つの断面」『国文学 解釈と鑑賞』昭和五四（一九七九）・一
島村輝「「新感覚派」は「感覚」的だったのか?――同時代の表現思想と関連して――」『立命館言語文化研究』平成二三（二〇一一）・三
真銅正宏「偶然という問題圏――昭和一〇年前後の自然科学および哲学と文学」『日本近代文学』平成一〇（一九九八）・一〇
鈴木一正「北村透谷参考文献目録」『国文学研究資料館紀要』平成一二（二〇〇〇）・三
鈴木重貞「明治時代のゲーテ移入」『独逸文学』昭和四二（一九六七）・二
副田賢二「痕跡としての「文学」――文芸懇話会における文学〈展示〉の様相」『展示される文学 近代文学合同研究会論集4』平成一九（二〇〇七）・一〇
高島健一郎「商品としての円本――改造社と春陽堂の比較を通して――」『日本出版資料』平成一六（二〇〇四）・五
高橋春雄「「文芸復興」の意味」『近代文学6 昭和文学の実質』有斐閣、昭和五二（一九七七）・一〇
デイヴィッド・ボダニス「^{2}（二乗）」『$E=mc^2$』伊藤文英他訳、早川書房、平成二二（二〇一〇）・九
十重田裕一「一九三〇年前後の横光利一と映画」『年刊日本の文学』平成四（一九九二）・一二
十川信介「解説」『藤村文明論集』岩波書店、昭和六三（一九八八）・七
友野代三「文明批評論争〈近代文学論争事典〉」『国文学 解釈と鑑賞』昭和三六（一九六一）・七
永渕朋枝「透谷の読者――藤村『春』が出るまで――」『国語国文』平成一五（二〇〇三）・三
中村三春「量子力学の文芸学――中河與一の偶然文学論」『日本近代文学と西欧比較文学の諸相』佐々木昭夫編、翰林書房、平成九（一九九七）・一〇
中山弘明「『春』の叙述――〈透谷全集〉という鏡――」『国文学研究』平成四（一九九二）・六
野坂昭雄「保田與重郎試論――初期評論における「欠如」と「イロニイ」」『昭和文学研究』平成九（一九九七）・七

古田光「同時代人が見た二・二六事件　三木清 1897 – 1945」『環』特集《二・二六事件とは何だったのか》平成一八（二〇〇六）・一
藤原定「三木清と「不安の文学」」『文学』昭和四二（一九六七）・一
細川正義「島崎藤村『東方の門』論――藤村における東と西――」『日本文藝研究』平成一六（二〇〇四）・二
Margaret Drabble ed. The Oxford Companion to English Literature. Oxford: Oxford UP, 2000.
松本和也「第三章　青年論をめぐる〈太宰治〉の浮沈」『昭和十年前後の太宰治　〈青年〉・メディア・テクスト』ひつじ書房、平成二一（二〇〇九）・三
水上勲「阿部知二論覚え書㈣――ヒューマニズム論の周辺――」『帝塚山大学紀要』昭和五八（一九八三）・一二
宗像和重「『一葉全集』という書物」『文学』平成一一（一九九九）・一
目野由希「「東方の門」執筆前の藤村」『島崎藤村研究』平成一九（二〇〇七）・一〇
山口直孝「近代書簡体小説の水脈――近松秋江『途中』・『見ぬ女の手紙』の可能性――」『日本近代文学』平成九（一九九七）・五
山口文象（岡村蚊象）・曽根幸一「対談：戦前に集合住宅に取り組む」『新建築』昭和五二（一九七七）・六
林原純生「美的生活論、自然主義、私小説――ひとつの史的見取図の試み――」『日本文学』昭和五三（一九七八）・六

初出一覧（全編に亘り加筆修正した）

序章　書き下ろし

第一部

第一章　原題「明治三五年版『透谷全集』――その「商品」性と流通ネットワーク」
『三田國文』第四二号、平成一七（二〇〇五）・一二

第二章　原題「〈文学〉化されゆく〈手紙〉――メディア言説に見る〈手紙〉への認識の布置」
『「手紙」としての「物語」　近代文学合同研究会論集2』平成一七（二〇〇五）・一〇

第三章　原題「成型される透谷表象――明治後期、〈ヱルテリズム〉の編成とその磁場」
『日本近代文学』第七六集、平成一九（二〇〇七）・五

第四章　原題「透谷を〈想起〉するということ――昭和二年、『現代日本文学全集』刊行を巡って」
『三田國文』第四八号、平成二〇（二〇〇八）・一二

第二部

第五章　原題「中河與一の〈初期偶然論〉における必然論的側面――小説「数式の這入つた恋愛詩」の分析を通して」
『鳴門教育大学研究紀要』第三二巻、平成二九（二〇一七）・三

第六章　原題「戦時下日本浪曼派言説の横顔――中河與一の〈永遠思想〉、変奏される〈リアリズム〉」
『三田國文』第五〇号、平成二一（二〇〇九）・一二

第七章　原題「彷徨える〈青年〉的身体とロゴス――三木清〈ヒューマニズム論〉における伝統と近代」
『三田國文』第五二号、平成二二（二〇一〇）・一二

第八章　原題「盗まれた〈透谷〉という問題――透谷文学賞の設立とその理念」
『北村透谷研究』第二〇号、平成二一（二〇〇九）・六

原題「二つの近代化論――島崎藤村「海へ」・保田與重郎「明治の精神」」
『語文と教育』第三〇号、平成二八（二〇一六）・八

＊本書は、博士課程学生研究支援プログラム（平成二二［二〇一〇］年度、塾内研究費等補助金・慶應義塾大学）、及びJSPS科研費15K16682の助成を受けた成果を含むものである。

あとがき

本書は、平成二三（二〇一一）年二月二一日に慶應義塾大学に課程博士学位請求論文として提出した『〈作家〉という近代——北村透谷・浪漫主義』（平成二三年一二月一四日学位取得）に、提出後に発表した論文を加え、加筆修正したものである。

博論提出後も、私はなにかの調査に追われ、連日三田の図書館の地下四階にいた。しかし、三月一一日のあの日は所用でたまたま自宅近辺にいて、混乱の街を彷徨い歩くことは避けられた。だが、震災後の騒擾は、論文執筆を終えて蝉の抜け殻のようになった当時の私を一層深い所へ押しやっていったような気がする。博論提出から学位取得までの時間は、そうした雰囲気の中にあった。

もっとも、そのことと本書を成すまでにおよそ七年も要したこととは、たぶんあまり関係がない。学部・大学院を通じてご指導を賜った松村友視先生からは、幾度も出版を勧められ、私もそうすべきだとお応えしたが、やはり一書に纏めることができなかった。その理由はひとつではないが、最大の理由は、本書第八章にあたる部分を書けなかったからだと今は思う。こう述べることで、本書が纏まりのあるものになったと自負しているわけではなく、日本浪曼派について不勉強だった私が、不完全ながらも一定の（最低限の）理解に到達するのに七年かかったということである。

この七年間で最も集中的に検討してきたのは、日本浪曼派の作家としての中河與一についてだった。モダニズムの作家であった中河に限らず、昭和初期という時代に、なぜ多くの作家が浪漫主義＝全体主義へと旋回していったのか、そうした疑問を明らかにするという課題が本書の後半には底流しているし、今後の課題としても依然として残されていることを書き留めておきたい。
本書には、論文として初めて執筆したものから、比較的最近のものまでを収めた。今回、十数年ぶりに読み返したような論文については、まるで院生の論文指導をするような気持ちで、加筆修正した。もっとも、表現の修正をした程度で、ほとんど内容的な改変は行っていない。

これまで私の研究に対し、ご指導・ご支援くださった方々に、心より感謝申し上げます。特に、論文審査にあたってくださった、松村友視先生、早稲田大学の宗像和重先生、慶應義塾大学の屋名池誠先生に、深謝申し上げます。

宗像和重先生の個人全集という制度についての先駆的研究からは、多大な学問的教示を賜りました。また博論として纏める際にも、文字通り温かい言葉で、多くのご指摘をいただき、その都度再考を重ねた時間は、大変貴重なものでした。

恩師の松村友視先生は、研究方法上の隘路に迷い込む度に、根気強く対峙し（時に酒場で）、そうした隘路から救抜してくださいました。先生から学んだ、教育者としての態度、研究者としての真摯な姿勢は、そのまま私の生き方を規定する道標となっています。

また、本書の刊行に際し、停滞する作業を励ましてくださった、翰林書房の今井静江氏に感謝申し上げます。

最後に、両親と、妻そして娘に本書を捧げます。

平成三〇年一〇月

【団体名】

新聞雑誌名・団体名索引

は

ま

か

人名・書名索引

あ

【著者略歴】
黒田俊太郎（くろだ　しゅんたろう）
昭和53（1978）年生まれ。京都府出身。慶應義塾大学大学院博士課程単位取得退学。博士（文学）。現在、鳴門教育大学大学院・准教授。日本近代文学。

「鏡」としての透谷
表象の体系／浪漫的思考の系譜

発行日	2018年12月10日　初版第一刷
著　者	黒田俊太郎
発行人	今井　肇
発行所	翰林書房
	〒151-0071 東京都渋谷区本町1-4-16
	電 話　(03) 6276-0633
	FAX　(03) 6276-0634
	http://www.kanrin.co.jp/
	Eメール●Kanrin@nifty.com
装　釘	須藤康子＋島津デザイン事務所
印刷・製本	メデューム

落丁・乱丁本はお取替えいたします

Printed in Japan. © Shuntaro Kuroda. 2018.
ISBN978-4-87737-431-0